覃合理小語

覃合理——著

自序

人生小語第 494 首

說明沒有題目的文章

看到「人生小語」這本書的人，都會有一個疑問~為何只有書名，裡面的文章~都沒有題目呢？

請大家耐心的往下看，就會了解我的用心！

許多寫作的人，都習慣先想好題目，才下筆寫內容；就好像那些會做事的人，會先有計畫，才敢行動

然而世事變化無常，計劃往往趕不上變化，有時候沒有計劃的計劃，反而能隨機應變，反而能得心應手

所以有些人，認為應該先寫好內容，再根據內容來命題，比較不會跑題；就好像沒有計畫的旅遊、說走就走的行程，可以走到哪玩到哪，覺得比較輕鬆、比較沒有時間的壓力。

以上兩種創作方法，大家是否覺得各有利弊？

我個人認為，一篇文章~可以完全不用題目的！

雖然一個好的題目可以激發靈感，但也可能

束縛創作者的思想、弱化創作者的創造力。

所以我常常去想，古人寫作的時候，會先想題目、還是先想內容？

後來，我還是覺得，他們應該先寫內容，再來命名；而他們，大概也不用什麼「起、承、轉、合」的方法來寫文章吧；可能想到哪裡，就寫到哪裡哦！這當然要有一定的文學程度；所以，在那年代會寫文章的人，大多是飽學之士。

但現代教育普及，學校都有作文課，老師們為免於學生，滿紙空言以致離題太遠，就會用「起、承、轉、合」的公式、還有「題目」來要求學生去寫作，但也因此造成很多「公式化」的

文章，這當然，也沒什麼不好，只是怕會少了，神來一筆那種名言佳句。

我個人認為「人的一生」就像一本書~而這本書的名字，各有看法、想法，「根本」難以去協調，因為我們還欠缺一些努力，才能圓滿。

所以我寫了一些「人生小語」，就完全不用題目~只有內容；因為這樣，我才能夠發揮我的想像空間、經驗和見解，而不用受題目所限制；就像聊天一樣，聊天總不會只有一個題目吧？如果勉強要一個題目，那範圍可能太廣哦。

所以我寫完文章後，就堅持不命名，這是要大家看了~才知道它們真正的價值。

但是有些人看書，習慣先看書中的題目，認為好題目，才有吸引力，才有興趣去閱讀。

然而「所謂的題目」只是一個代號，或許跟內容有落差、或是文不對題。

所以我用另類的方法創作，就是不想浪費時間去想題目~而是只要有靈感就先寫下來；雖然只有內容沒有題目，但這樣，我才能海闊天空，不用怕跑題，也不會畫地自限。

我希望，看我文章的人都很輕鬆，會有意想不到的收穫，不用去繞著題目團團轉。

結論:我的「人生小語」，只有書名，裡面文章~「沒有題目」，但是我用「編號」作為題目，可以方便大家搜尋，不用去記一長串文字題目，只要記住數字編號~就可以找到想看的文章。

目錄

人生小語

彩雲小語

（內容有誼芳、問候、欣宜、彩雲等 4 個小語）

誼芳小語第 1 首

活潑的人會選擇改變，讓不開朗的變開朗。
內向的人會選擇老實，用行動來證明自己。
假如選擇錯了也找不到合適的目標，就容易迷失自己，容易被牽著鼻子走。

誼芳小語第 2 首

時光美好，感覺到特別短暫，留不住從前。緣份難得，感覺妙不可言，才發現相愛容易相處難。
原來日子久了才會明白，能相遇已屬不易，能相知更要珍惜；感情需要的是信任，相處需要的是坦誠；要學會用理解和欣賞的角度來看待，並多花點心思來陪伴，這樣的相處才會甜蜜，感情才夠浪漫。

誼芳小語第 3 首

人總要學會拿得起也要放得下
這說來簡單可做起來卻不容易
如果無法改變現實就改變自己
想想是不是拿得太多造成負擔

（繼續誼芳小語第 3 首）
若負擔超重會給自己太大壓力
試著放下它才是對自己的解脫
想想是不是多了不必要的執著
若要求太多慾望就會無法滿足
試著調整心態才會讓自己好過

誼芳小語第 4 首

人生在我們自己手裡，誰不想成功的走下去。

為此選擇好方向，計劃著目標依正道而行；多努力，多種些善因就得善果，最後邁向人生的新天地。

雖說「命由天定，運由己生」這句話說明了「命」是由先天註定，祂包涵了與生俱來的天份和能力；但後天的「運」還是可以靠自己努力來改變成美好的。也就是說，要有好的命運就要自己先努力，別只想靠著運氣，就有不勞而獲的東西。

誼芳小語第 5 首

人與人之間最重要的是信任，信任是彼此誠實的表現，它建立在所有交往之上，一旦缺少了它，就難以立足；也容易使人產生許多的猜忌，還會引發一些無端的爭吵。最後築起厚厚的心防，再也無法溝通；讓彼此的位置越來疏模糊，感情也會變淡許多。

誼芳小語第 6 首

「難得糊塗」這句眾所皆知的名言，是一句提醒我們為人處世的參考，也是一種好的境界。
是假裝的糊塗，而不是真正的糊塗啦！
那「假裝糊塗」有什麼好處呢？
我想說有時候，人不能「太精明」，也不能「太愛計較」，偶爾裝一下糊塗，放輕鬆一下也不錯。
別給自己和別人壓力，也能留有餘地，來退一步海闊天空，這才是共贏之路。

未完待續~等待誼芳小語第 7 首的解說……謝謝。

誼芳小語第 7 首

我們人有很多想忘的，又忘不了的事……
這有點困擾，也有會有些苦惱；因為我們努力的
把不好的事忘掉(不是逃避、懦弱)，結果卻忘不了……
可能是因為傷害得太深了，所以留下難以抹滅的傷痕吧！
此時就不該，刻意的提醒自己想忘記的事……
只要輕鬆地想像一下~如果真的忘不了話，那就先記得也沒關係，說不定就能從此忘掉。你說是嗎？那就試看看吧，說不定有用唷！

誼芳小語第 8 首

有人說了：「一嘆窮三年，不要天天的喊窮」了；
因為「喊窮」是不好的「怨氣」，也會造成「不好的『口業』」，

（繼續誼芳小語第 8 首）

而且真的不能改運，也會窮很久哦！

所以平時要注意，不要養成「唉聲嘆氣」的「不好習慣」；也要減少「哀聲嘆氣」知道嗎？因為真的會把「福氣」都嘆走了哦……

如果常常無故的「嘆氣」，只懂得抱怨，把責任推卸給別人，把不滿的怨氣到處散播，這樣會讓人聽了很難受，也會無法對你伸出援手。

重點來了~嘆氣的結果，不能改變生活，而且也會讓「負面情緒」籠罩。為此要少嘆氣，並多做有氧的深呼吸運動，讓好的能量擴充，讓心胸開闊，心情才會開朗，生活才會快樂，你說好嗎？謝謝。

ps 注意！要懂得要常常感恩喔，才不會常常嘆氣！

誼芳小語第 9 首

人之所以會有煩惱，都是自找的，想太多了吧！

該想才想，不要有非份之想，該忘的就忘，不要老是跟自己過意不去的~念念不忘。

煩惱的困擾，你不找它，它不會找你，但你不理它時，它卻會無故的找上門來，來跟你沒完沒了的，所以怎麼辦？跟它和平相處，平心靜氣的跟它好好溝通。然後，把它當空氣，那麼自然就沒事了吧，你說是嗎？

凡事順其自然，就能知足常樂，然後就樂而忘憂了。

誼芳小語第 10 首

人的一生，總會遇到一些「不好的人」，和不好的事情，進而影響了，我們的生活和情緒。

如果真的不幸遇到「這種人」，而且平常和他也沒有什麼交情的話；那就先刻意的避開他吧！因為這樣才能避免，進一步的與他有正面衝突的情況發生。

就像一句名言說得很有道理，可以讓我們來做參考如下：「親君子，而遠小人。」

想一想這句話很有意思，然後心情就能開朗一些，也不會再愁眉苦臉了。

你說是嗎？謝謝！

誼芳小語第 11 首

人活著就會有很多希望，很多理想和目標，那樣生命才有意義，才不會隨波逐流的不知去哪裡……

雖然煩惱也會跟著而來，但只要選擇好目標，不管有沒有結果，只要努力了你就贏了！

所以就不要再想太多，也不要每天只想著享受，要有付出和努力……

了解付出是為了收獲，是為了更美好的幸福……

即使生活不是我們想像的那麼容易，我們也不能放棄……

就讓我們每天腳踏實地吧，這樣才能過得安心，生活也會有動力。

誼芳小語第 13 首

我常常會為你而分心
耳邊常響起你的話語
腦海也全是你的倩影

我知道你並不滿意我
讓我覺得自己是多情
知道自己也跟不上你

但我還是把你當第一
會在其中細心體貼你
把你當做最好的知己

誼芳小語第 14 首

那轟轟烈烈的愛情看似美好
但卻少有真正決心持續到底
都說愛情是自然的細水長流
心中常存著浪漫的詩情畫意
但也不如想像中的那麼甜蜜
只有真心陪伴才有最美幸福

誼芳小語第 15 首

愛情在每一個人的心裡，
總是又期待又怕受傷害，
它會令人陶醉在甜蜜中，

（繼續誼芳小語第 15 首）
有情不自禁和多愁善感。
雖然也會有失望和懷疑，
但整體還是美好的感受。
我們以為只要彼此相愛，
就能穩定的一直走下去，
往往想像得比現實美麗。
但常有事與願違的遺憾，
因為每個人想法都不同，
怕自己做不好付出不夠。
所以為了讓感情能繼續，
就需要雙方都能有付出，
有犧牲才能經營這份愛。

誼芳小語第 16 首

你多麼聰明伶俐
像那閃爍的星星
在夜空中放光明
跨越了不同看法的差異
優雅的讓人著迷

你充滿正面的能量
堅持著自己的理想
微笑的擁抱每一天
把命運掌握在自己手裡
讓人在黑暗中看到你的亮麗

（繼續誼芳小語第 16 首）
你懂得堅強獨立
用樂觀的心情待人接物
在困難中沉著冷靜
眼睛閃爍著智慧的光芒
讓前途充滿希望的光明

誼芳小語第 17 首

多少年來我為了夢想
付出了不少的努力
其中也不斷的反省和改進
並常常提醒自己
要學習如何「迎難而上」
才能讓未來的前途更加光明美好
也為日後的成功提前來做好準備
這是我對自己的一個期許
也能給自己一個努力的目標
希望給大家做個參考一起來為人生打拼。

誼芳小語第 18 首

世界上有許多好的風水
但我們決不能妄想不勞而獲
應該一分耕耘一分收穫
因為我們不能迷信
不能身陷投機取之巧中
而不去盡心盡力

（繼續誼芳小語第 18 首）
都說福地福人居
即使我們身困境
只要肯努力肯付出
風水也會因我們而轉變

誼芳小語第 19 首

時間是我們最好的朋友，但也可能是我們最大的敵人
它會不顧一切的溜走，害我們錯失良機；而時間最大的敵
人是「速度」是根據「愛因斯坦」的《相對論》，所以就看
我們怎麼來利用時間。
如果利用得好的話，那它就會讓我們過得很輕鬆很快樂，
辦起事來也很會順利。
都說「越成功的人，越會利用時間」，讓我們來學學那些成
功的人士，看他們怎麼把時間安排得仔細；或許對我們有
些幫助；但因為每個人的環境不同，只可以自己斟酌情況，
不用刻意的去模擬他們，才不會適得其反。
而有效的利用時間，就是一個很好的話題。
我們可以多向人請教，或者多看些書去參考，讓自己有所
領悟，然後試著計劃去做看看。
我們每個人每天都有 24 個小時，扣除吃飯、睡覺、日常生
活瑣事、工作、事業、學業還剩下還剩多少時間？還能做
多少事只有按照「輕重緩急」，才是因應之道。
我們會發現時間是沒有發改變的，該做的還是要去做，能
改變的是「充分合理」的安排時間而已。
所以「時間就是金錢」，「時間就是生命」，「珍惜時間就是
珍惜生命」有效利用時間，就能讓我們有機會和能力成功，
人生也不會白過。

誼芳小語第 20 首

有人說:「懂你的人不用解釋,他們也會理解你;而不懂你的人,越解釋越誤會,麻煩會越來越多。」

我覺得「解釋的問題」,應以「互相信任」為「基礎」;並以「理性溝通」為「守則」。

因此沒有所謂「懂你的人」就不用跟他「做解釋」的「邏輯」,因為這樣,反而會讓你們「缺少溝通」,進而產生了「隔閡」;也會讓他覺得不被所你「重視」。

而不懂你的人,只是他一時不了解你,或許你們還不是很熟悉,所以大家都持著:「害人之心不可有,防人之心不可無」的保留態度。因而會產生一種「懷疑的心理」,但只要他不問你事情的經過,你就不要忙著去跟他解釋。

假如他有問起的話,並對你表示了關心,那我們還是一樣,要做禮貌性的回應,把事情做簡單的說明。

這是做人的基本原則,也是我對「解不解釋的問題」,給大家做個參考。

誼芳小語第 21 首

人要能常常反省,才能知道自己錯在哪裡;

也要懂得去改過,才不會犯同樣的錯,所以為了減少自己的不幸,和給別人造成困擾,就要懂得忍讓。

人往往有情緒和壓力,有時候會因為脾氣差,而讓我們得罪許多人,失去了許多事和物。

想想生活中,因為動不動就發脾氣,造成多少不幸的後果。

因為發了脾氣,容易讓人有失去理智,和無法冷靜的思考的後果,進而造成不正常的心態,和負面的想法出現。

（繼續誼芳小語第 21 首）
為此只有少發點脾氣，才能讓情緒穩定下來，
也能減少，那些莫名其妙的低落心情。
讓我們來減少，那些跟別人吵架的理由，充分利用建議來
想想：「忍一時之氣，免百日之憂」的好處。
才不會為了逞一時之勇，而壞了大事。

誼芳小語第 22 首

今天是快樂的日子
一陣風吹來了笑聲
它吹走你眼前煩惱
也吹開了你的心扉

你的笑聲輕輕飛揚
停留在希望的地方
不斷向我這裡擴散
和熱情連成了一片

如今我已不再空虛
也學會放下的本領
遠離塵囂中的繁雜
可以安心享受陽光

誼芳小語第 23 首

我們每個人每天，都會面對大大小小的壓力，
有的是別人給的，有的是自己造成的……

（繼續誼芳小語第 23 首）

別人給的壓力，或許可以化成進步的動力，

但自己給的壓力，有可能讓你變得更緊張更恐懼……

這是為什麼呢？因為你總不想逃避，又一意孤行的想奮戰到底，結果試圖改變的情況，又不如預期，導致帶來更多壓力的危機……

我想只有把壓力暫時的舒緩，讓一切先慢下來，然後再找人商量，想想解決的方法。

但如果壓力是「過分的要求」，超越我們的能力，就是一種「矛盾」，我們應該「量力而為」，順其自然，盡心盡力，不去強求，才能重新再計劃，再改變自己，再充實自己，然後把壓力作為反彈的動力，才不會讓壓力壓垮了自己。

誼芳小語第 24 首

我們一生中有許多看不慣的人、事、物，那是因為「人各有志」的關係，所以會造成我們，對多元化世界看法的差異……

而每個人都有自己做人的基本原則、習慣和處世方法，所以不管是別人看不慣我們，或是我們看不慣別人，都應該相互尊重和包容……

為此我們就不應該，以自己道德標準的好壞來，來要求別人也像我們這樣做；因為這樣很容易，讓我們產生不好的情緒，會折磨自己也會折磨別人……

就讓我們好好的修養，才能圓滿生命的價值……

而那些讓我們看不慣的人，其實該用:「三人行必有我師焉，擇其善者而從之，其不善者而改之」來加以修正自己的偏差，才能截長補短的讓自己更加完善。

誼芳小語第 25 首

人生最快樂的~莫過於「知足」，因為「知足才能常樂」。
它雖然，讓我們「滿足於現況」；但決不會讓我們「不思進
取」，也不會停止我們追求的腳步。
這裡的「知足」，是要我們以「感恩」的心態，來面對無常
的人生。為此我們對物質方面，不要太貪婪，也不要計較
太多；對人生方面，要能看淡名利和得失；對金錢方面，
要能「當用則用，當省則省，做到不奢求也不浪費」。
然後以知足的心，向理想的目標前進。

誼芳小語第 26 首

總有一天我會明白，相處需要的是誠意；
感謝那些我曾經錯過的朋友，教我珍惜；
或許相遇只是偶然，是擦肩而過的緣份；
但只要尊重和包容，在一起就會有幸福。

誼芳小語第 27 首

「人心」有時候很「冷」，有時候也可以很「熱」；因為當
你愛一個人，或關心一個人的時候；什麼都願意做，也不
會有抱怨，會很熱心也很主動；而當你誤會一個人，或看
不起一個人的時候；就會有「懶得理你」，和「敷衍了事」
的情況發生，也會變得很冷漠很被動。
這是什麼原因呢？我想這很自然，因為我們還不是聖人，
所以時常學習在聖與凡之間，不知怎麼兼修才能圓滿。

（繼續誼芳小語第 27 首）

有人說：「朋友最怕『鬧翻後的陌生』、『誤會後的痛苦』、『分開後的冷漠』。」

我個人認為交友很簡單，只是有「益友」和「損友」之分……古人云：「益者三友，損者三友。友直、友諒、友多聞、益矣；友便辟、友善柔、友便佞、損矣。」；這就是說，如果能交到為人正直、講信用、和有學問的朋友，會獲益良多；而如果不幸交到，只會用言語恭維和竭力討好、甚至居心不良和虛有其表的朋友，就會深受其害；所以這句名言，對我們如何選擇和結交朋友，很有幫助，也有很好的啟示。為此結交朋友，必須要知道「近朱者赤近墨則黑」的影響，也要好好的選擇，才不會過於氾濫，而讓自己有「自作自受」的遺憾。

誼芳小語第 28 首

平常大家都很忙，朋友也交得很多；有時候朋友太多了，會讓你忙不過來，也會有冷落他們的情形發生。

或許你的能力和條件都很好，因此有很多人想要跟你做朋友，想更親近你，也想跟你拉近距離，這是你的榮幸也是你的苦惱？

因為你要有自己的時間，也要把自己份內的事情做好；然後再跟家人，還有最親密的夥伴，做最好的互動，其餘才有時間再往外發展。

總不能捨近求遠，被無關緊要的事，和一些「不重要」的朋友「耽擱」吧！

有人說：「把你『當回事』的人，無論再忙，都會抽空回覆」。那請問一下什麼叫「當回事」？

(繼續誼芳小語第 28 首)

我想沒有「當回事，這回事」吧！

因為只要是朋友，都要「當回事」，你不把朋友當回事，又是「怎麼回事」呢？

你們可以「保持距離」，但不能變得「冷漠」；不論忙與否，都要找時間來「回應」；那怕是傳個訊息打個電話給個問候，也都是禮貌性的互動，是一種基本互動的道理「禮尚往來」。

人生有很多道理，都在說「人心的自私」的；有的朋友為了自己，而不擇手段對待朋友，這是「損友」；如果我們遇到損友的話，就要慢慢疏遠；才不會「深受其害」，也不會讓他們「變本加厲」的欺負我們。

總結：不要因為朋友一時疏忽，就「找藉口『說他們不把你』當回事」；我們要先檢討自己的態度，如果有得罪的地方，就要誠懇的改過，也要保持主動的禮尚往來。

說句簡單的話，有緣就會在一起，對你好的人你要把握；而對你不好的人，你就「隨緣」和「順其自然」吧！而「好聚好散」才是最好的「風度」，不用再說些「風涼話」了，讓大家有個「美好的回憶」吧！

誼芳小語第 29 首

有的人說好了要齊心協力
卻因各執己見而分道揚鑣
有的人說好了要不離不棄
卻禁不起風雨沒有了信心

時間會讓我們看清楚一切
也讓我們懂得如何來珍惜

（繼續誼芳小語第 29 首）
因為感情永遠都是互相的
必須在逆境裡經得起考驗

選擇朋友要有耐心與真心
被朋友選擇則要將心比心
因為只有不敷衍與不欺騙
雙方才能通過實際的考驗
那如何證明友誼的真假呢？
我想只有經過時間的考驗
才能承受得起困難與挫折
才能讓朋友關係更加穩定

誼芳小語第 30 首

有人說：「『找知己有 4 難』，1. 難得、2. 難尋、3. 難求、4. 難遇。」
首先我們要了解什麼叫「知己」？
知己就是：能心心相印，相互了解，相互幫助，相互尊重，相互體諒，相互支持與鼓勵，同甘共苦，志同道合……的人。
而「難得」的意思：就是如果「沒有福氣」，就很難得到~「難得易失」，所以我們好好把握。
「難尋」的意思：就是如果「沒有緣份」，就很難找到~「有緣千里來相會」，所以我們要惜緣。
「難求」的意思：就是如果「沒有機會」就很難追求~「可遇難求」，所以我們要把握良機。
「難遇」的意思：就是如果「沒有奇遇」，就不容易碰面~「相見恨晚」，所以只要遇到了，我們就好好的對待。

（繼續誼芳小語第 30 首）

了解這些解釋之後，才能知道「知己的可貴」，因為能夠當知己的，事實上已寥寥無幾了。

看過「魯迅」先生的一句名言，給大家做參考:「人生得一知己足矣，斯世當以同懷視之」。這其中包含了多少的辛酸和感慨，同時又是多麼的知足和甜蜜。

誼芳小語第 31 首

大家都聽過「順其自然」這句話，也都對它很熟悉；但是對它的「看法卻有很多種」……

有的人說順其自然是「消極的」是逃避的藉口；有的人說順其自然是一種「很高的境界」，能讓人領悟、能看開、且看淡人生，然後拿得起放得下；還有人說凡事要「盡人事而聽天命」，在盡力而為之後，如果還是不如預期、也問心無愧的話，才有資格說「順其自然」這句話……

那到底哪一種的認為是正確的呢？

我認為「古中國」「老子」說的話比較有道理:

「人法地，地法天，天法道，道法自然。」；因為世界上只有「自然」是永遠「推翻不了的法則」，也是「唯一經得起考驗的法則」……

而人類只是自然中的一小部分，所以「任何生存之道都要順其自然」，才不會「背道而馳」，也才是「長久之計」。

誼芳小語第 32 首

大家都知道要「孝順」父母，也懂得如何來孝順……

那孝順對大家來說，為什麼永遠是那麼的重要呢？

（繼續誼芳小語第 32 首）

看過「近代中國清朝」「王永彬」先生的《圍爐夜話》其中的一段名言如下：「百善孝為先，萬惡淫為源。常存仁孝心，則天下凡不可為者，皆不忍為。」，所以大家很明白的了解，「孝是百善之首」；但又為什麼說「萬惡淫為源」呢？

因為當我們滿腦子，都是淫慾的時候，以前不敢想，也不會去做的事，現在都會有了「心存僥倖」的心理……所以我們要「非禮勿視、聽、言、動」，才不會「鋌而走險」的「違法亂紀」做出「傷風敗俗的事」了……

「孝」是傳統的「中華文化」，是「儒家」倡導的行為思想；它是指：「做兒女的要有感恩的心，要無條件的供養和尊重父母、孝順父母；並且生育、教育下一代，延續父母（不孝有三，無後為大）的使命。」。

為此我們不應該，違背父母、長輩以及祖先的心意，才能穩定「五倫」的常道和相處的關係。

所以「百行孝為先」，已深植人心，也反映了「中華民族」，從古至今都極為重視「孝道」的觀念。

誼芳小語第 33 首

有些風景經過了，以為會留下來？

都說它的美與神奇？都知道只適合欣賞，不宜久留……

因為我們都「只是過客」，走過的風景雖然優美，但也只能成為「過後的彩虹」~「不能長久」，因此我們不能依依不捨的十步九回頭，更不能迷戀的停留，因為那將使我們，錯過更美好的前程……

然而也有一些只是路過，從沒想過要停留！

（繼續誼芳小語第 33 首）

這是為什麼呢？因為我們知道，離去的只是風景，而看過
經過的感受，才是有用的心得……

也許回首之後，我們會發現，只有經過，才懂得欣賞與珍
惜，假如因停留而耽誤，那就沒有時間去看更精彩的世界，
也看不見更好的人，以及更好的風景了。

雖然每個美好的風景，容易使人「流連忘返」，

但只需放慢腳步欣賞就可以了，我們還是須從「表面的繁
華中」回歸原來的平淡。這才是我們要走的人生……

也許大家都有這樣的經驗，就是在回首過往的時候，才會
發覺所有的路過，所有的旅遊，都那麼的美好。甚至會覺
得，有一種回味的甘甜。

誼芳小語第 34 首

都說：「人生道路彎彎曲曲」，但其實是我們，不懂得「順
逆同心」的因應之道……意思是說不管在順境或逆境，都
要以「平常心」來應對。

就如「三國演義」說的「話說天下大勢，分久必合，合久
必分」所以順勢而為，勝過逆勢而行；但都必須「量力而
為」，才能在順勢與逆勢中取得優勢。

人生的路，沒有永遠的平坦和順暢；人活著，也難免會遇
到挫折和困難……

有人說：「路是人走出來的」，所以當路不通的時候，我們
就試著~拐個彎或轉個方向，換條路走看看；或許會有「山
窮水盡，疑無路；柳暗花明又一村」的希望。

有時候走累了，就休息一下吧！不要急著趕路，也不要怕
趕不上別人；因為休息一下，不是藉機偷懶，也不會長久

（繼續誼芳小語第 34 首）

的停留，而是為了恢復一點體力，才能走得更快更遠。

在前進中，我們會遇到很多叉路，需要我們明智的作選擇；萬一方向走錯了，也不要緊張，要冷靜下來，選擇合適的路來走；才能巧妙地避開，及克服各種障礙。

有人說：「樂觀者看到條條都是康莊大道，悲觀者看到條條都是此路不通。」

當前方無路，或者走不通的時候；其實只是暫時的迷失方向，不知道怎麼走而已； 只要記得「路是人走出來的」這句話，就不會盲目的堅持，也不會有鑽牛角尖的恐慌了。

我們要再接再厲，才不會半途而廢；要懂得變通，才不會在同一條路上，耽擱太久，要懂得繞道而行，才能順利到達目的地。

因此無論，經歷多少的坎坷或平坦的道路，只要能冷靜的面對，就不會有想不通的情形出現。

誼芳小語第 35 首

有些人只花了短短的時間，就取得非凡的成就；而另外一些人，卻用了一輩子的功夫，還是在原地打轉……

這是為什麼呢？我想我們大家是「需要一些堅持和一些原則」吧！

以下我就來說幾個句子，給大家參考：

看過「古中國」宋朝宰相「呂蒙」的〈破窯賦〉（宿命論），其中的一段句子如下：「蓋聞、天有不測風雲，人有旦夕禍福。蜈蚣百足，行不如蛇；雉雞兩翼，飛不如鳥。馬有追風之雄，無人不能自往……此乃時也、命也、運也」

（繼續誼芳小語第 35 首）

這段句子簡單而明瞭，相信大家都能明白。所以我就不再多做解釋了……

看過《周易‧繫辭上》:「樂天知命故不憂」,這是為人修養的最高境界。

所以我們要先能「樂天」(知道宇宙的法則,選擇樂觀以對),才能懂得「知命」(知道生命的道理,清楚自己的能力)。

當然命運掌握在,每個人自己的手裡;但要懂得量力而為(不被慾望所駕馭),凡事莫強求(順其自然)。

我們也需要知道:「命裡有時終須有,命裡無時莫強求,為人但求知足,知足自然會常樂。」

所以我們只要能活在當下,能順其自然,能懂得樂天知命,就能知足常樂的積極進取。不會再以一時的成敗得失來論英雄了。

誼芳小語第 36 首

有時我們會覺得自己很苦
感嘆生活沒有比別人幸福
這是因為不知足也不滿足
再怎麼比較也找不到好處
只有了解幸福和懂得惜福
才能夠牢牢的把握住幸福

誼芳小語第 37 首

只要知道幸福是一種感覺
就能隨時隨地的得到幸福

（繼續誼芳小語第 37 首）
即使別人眼中你是幸福的
也不能代表你所謂的幸福
只要你不把它看得太複雜
它就能悄悄地走進你世界

誼芳小語第 38 首

人的一生難免起起伏伏
成長少不了會跌跌撞撞
其中有多少迷惘和徬徨
會讓我們誤以為是挫折
只要我們仍然樂在其中
懷著樂觀進取的人生觀
就不怕環境劇烈的變化

誼芳小語第 39 首

苦難不一定使我們成長
成長也不一定要經過苦難
因此得意時不要太囂張
失意時也不要太沮喪
只有學著面對那些磨練
在困境中冷靜沉著
對未來努力的開創
才不會感覺活著是無助

誼芳小語第 40 首

現在我對你已完全信服
你令我改變的理由充足
你像陽光般灑滿我的心
總在第一時間給我溫暖
幫助我驅趕心靈的寒冷
溫暖我多日冰涼的內心
讓我變得更開朗更樂觀
能否用你熱情將我點燃
照亮我黑暗前途的光明
讓我抱著一絲希望前進

誼芳小語第 41 首

你火一般熱情溫暖了我
唱著暖暖的歌向我走來
用心舞出對生命的熱愛
洋溢出的感情是炙熱的
沒有人祝福我們的結局
不可自拔的感覺在心頭
你不想我因此進退兩難
想再給我多一點的溫柔
就為此希望永遠的陪我
成為我身邊最美的擁有

誼芳小語第 42 首

每個人都有自己的人生，都說要為自己而活，而不想為別人而活；然而事實上為人、為己，也非兩難的選擇題。

看過「法國」十九世紀作家（大仲馬），於「西元 1844 年」出版的小說《LesTrois》中：「我為人人，人人為我」的句子，跟「古中國」孟子說的：「人人親其親，長其長，而天下太平。」有一樣的道理。

為此，不管為自己而活，還是為別人而活，只要對得起「天地良心」，不做對不起別人的事，不辜負別人的付出，就不用再計較為誰而活了；因為人要以「自己為主」「行有餘力，則以助人」。

人是群體的動物，要跟大家一起好好相處，跟大家一起好好活著，才是人生。

誼芳小語第 43 首

每個人，都想讓自己的生活過得更有意義！

看過「法國」著名的思想家和文學家「盧梭」的一句名言，給大家參考如下：「生活得最有意義的人，並不是年歲活得最大的人，而是對生活最有感受的人。」。

這在說明「生活的意義」，在於「用心」的感受……

能感受生活美好的人~生活才有意義！換句話說~要擁有「良好的心態」，生活才不會乏味和空虛。

那如何將生活的意義，提升到生命的意義的層次呢？

我認為：生活要有目的，生命才會有意義！

那生活的目的是什麼呢？簡單的說，就是做「為人為己」的事；那就先有些計畫和目標吧，這樣才來得比較實際。

（繼續誼芳小語第 43 首）

然而有些人，不管生活過得如何；始終覺得沒有特別的意義？

這是因為他們，只為了滿足自己的「虛榮心」而自私自利~少了「為人為己」、「利人利己」的關係吧！

其實生活的意義很簡單：只要有正確的原則、目標和理想，可以為生活全身心的投入和努力，而且不在乎所付出和所接受的是否如意；能放下自私的「小我」，做到「為人為己、利人利己」的踏實人生，就是生活的意義！

誼芳小語第 44 首

就我看來，做什麼要像什麼？想把事情做好~就得用心

所以人和人比較的~就是用心，用心多的人，努力的時間也多，但所有難事對他來講，已不是什麼問題，因為他比別人努力，比別人用心，遲早是會有回報的（前題是~他要隨緣自在~不奢求）。

那想做得好，除了用心還要加上專心和耐心以及信心，那麼多心如果能合而為一，也就是：「天下無難事只怕有心人」。

那用心只要用對地方，那方面自然就會有效率。

這是大家都知道的簡單道理；是：「一分耕耘一分收穫」和「要怎麼收穫先那麼栽」的努力。

這世界，沒有人天生能力好，也沒有人天生能力不好；能力是要靠自己去培養去創造的。

而能者和平凡人的差別，就是能者多勞。

「能者」兩個字，在字面上的解釋，就是能力好的人。

看過：《莊子，列禦寇》：「巧者勞而智者憂」，給大家參考

（繼續誼芳小語第 44 首）

~意思是說：「能力好的人，能承擔的責任比較多，因此會比常人辛苦；而聰明的人，看得比較遠，想得多，所以會比常人煩心一點。」

這是俗語所說的：『能者多勞』~能者做事多，勞累當然也多。

如果能者願意多做一點，那當然會為社會、國家，帶來很多的貢獻。

而人與人可以做比較的，我想~就是做人與做事的專心；當然不是有時間的人，就會比較用心，沒有時間的人，一樣也可以用心，雖然時間的長短是影響用心的關鍵；但是只要懂得專心，效率是可以被放大的；再加上細心，就能有一番作為。

努力吧！記得先用心和專心，那天下就沒有所謂的難事了。你用心了嗎？趕快用心這是成功的法寶！

誼芳小語第 45 首

每個人生活中，都有一連串的問號？需要 1. 提問（向人請教）、2. 設問（假設後，自問自答）、和 3. 反問（反省，反思）？它們讓我們自己想辦法去找答案？才能滿足我們生活上的需求，和解決生活上的困難。

曾經有人問我「兩個問題」，他問我：「『人生中』，什麼事情是 1. 該問的？什麼事情又是 2. 不該問的問題？」

我回答他「1」：只要是「做學問」的問題，都可以問；因為做學問就是要問，只學不問無法徹底了解；而只問不學又容易有「一知半解」的糊塗。

（繼續誼芳小語第 45 首）

看過「葡萄牙」詩人「費爾南多・佩索亞」，的一句名言，給大家參考如下：「生活是一個驚嘆號，和一個問號之間的猶豫；在疑問之後，則是一個句號。」

這在說明有「疑」就要會「問」，但做人的「基本誠信」要先顧到；而且要做到「愛（用）人不疑，疑人不愛（用）。」；這樣才能把心裡的疑問「拉直～成驚嘆號」！最後給大家一個「完美的句號」。

我回答他 2：別去問個人隱失和密祕；也別去問，自己認為，不該知道的事情（問了也白問的問題），這樣大概就可以了……

還有問題也要問對人，要問問題之前，要自己先想清楚怎麼去問；不然別人會聽不懂～你在問什麼？

有問題就別放在心裡，可以用婉轉的方式來問，

但要注意禮貌，和語氣和態度，要好好地問，不能隨便亂問的。

問事情很簡單，每一個人都會問，就看你問的那個人～他想不想回答（有沒有能力）你而已；如果他不想回答（因不懂或沒能力）你，那你就不要再問了；如果他想回答你，你就好好的問個清楚，要「明知故問」，這樣大家才不會～再胡思亂想的懷疑下去了……

我已經講了那麼多，你還會不會～突然地問我說：「假如心理有解不開的結，和始終都問不出口的難題時，要怎麼處理？」

我只有回答你有兩種方法：改變心態和開心一點；因為開心一點（想開了）就沒有「心結」也不會感到壓抑；心態改變了，就沒有煩惱纏身；最後連問不出口的難題，也再不是問題了；因為你已經「沒有了心結」，我這樣是說可以嗎？

（繼續誼芳小語第 45 首）
換我問你一下？
但是我有一點要注意~要記得「問對人」，才不會白問一場
讓彼此尷尬？

誼芳小語第 46 首

人和人交往其實很現實？你看那些能力好的人和成功的
人，朋友一大堆，左右逢源？多到數不完？
這是為什麼呢？我想有的人羨慕，或有的人忌妒吧！甚至
有的人~還想趁機利用關係？
然而這些告訴我們，好的人是我們學習的對象，
雖然我們比上不足比下有餘；但是我們也要有一點用心~行
有餘力則以助人；人總不能只是看上，不看下吧？這樣未
免沒有人情味？
這不是教我們把自己的程度往下拉？是在告訴我們能者多
勞；相信有心幫助比我們差的人，
會比我們去崇拜那些偶像，追隨那些高高在上，遙不可及
的成功者還快樂吧？
我們的人生總是看上不看下？這樣的缺點，讓我們沒有回
頭路啊？
有誰會幫你？那些成功的人會幫你嗎？我想我們就別痴人
做夢？他們只會看到你的無能，叫你自食其力？所以先做
好自己再說吧！
因此只要我們有能力，就去幫幫比那些我們差的人，不用
把時間，浪費在巴結哪些成功的人身上。
聽過一句話:「雪中送炭和錦上添花」
你是想做雪中送炭的人？還是錦上添花的人呢？

（繼續誼芳小語第 46 首）
或許我們的時間不多？我們也沒有分身？
那我們就先做好自己就好，等待行有餘力則以助人，是最
好方式。

誼芳小語第 47 首

當你的愛由天堂跌落到無底的深淵
眼淚便為我激情的浪漫畫下了句點
我們的愛曾經那麼美有共同的語言
但當我準備好卻拼湊不起隻字片語

我發現你四周無聲只剩一絲絲光線
美景也隨時間消失讓意志變得慵懶
我不想被無情的風吹到絕望的邊緣
只想往上走用笑聲來面對沮喪困難

當風吹乾我愛你的淚水你可再回頭？
什麼時候再來個甜蜜的讚美與擁抱？
我想你會走進我夢裡只是我的妄想
我醒後又過了一天愛你卻未曾變淺

誼芳小語第 48 首

都說：「什麼樣的人，就交什麼樣的朋友，但還需要有緣分」
這看來似乎簡單的一句話，但仔細一想也不簡單⋯⋯
因為：就比較自己來觀察，有的人會比自己強，也有的人
比自己差。

（繼續誼芳小語第 48 首）

然而交好的朋友，也沒有那麼困難吧？只是大家都想交強的朋友；而差的朋友，不就沒有人要交了嗎？我想：如果是這樣的話，大家能交到好朋友嗎？

因此我認為：交朋友，能儘量交一些～有品位有格調和有水準的人，當然很好；這樣會讓自己有更多的進步和成長的空間。

所以：「三人行必有我師焉，擇其善者而從之；其不善者而改之。」這是說：只要勇於向人請益，到處都有值得學習的對象，當然我們要「擇其善者」為朋友。

誼芳小語第 49 首

有人曾問過我，什麼可以證明一切，我說時間可以證明一小部分，但不能代表一切；因為時間，只能證明部分的事實，而有許多證據，會隨著時間的過去被煙滅，甚至被人造假……

雖然大家都相信時間，也相信只有時間不會騙人？但是，什麼才是真，什麼才是假呢？

我認為「眼見不一定為憑」，比如說看人，不能只用眼睛去看，和耳朵去聽，因為那些都只是表面～我們要用心去觀察，還要聽其言觀其行，才能有更完整的呈現。

所以邏輯推論～時間不能證明一切，也不能代表一切，重點是要我們～長期用心的觀察和分析，才能真正的證明一切，才能記錄完整的歷史和事實。

因此時間只是一個過程～我們不能等待時間（守株待兔），而不用心去研究和分析，這樣等於是消極和被動的不好心態和行為。

（繼續誼芳小語第 49 首）

大家都懂了嗎？不要在那裡等了好嗎？，要了解多少~趕快用心研究分析，不要等時間給你答案。

因為時間它不會給你答案的~天上也沒有掉下來的禮物哦。

誼芳小語第 50 首

相信大家都聽過一句話：「外遇是由喝咖啡、聊是非~開始的」，當然剛開始，他們會以為，只是單純的聊聊天，結伴出遊，也沒什麼大不了，以為「純友情」的交往互動，不會有浪漫的火花，但是「近水樓台」，只要交往頻繁、相處久了，心就有所牽掛，感情也會醞釀起來。或許有些人會說，自己是「正人君子」，思想正派，不會想入非非，也沒有非份之想，但其實這樣的人，反而是「精神外遇」的「高危險群」，因為他們「自以為是」，而忽略了「非禮勿動」的原則，這很容易讓單純關係複雜起來，所以已婚的男、女朋友交往，要保持距離，才不會有外遇的機會發生，進而毀了原本的家庭。那最好的方法，是什麼呢？我想：只要築起「愛家的圍籬」，就不會讓人有「入侵的機會」。

誼芳小語第 51 首

最值得欣賞的是，每個人心中的那朵蓮花；

雖出於凡塵卻無汙垢，仍綻放出它高雅的芬芳，雖長在俗世裡卻能潔身自好，仍保持它最聖潔、最崇高、最慈悲的善良。

誼芳小語第 52 首

你像一首詩一樣的美，經常陪伴著我的寂寞，讓我好心動。
讓我看到你的美妙和溫柔，你喜歡詩也常寫詩，讓生活充
滿詩情畫意，但是你不想為賦新詞強說愁。你的人生就是
一首詩，裡面有苦有甘，有你的用心的不同，讓我羨慕不
已，讓我一再朗誦著你的快樂。

誼芳小語第 53 首

人生只要有幾分完美就已足夠，也能慶幸得了無遺憾；因
為所有人生下來就不完美，況且這世上還沒有出現過十全
十美的凡人。
所以我們不必強求自己，去收穫那十全十美的結果。
為此只要發現了自己做錯了，就要馬上的反省和改過，學
習「聖人」的「吾日三省吾身」，千萬不能一錯再錯的不知
回頭。
如果事情錯得離譜，暫時得不到別人的原諒，也不要傷心
難過，因為只有自己先原諒自己，給自己不斷的加油和打
氣，才能禁得起風雨的磨難，培養出更好美的品德。

誼芳小語第 54 首

有些人認為，結婚是更親密的開始，可以減少心裡的不安，
及不確定的牽掛，也可以安安心心的，相互約束。他們在
婚姻的束縛之下，期待有更美滿的保障。這當然是一種希
望，只要他們能好好的經營，每天多用心傳達，一些溫馨
的微笑和擁抱，多給對方一些浪漫，就能有良好的溝通，
也能相處得比較順暢。

誼芳小語第 55 首

那些自以為是的人
通常不會有好下場
頑固只會使自己更難堪
也會連累別人一起受罪
那是因為他們太驕傲
驕傲到不知要謙虛
總聽不進別人的意見
認為自己才是第一
總不容易和人和諧共處
認為自己高高在上
總表現得與眾不同
認為自己鶴立雞群
所以只要遇上這種人
就只好悄悄的的敬而遠之
把他們那種剛愎自用
和驕傲自滿的態度
當作是最好的警惕
好好的引以為戒。

誼芳小語第 56 首

幸福的人，不一定要有榮華富貴的享受。我們多了解「與
其追逐不如滿足」的幸福，所以哪些條件好，能力強的人，
也不一定是最幸福的一群。只有懂得知足和樂觀來面對幸
福，它才會在我們心中常駐。

誼芳小語第 57 首

從古至今，大家都認同「識時務者為俊傑」這句名言，但是能識時務的我們，又如何來，接受時代的考驗和堅持，讓原本善意的初衷，不向權勢低頭，和不隨波逐流。所以我認為我們，只要能堅持正確的原則，不論環境如何的變遷，也都要保有，最初正確的執著，才是真正的俊傑，才不會有藉口來墮落，而造成人生的遺憾。

誼芳小語第 58 首

每個人都需要朋友，但朋友也有好、壞之分的，好的朋友就像你的貴人，他可以助你一臂之力，壞的朋友就像小人，他會常扯你後腿，所以我們要了解，並不是每個人，都可以成為相互的朋友。每個人都有不同的人生觀和待人處事的方式，連興趣、喜好也各不大相同。所以選擇朋友的方式最好是：「親君子，遠小人」。因此自己也要修養得，像君子一樣的穩重，才會有許多，志同道合的好朋友。

誼芳小語第 59 首

在人生的道路上，誰能與你一起同行，的確很重要。甚至他可以左右你的方向，引導你走出為難的窘境，成長你過程中需要明白這道理，決定你人生的目標。

誼芳小語第 60 首

人生的路走多了，才知道哪裡平坦；哪裡崎嶇。

（繼續誼芳小語第 60 首）

路上的風景見多了，才知道哪裡好，哪裡差。

每個人都有自己的想法和看法，一些經歷需要靠自己去體會，去感受，才能走出自信的順暢

誼芳小語第 61 首

喜歡你，眼裡閃爍的自信，非常的明亮，是那麼溫暖，那麼甜蜜；喜歡你美好的顏值以及開朗的性格，是那樣的優雅，那樣的自然；好到我無法用言語來形容，總讓我，心神愉悅的把煩躁的情緒一掃而空。

原以為我的幸福還在遠方，於是不斷的向外追求，從沒有想過那是一種迷失；直到後來，遇見深情的你，才發現愛就在你的身上；現在我要繼續飛舞在你的花海，快樂在你的身邊，沈醉其中；希望不要有人，來打擾我的蝴蝶夢。

誼芳小語第 62 首

人生在世，會面臨許多誘惑和迷惑，若無法克制住內心的貪念，就很容易變成欲望的奴隸。因為貪心的人，往往過分索求而不知足……往往不辨是非，唯利是圖。。因此避免貪心的方法，就是要學會知足。

結論：適度的貪心（這裡是指平常心），如果再加入信心、愛心、耐心、感恩心、企圖心去綜合的話，那會讓人有成長的動力。但如果貪心太多，反而容易上當受騙，也會誤入歧途。

誼芳小語第 63 首

有些人～不怎麼喜歡被人打擾？總覺得被打擾是種很煩人的事情？我覺得：如果有共同的話題，也還聊得下去，或許可以勉強湊合吧！但如果沒話題，確實有點累了。

先不管，打不打擾的個人看法，我認為：人都要有自己獨處的時間，才能去享受那寧靜的生活……

的確打擾很不好意思？但有的人偏偏不這麼想哦；因為他們生活得無聊，所以整天想找人陪著，卻不知因此耽誤了人家的正事，還自以為很有趣呢！能給別人快樂？

我看這種情形啼笑皆非！但是又何奈？總不能躲起來避而不見吧！

或許，喜歡打擾別人的心態，已失去了自我，內心空虛吧？

結論：我們要培養獨立思考和生活的能力，心神也才能安寧，才能獲得真正的安全感和充實感。

誼芳小語第 64 首

只要活著，幾乎每個人，每一天都會花錢（包括自己賺的或是別人給的），只是花多花少而已……

然而有些人會說，他好幾天沒有花錢了……我認為只要他有吃東西、有用日常用品（乞討除外），

就算是在消費（包括之前花的錢），就算在花錢。所以只要活著一天，再怎麼省，都得用到錢。

但是有些人，偏偏就喜歡，把錢當成發洩心情的工具，來滿足心中的慾望。因而造成許多沒有必要的浪費……

甚至出現購物狂的徵狀，造成卡債、家庭破裂、人際關係出問題……

（繼續誼芳小語第 64 首）

我認為：良好的用錢態度是，當用則用，當省則省；雖然很多東西有特價，是可以考慮買下來節省開支，但是買東西的時候，千萬不能衝動，一定要把錢花在「刀口上」，才能讓每一分錢，發揮它最大的作用。

結論：賺錢不容易，所以花錢要有計畫，要理智不能衝動。但錢不夠用的時候，則要想辦法開源節流，不能太節儉，不能忽略食、衣、住、行的基本需求，不能影響身心的健康。

誼芳小語第 65 首

一個令我頭痛的問題來了~就是社區鄰居吵架……原因是，ㄇ型建築後側房子的屋主，他停車突出了騎樓太多，占去了通行車輛~轉彎必須的空間……問題就這麼簡單，各退一步海闊天空。如果互不讓步，只怕吵個沒完，事情也沒辦法解決。

我覺得吵架時，最怕有理說不清，因為會吵起來，大部分已去理智……

所以你再怎麼講道理，對方還是有可能忽略的。

而大部分吵架的情況，雙方都會像錄音機一樣，一直不斷重播自己的主張，想把對方的話壓下去……

況且學校老師，是不會教人如何吵架的，也沒有吵架這門功課。所以沒有誰會變成吵架高手啦，但是有人會去學電影「吵架王」，裡面的獨門絕招……而效果大概不受歡迎吧？

其實吵架是一門大學問，像《三國演義》中孔明的「舌戰群儒」就是最好的吵架範例，他們用智慧來吵，比一般人

（繼續誼芳小語第 65 首）

用情緒來吵得好。

我想天底下，會用智慧吵架的人，可能不多吧！因為有足夠智慧的人，都會理智來解決爭議，不會走到吵架的地步。

我看吵架的人，大部分都生氣了，也都情緒化了，如果能讓情緒低頭，讓理智抬頭，才是真正的吵架高手。

講了那麼多，如果真遇到吵架，得先看自己理不理智、生不生氣、有沒有情緒化？然後再觀察對方，是否也有上述情形，如果有的話，那就趕快保持冷靜，想辦法脫身，以避免唇槍舌戰，等氣消了再作溝通。

結論：吵架是門學問，但是要經過科學的統計、分析，才能得到有幫助的數據，來減緩吵架的次數。

我們不是哪方面的專家，如果只憑著自己主觀的看法，可能有失公正，所以我對吵架這門高深的學問不予置評，也不想憑藉自己的憶測來誤導人生。

ps：吵架不好，但如果非吵不可~就要能理智的吵。

誼芳小語第 66 首

有一個朋友跟我說：「自己很笨，什麼也做不了，什麼也學不好」……

他的意思是：很怕學東西，很怕嘗試新的方法，所以只要有新的東西要他學，有新的方法告訴他，他就會有壓力……

我想他大概有寧願放棄，也不敢去嘗試的心態吧？

我就鼓勵他：「天下無難事只怕有心人、勤能補拙、一分耕耘一分收穫」

（繼續誼芳小語第 66 首）

接著我進一步告訴他：「任何努力，都會有成功或失敗的可能，所以，我們不能還沒做，就先害怕失敗，就先放棄……

他聽了以後就說：「這些道理我都懂，我會試著去做看看。」

接著我又告訴他：「愛迪生（發明家）的名言，給他參考：『天才是一分的靈感，加上九十九分的汗水。』；唯學習他不斷努力奮鬥的精神，和『只問耕耘不問收穫』的心態，才能有好成果。」。

他聽完我的話，就很感謝的說：「我的心情像被你解開了一樣；所有的煩惱和憂愁，也因你而煙消雲散了。」。

我告訴他：「成功最短的距離就是堅持，雖然它不一定是直線，有的需要繞道，有的需要跨越障礙，但只要我們有勇氣去克服、去挑戰，就有到達成功的機會。」

結論：「天下無難事，只怕有心人」，只要我們有決心去做，有信心去面對，有勇氣去挑戰自己，就能有一番作為。

問候小語第 212 首

都說所有一切都會過去
路遙知馬力日久見人心
時間會留下最值得的人
如果擁有要好好在一起
不要等失去了才來後悔
只有珍惜才能懂得幸福

問候小語第 213 首

看人生百態
請不要無奈
請不要感慨
要冷靜下來
把一切看開
才安心自在

問候小語（心情 17）第 214 首

人生在苦與樂中輪替
不是你想不苦就不苦
也不是你想樂就會樂
苦是人生樂也是人生
苦中有樂樂中也有苦
懂得吃苦會苦盡甘來
懂得快樂會感恩惜福

問候小語（心情 19）第 216 首

愛是一切沒有愛就沒有未來
最偉大的愛是來自父母的愛
最甜蜜的愛是叫情深深似海
最幸福的愛是你我心中有愛
愛是如此美好讓人心情愉快

問候小語第 217 首

讓我們忘記過去的不愉快，
珍惜得來不易的幸福現在，
把握今天讓明天更加精彩，
讓美好生活現在就跟著來。

問候小語第 218 首

祝大家快快樂樂開開心心，心想事成，事事如意！
寫了一個心得，給大家做參考謝謝！
無論是現在，未來，簡單的或複雜的，能選擇一切的正是
現在你，也只有你能決定你的一切，然後自信的付諸行動，
付出所需要的代價。如果怕吃苦就不能成功。

問候小語第 219 首

時間過得真的很快，轉眼間又過了半年多，我們也都在辛
苦和忙碌之中，過了有意義的生活。
回頭想想這半年多來，我們做了許多的事，有多少是對的，
多少是錯的，有多少的歡笑，又有多少的淚水，然而我們
更需要的是~感恩的付出……
感謝時間給我們成長和反省的機會，但這也將過去……
因此現在的我們，無論再怎麼花費心思，也留不住那歲月
的腳步；只好記取其中「不好的地方」，加以改進，期待往
後能平安順利，重新好的開始。

問候小語第 220 首

這世界上所有的一切都是「自然」，都是「有因必有果」的
關係……
這是「道法自然」遵循「自然」的法則，
所以有「很多道理」，可以「合理的解釋人生迷惑」。
因此該你努力的是「前因」，該你收穫的是「後果」
你還在等天上會突然掉下禮物來嗎？
所以要怎麼收穫先那麼栽！

問候小語第 221 首

看過一句話給大家參考：「人生不如意十常八九，可與人言
無二三」。
所以這「世界上一切皆苦」、「一切皆變化無常」，常不能如
我們所願；但這個不是「悲觀」。
袖是要我們「以不變的樂觀心態來應萬變」，才能離苦得樂，
也要我們要懂得「苦中作樂」才能「苦盡甘來」。

問候小語第 222 首

要怎樣過生活才算灑脫
能不能改變讓日子好過
只有遠離那失敗的藉口
努力上進幸福才會長久

問候小語第 224 首

寫了一個「知己」給大家參考。

我覺得「知己」就像另一個「自己」，他能與你共患難、共生死……是最了解、最知心的好友

所以他不但了解你的個性脾氣，也了解你的理想目標，能常常與你聯繫，能與你一起，談天說地、遊山玩水、相互鼓勵、共同努力……等等。

他會在你成功的時候，和你一起分享喜悅；在你失敗的時候，幫助你、鼓勵你、支持你；但當你得意自滿的時候，他卻會忠言逆耳地直接給勸告。

問候小語第 228 首

有內在美的人
總是人見人愛
不管外表怎樣
氣質一定高雅
內心一定知足
生活一定快樂
表現溫柔可親
對人和善恭敬
美麗週末好心情

問候小語第 229 首

心中知足，所以快樂。知足是一種良好的心態，
是一種聰明的智慧，是一種自我滿足感。

（繼續問候小語第 229 首）
一個人懂得知足，就擁有一顆樂觀的心，快樂自己也快樂
了別人。

問候小語第 230 首

有些人說話、或分享~喜歡沒頭沒尾；
也喜歡「人云亦云」、「斷章取義」；
雖然句子很簡短也不囉嗦；
但很容易讓人莫名其妙！
這不是他們說、或分享得不好；
是因為句子太簡短了，
往往「以偏概全」、「有失客觀」；
很容易變成「教條式」的說法；
也好像「老生常談」一樣有點「枯燥」；
所以沒有機會，再進一步清楚的解釋人生！
為此我們看到好句子，就要抄寫下來；
然後再加入自己的心得；
才能向大家清楚的解釋人生；
讓大家了解~更多、更好及更長的人生意義

問候小語第 231 首

喜歡你的人離不開你
不喜歡你的人沒空理你
愛你的人不能沒有你
不愛你的人心裡沒有你
不管對什麼人都要客氣

（繼續問候小語第 231 首）
這是為人處世的道理
你看我這麼的在乎你
你怎能不幫我按讚鼓勵

問候小語第 *232* 首

很多人寫文章沒有道理？只是在發洩個人的情緒和感情？
你認為寫對、寫錯都沒有關係嗎？
就算有人指責，也會厚著臉皮？說不用再改進啦？
我認為這樣的問題~會害人害己！
文章的意義就是~「以文載道」
不能是有有失客觀的「斷章取義」！
雖然你寫得很好~文字優美，
但是你對得起你的良心嗎？
你為什麼這樣寫，有得到什麼好處呢？
為什麼你要寫出來，寫出來讓人看不起嗎？
所以寫文章先要對得起自己，你連自己也看得下去？別人
會看得下去嗎？
大家都是聰明人！
你要想一想自己會不會是偏激？
要怎樣才能對得起天地良心呢！
不能隨便就發表你的負面情緒？
這樣害人又害己你說是嗎？
你要用心寫一下~不能隨便寫~你知道嗎？

問候小語第 233 首

沒有人可以一輩子順順利利
也沒有人願意失敗從此逃避
雖然事情不是想像中的簡單
雖然過程難以進一步的突破
但挫折和失敗讓我們有經驗
只要我們有勇氣去面對困難
那麼將更有機會來贏得成功

問候小語第 234 首

都說努力不一定能成功
而不努力一定不能成功
我認為成功不只要努力
還要加上天時、地利、人和
所以努力只是必備條件
還要隨緣才能有好結果

問候小語第 235 首

你可以勇敢的說實話
但不是所有實話都要說
因為有些不合時宜的實話
說了只會令人難堪
也會讓自己陷入尷尬

問候小語第 236 首

說實話不一定是忠言
有可能太刻薄顯得逆耳
因為沒有把握好分寸的實話
顧全不了別人的面子
說了也有失厚道

問候小語第 237 首

實話不可亂說
說錯了將是你無法控制的結果
要顧及時間和場合
也不能說得太超過
所以逢人只說三分話
了解沒什麼必要的話最好少說。

問候小語第 238 首

怎麼讓我在短短的時間記住你
記住你~引起我對你的好奇
那一定是你有獨特的魅力
可以出其不意的打開我的心扉
儘管我無法了解你的神祕
但我已記住你的美
記住你內而外散發的自信感
以及鼓勵我的話語
因為我會記住讓我笑的人
記住他把正能量傳遞出去

問候小語第 239 首

昨日已走遠
我的思念在風中盤旋
如落葉飛呀飛呀
換來今天的擦肩

是誰帶走你青春的容顏
淋濕我一顆孤獨的心
如此這般恍如夢
讓我留下殘缺的思念

朦朧中想看清楚
心卻澎湃難定
腳步因此停滯不前
只剩落葉堆積的思念

不論你走得多遠
是否你對我還有依戀
我將踩著生命剩餘的時光
找回你風塵僕僕的模樣

問候小語第 241 首

喜歡你的人離不開你
不喜歡你的人沒空理你
愛你的人不能沒有你
不愛你的人心裡沒有你

（繼續問候小語第 241 首）
不管對什麼人都要客氣
這是為人處世的道理
你看我這麼的在乎你
你怎能不幫我按讚鼓勵

問候小語第 241 之 2 首

如果還有來生
你想怎樣繼續前緣？
如果沒有來生
你又要怎樣結束你承諾的一萬年？
我不懂愛的期限
也不管生死一瞬間
只要我們心心相印
就不怕輪迴時找不到從前？

問候小語第 242 首

人生不用計較太多，你不用想得太多，
不用自尋煩惱吧？
財去人安樂啊！何苦執著於身外之物呢？
試問，誰不是兩手空空的來到這個世界，
最後誰又活夠了一個人生瀟灑的離開呢？
所以今天就是你的幸福，明天就是你的希望
就把昨天給忘了吧！因為它忘記了你啊！
你記得它有什麼用呢？難道它會回頭，時光可以倒流嗎？
既然它過去了不能挽回，那你就不用留戀它，努力今天，
幸福明天吧！

問候小語第 243 首

沒有人可以一輩子順順利利
也沒有人願意失敗從此逃避
雖然事情不是想像中的簡單
雖然過程難以進一步的突破
但挫折和失敗讓我們有經驗
只要我們有勇氣去面對困難
那麼將更有機會來贏得成功

問候小語第 244 首

人若沒有經過失去，怎會知道擁有的美好；
所以如果有人把你當花瓶，越來越不把你當一回事時，你
就不用當他是個寶；這樣才不會自尋煩惱。
好的人很多，只要你也是好人，自然近悅而遠來。
雖然壞的人不少，但我們不要受他的刁難，要靠自己最好，
才不會氣到內傷~要能敬而遠之才會更好。

問候小語第 245 首

有些美好的時光叫幸福
有些記憶的笑臉叫快樂
有些泛黃的照片要珍惜
有些心情日記有你相伴
這些讓我們感受生活的美好
陪我們一起走過一起笑過
成為一生中幸福連綿的畫面

問候小語第 246 首

為什麼有的人那麼幸福，我想是因為他們知道「滿足」；所以有時候不幸福，他們也不會怨天尤人。
因此我們只要「不比較」、「不計較」，就不會有「想不開」和「看不透」的「患得患失」了。

問候小語第 247 首

人生不是靠比較就能幸福的，我覺得我們不應該，去計較表面的好壞，而去忽略努力的過程；也不要固執到一定要比別人好，只要盡心盡力做好現在的自己，那麼煩惱自然就會減少許多。

問候小語第 248 首

人生，不是靠計較就能成功的，我覺得我們不應該，去計較一時的成敗得失；只要自己能問心無愧全力以赴，有虛心接受，他人計較和指教的雅量，就可以多一些進步和成長的空間。

問候小語第 249 首

有人問我：「可不可以，只安於自己現在的幸福」？
我回答他：「只要你過得好，就可以！」
但隨後，我又告訴他一個「溫水煮青蛙」的故事，這個故事是說：「如果都一直處在好的環境中，就應該有「居安思危」和危機意識的觀念，並提升自己應變的能力，才不會

（繼續問候小語第 249 首）
讓那些突發的危機所傷害。」
所以當我們學著享受幸福，不是讓幸福來配合我們，我們
要隨時保持成長和進步的空間，才能遠離煩惱，淡然自若。

問候小語第 250 首

我說：「原諒一個人是容易的，但要完全放下心裡的芥蒂卻
很難。」
但是像這種寬懷大量的人，還是大有人在。所以聖人會說：
「以德報德，以直報怨」就是這個道理。
我們一般人交朋友很容易，交知心卻很難，
因此我說：「交心需要很多年，但交惡只要一天」，這個道
理告訴我們，難得有緣在一起，別只是利用而已，要善待
自己也要善待別人。

問候小語第 251 首

送你一句晚安假期愉快：代表我祝福的千言萬語，送你一
句鼓勵~希望你再接再厲取得更好成績，送你一首詩~願你
領悟好感覺，感受到美妙，擁有快樂的清新。

問候小語第 252 首

真正的好朋友不在一起，也能感受到真誠和關懷，即使話
不多，需要的時候也會在第一時間站出來關心。這種真摯
的友情，是通過相互的努力造就的溫馨感動。

問候小語第 253 首

有了愛就有希望，有了希望就有陽光，陽光明媚了希望，希望帶來了夢想，成長讓愛的樹苗茁壯，讓我每個人都有希望。

問候小語第 254 首

只要能美好心態，煩惱自然遠離，只要能健健康康，幸福自然來臨，只要能精神煥發，自然能笑對人生，只要能乘風破浪，自然有一帆風順的時候。

問候小語第 255 首

夜色裝扮您亮麗光彩，群星陪伴您輕鬆心情，夜晚美麗的向您問候，牽掛出一段祝福。
問候您晚安，辛苦了朋友！

問候小語第 256 首

讓別人看見你，開朗的笑臉，熱誠的態度，並給予別人必要的幫助、關懷社會、熱愛生命，都是出於內在，最美的一部分。在這世上，有許多熱愛生命的朋友，他們百折不撓，勇往直前，都是我們學習最好的榜樣。

欣宜小語第 1 首

想要放下一個人，確實不容易，但不放下又能如何？要遺憾終身，或讓自己白白受罪嗎？
我們要想想是不是那裡出了問題，要理智地去面對這些事情。
要放下那給你越來越多痛苦的人，
要放下那會讓你遍體鱗傷的人，
要放下那不值得你繼續付出的人，
要放下那從不在乎你的人，
只要早一點想開，早一點放下，就能少一點折磨，也能早一點擁有自己的幸福和快樂。

欣宜小語第 2 首

當一個人，哭著對你說他有多委屈的時候，這時他不會想你來可憐他，也不會要你來同情他。
而是他想告訴你，他真的已經把你當知己了，
這說明他已經盡力了，卻還達不到你的要求，那他只能把苦水往肚裡吞了，他希望你的了解，他真的很用心，只是一時無奈的感慨，希望你有同理心來對待。

欣宜小語第 3 首

看到「孔子」說過的一句話，很有道理如下：「君子固窮，小人窮斯濫矣！」
我說說自己的淺見給大家參考~這句話的意思是：君子即時在最窮困潦倒的時候，仍然會依循正道而行，也會堅守著

（繼續欣宜小語第3首）

做人的最基本原則；但是如果換到「小人」過「這種生活」的話，那他們就可能就會「為所欲為」和「不安份守己」了，甚至也會有害人之心的想法出現。你說是嗎？大家都來當君子好嗎？謝謝！

欣宜小語第 4 首

我們會感到每天都很忙碌，但生活卻過得很充實，因為忙碌就不會無聊，也不會無所事事的浪費時間了……

我們知道「天生我材必有用」，每一個人都有他的崗位要去堅守，也懂得付出是一種快樂，付出是一種收穫……

忙碌的時光過得很快，總讓我們會去思考生命的意義，那究竟是為什麼而活？

我覺得只要還擁抱著對生活的熱情，再怎麼忙都會覺得快樂。

欣宜小語第 5 首

人需要愛和關懷，所以請你不要，隨意對愛你的人冷落，因為他禁不起你這樣的對待，他會很傷心也會受到你的傷害……

欣宜小語第 6 首

人都渴望有人來愛
覺得自己值得被愛
愛需要尊敬與信賴

（繼續欣宜小語第 6 首）
愛需要付出與關懷
有了愛幸福才存在

欣宜小語第 7 首

沒有經歷過痛苦的人生，像「溫室的花朵」，一遇到挫折就沮喪，也沒有能力解決身邊的問題，這樣算是「不完整的幸福」。

因為少了磨難，就少了成長的動力，也少了感恩幸福的心理，就不懂得珍惜和知足。

所以我們必須知道，自己的不完整，才能有後續的努力，才能懂得「吃得苦中苦，方為人上人」的道理。

為此經歷逆境越多，成功的機會才能越大。

只有把「磨難」當人生中的「障礙」，才能使自己變得更「獨立和堅強」。

欣宜小語第 8 首

人的一生想過得美滿，一定要有好的心態和好的想法。

因為好的想法才能決定好的人生，如果少了好的想法，那就很容易被負面情緒所圍繞，讓生存的環境變得越來越差，努力也會不順利。

為此想做為一個真正上進的人，生活過得充實而有意義，那就要多運用些好的想法，來改變自己的觀念，讓自己變得更積極樂觀，才能把人生的道路，拓展得更寬、更寬也更順利。

欣宜小語第 9 首

生活中親人或朋友，偶爾會說些不好聽的話，來刺激我們，
要我們上進，要我們改過。
但有些聽了，會讓我們情緒變得不好；心裡也會很難受也
很生氣。
想起有句話也說得很好，可以讓我們來參考如下：「人若氣
你，你不氣，你若氣了，中他計；不氣不氣不能氣，氣壞
身體沒人替。」
這就是告訴我們，凡事不要太敏感，把批評、指責還有攻
擊的話，當作耳邊風心情才會輕鬆。
還有就是要能「轉個念」，把那些「不好聽的話」當作是一
種成長的考驗，從而把自己不好的加以反省，有缺失的決
心改過。
至於那些「不好的人」和「不對的人」的言行，我們就當
作一個警惕擇吧！用「擇其善而從之，擇其不善而改之」
的智慧來思考應對。
而那些好的忠言逆耳及善意的建言，就該以開放的心胸，
來接受勸告。

欣宜小語第 10 首

在人生的過程中，我們會有許多的目標和理想要達成。有
的人會成功，這是因為他們能堅持到底。
但有的人卻半途而廢，那也不是他們沒努力，而是因為他
們少了點「勇氣」和「信心」。
我們都相信「奇蹟」是不會突然從天上掉下來的，所以我
們，還是要堅持的跟自己保證，要有信心有勇氣的來努力，
而且要堅持到底。才能挑戰勝利。

欣宜小語第 11 首

在美好時光裡
和你攜手一起
享受生活樂趣

一縷明媚陽光
溫暖了你的心
讓你神采奕奕

寫首浪漫的詩
明朗又帶含蓄
搖曳你的思緒

看著你的笑容
你綻放的甜蜜
像花一樣美麗

欣宜小語第 12 首

人生有許多選擇
如果錯了就會出現麻煩
但只要能冷靜沉著
就不會有恐懼和不安的心裡

即使不小心選擇錯了
因而吃了虧也受了教訓
但只要知錯能改
還是能走到對的地方

（繼續欣宜小語第 12 首）
此時把該做的做好
決不能懦弱的退縮
也不能執迷不悟
為此改過才是我們最好的選擇

欣宜小語第 13 首

「中國」有句成語說的好叫，「民以食為天」，
這句話是說：「糧食」是人民生活中，最重要的「必需品」，
而人們早已把「它」列為人生中，「第一優先的大事」。
那為什麼把「食」說成是「天」呢？因為古時候的人，都
認為，「天」才是「至高無上」的，所以把「天」當成是最
好的比喻，藉此有崇拜和敬畏的心裡。
那有誰知道「食」以什麼做為「第一優先」呢？
我看過「食以安為先」的句子，意思是說：如果食物不新
鮮、不安全的話，那吃了也不會心安的……
總結前面來說：「吃」是人生的大事，但吃得多，不如吃得
剛剛好，吃得好，不如吃得營養健康；而真正的健康是「合
理」的飲食，這個大家都已明白，相信大家，以前讀書的
時候，都有上過「健康教育」，的課程，所以我在這裡只是
給大家提醒一下，謝謝。

欣宜小語第 14 首

小時候的心原本純潔善良
像朝陽般擁有自豪的光芒
長大後才看清世界的多彩

（繼續欣宜小語第 14 首）

像是一幅自然美麗的圖案。

看過「英國」著名作家「赫胥黎」（ThomosHuxley）的一句名言如下：「天才的祕訣，即能夠一直保持，童年的那股赤誠至老。」他的意思是說：具有「天賦才能」的人，他們成功的祕訣，在於能一直保持像童年般~善良，純潔，真誠的心，到老都不變。

所以人生的智慧，就要像古代中國「孟子」所說的如下：「大人者，不失其赤子之心者也。」才能永遠幸福快樂。

欣宜小語第 15 首

有人說「笑看人生」，但你憑什麼「笑看人生」？

總是要有一些道理？

不然怎能「隨便看人家的笑話」？

我們不是很「偉大」，不用著「裝懦弱還有逃避一切」，才來「笑看人生」……

所以這句話我要解釋清楚，

你懂人生嗎？

「懂人生」你會「笑看人生」嗎？

這是個「邏輯」的問題？

很多人不「懂人生」，卻會笑看人生，因為他不了解這句話的道理……

「笑看人生」是你走了一段人生路之後，要你用微笑去看待「你的人生」，而不是「看笑話去看別人的人生」。

所以「誰有資格笑看人生」我覺得「懷疑」？

笑看自己的人生吧！我們的人生很可笑，很無知很幼稚，你懂自己的人生嗎？

（繼續欣宜小語第 15 首）

先做好自己吧！連自己也做不好的話，就會讓人覺得很可笑！

應該先笑笑自己！笑笑自己的不自量力！

欣宜小語第 16 首

每個人都希望走出去，走出去才有辦法跟上世界潮流的腳步，才不會因封閉，而有自大和自以為是的心裡。

可是問題是走出去那裡？

不是隨便走走，要有方向和目標，才不會迷失。

如果沒有主見，一味跟著別人的腳步，反而是種冒險。

但不走出去，整天窩在家裡對身體也不好。

有時候出去外面走走，可以看到不一樣的風景，體會不一樣的的樂趣，才不會有脫離現實的空虛。

有人說，「走出去，世界就在你眼前！」，「行萬里路，勝讀萬卷書」，為此走出去，才有前途的光明；走出去，才能打開自己的心扉，可以開拓新的視野，也可以看到美麗的範圍。

欣宜小語第 17 首

我一直以為把你照顧好了
照顧得那樣無微不至
幸福就會持續下去
我常常以為只要能堅持到底
你就可以變成一個幸福的人
可是人生變化無常

覃含理
小語

（繼續欣宜小語第 17 首）
無法避免也無處躲藏
又讓我有點擔憂與無奈
只能隨遇而安

欣宜小語第 18 首

有人說：「錯了就要認錯，不要找理由，那樣只會讓人更看不起你。」

我認為錯了當然要認錯，但要找出原因，也要說出理由，然後仔細的反省，勇敢的改過。

這個理由很簡單，就是了解做錯的前因後果，因為要先知道，自己「做錯了什麼事」，才會導致了「那樣的結果」，加上反省後知道錯了，然後再向人說對不起，這樣才會比較實際，也會讓人認同和諒解。

欣宜小語第 19 首

日子過得很快，記得不久前才過完新曆的新年，接著農曆新年的腳步也已悄悄的到來，又到了「除舊佈新」的歲末時節……

為了迎接新年，新希望和新開始，依照習俗家家戶戶都會有大掃除的動作，可以讓全家老小合作在一起打掃，讓生活環境煥然一新。

而「除舊布新」的用意，是要把居家環境，以及前前後後，好好的打掃一番。

把用不到的堆積物品，藉此機會整理，沒有用的就回收，還可以用而自己用不著的，就送給需要的人。

（繼續欣宜小語第 19 首）

然後再做個心靈大掃除，把一切不好的晦氣、不好的霉運
統統掃出門，期待新的一年，好事好運連連來。

欣宜小語第 20 首

大家都知道「無人科技」的便利，也知道這是個早晚的趨
勢，讓我們難以排斥，也無從拒絕，只有接受……
因為它有可能，讓我們的生活和工作，變得更加美好……
而由我們研發的「人工智慧」將透過更多的電腦程式，來
設計出現優於人類的智慧。這將使得全面自動化的腳步加
快，讓更進步的機器人，承擔更精密更龐雜的工作，並替
代更多的工人……
但是有個問題還在質疑中？就是「無人科技」真的是萬能
嗎？
據我所知目前還沒有新的辦法和技術，來監控及審核它所
運用的領域。
換句話說「人工智慧」可能不受人類的控制，最終人類將
面臨它系統出錯，和失控的種種風險……
因此人類的自主性也會隨之減弱，這是目前還有待突破的
瓶頸。
我們想想就從「工業革命」開始到現在，有許多的「就業
勞工」，面臨全面自動化失業的危機；造成人力、資本、科
技三方面此消彼長的轉移。
而「人工智能」已在我們週遭隨處可見，它能以超便利的
方式，觸及我們生活中大多數的層面；從簡單的上網，決
定購買什麼物品或門票，到申請保險理賠是否通過，再到
是否獲得更好的優待通知，甚至在疾病檢查後，要接受何
種有效的治療，都能有許多珍貴的資料參考。

（繼續欣宜小語第 20 首）

總結：「無人科技」對人類的影響，正像空氣一樣無所不在的滲入我們生活中，提供我們許多便利的捷徑，但也會讓我們迷失在進退兩難之間。

欣宜小語第 21 首

愛情的開始多半是美好而甜蜜的，只要我們不貪婪、不索求過度……就不會有「自我中心」的負面心態出現，也不會對伴侶的需求有所忽略。

愛情是需要我們從中學習的，需要相互尊重、相互照顧與共同承擔責任。

但卻有人說：「婚姻是愛情的墳墓」，那為什麼他們會這樣認為呢？會把美好的婚姻，說成是愛情的墳墓呢？

我想這或許，只是少部分人的看法；因為他們認為，感情升溫到一定的程度，就會開始慢慢的降溫；那自然而然就會有些期待的落差……

其實他們只是擔心，擔心其中會有什麼意料之外的變化和摩擦還有衝突……

在我個人認為，婚姻可以讓人更有安全感，可以使生活更加穩定，同時也是一處很好的避風港。

只要我們好好的經營婚姻，隨時準備好回應對方心理和物質的需求，並拋開自己的立場與成見，才能真正體會到對方的感受，也能更理智冷靜的處理好問題。

雖然日子過得很平淡，但彼此有了依靠，也有了在一起幸福的感覺；就能在婚姻與愛情的生活中，取得更好的平衡感。

欣宜小語第 22 首

人生的路要想開一點，如果一次沒想開的話，那就多想幾次……

因為路上風景有好有壞有美和醜，所以不論遇到什麼樣的風景，都要能「往好處想」，才能瀟灑的走，也能隨遇而安。

如果心態好的話，那看什麼都是好，如果能想開，能看透的話，那將來的日子自然會好過。

欣宜小語第 23 首

其實人在想什麼，想來想去都是那樣，雖然聽了很多建言，看了很多書，也接受很多新的思想……

但是最後的結果，大部分都受沒什麼影響？

這是為什麼呢？因為每個人都有「自我的思想和主張」，且不容易被人「洗腦」這就是我所謂「江山易改本性難移」……

這是說我們從出生後牙牙學語，經童年、少年、青少年，這些階段的教育，已「根深蒂固」了我們的思想，尤其童年的家庭生活和學校教育，更形成了我們人格的發展，也讓我們更有主見和主張，且有自己的執著。

這其中當然有好習慣和壞習慣，好的習慣讓我們生活得更順利，而壞的習慣讓我們處處為難。

所以小時候的教育，影響了我們的一生，雖然長大後，現實社會也會給我們考驗和學習的機會，但是「木已成舟」心態也已成型，所以在可造方面，就無法像小時候那麼柔軟自然。

因此我還是認為，「自我主觀」和「自我認同」很重要，但是我們還是要「謙虛」，因為只有謙虛才能改造自己，才能

（繼續欣宜小語第 23 首）
接受別人的「忠言逆耳」，也才不會一直想來想去都是那樣，
而沒有創新，也沒有改進。

欣宜小語第 24 首

都說了「幸福很簡單」，但每個人對幸福的看法不同，感受
也不同……
其實幸福說簡單也不簡單，說困難也不困難……
我認為幸福，就是別人也跟著你幸福，這樣才像幸福……
因為如果只有你自己，認為幸福快樂的話，而你身邊的人，
卻沒有感受到你的幸福快樂，這樣有點可惜！
這就像「錦衣夜行，富貴不歸鄉。」……
這表示：已經事業有成，也穿得起華麗的衣服，卻只在黑
夜中行走，也沒有返鄉與親友們共享，這樣有誰會注意和
稱讚你呢？
所以幸福是要分享的，因為「獨樂樂，不若與眾樂樂」也
只有懂得分享的人，才有加倍的幸福。
你幸福嗎？趕快跟大家一起分享，讓大家替你高興，謝謝。

欣宜小語第 25 首

我們每個人一生中，都會吃過、聽過和看過很多的藥，而
吃藥的目的，除了生病時能恢復健康之外，還有「調養身
體」的功效……
所以當生病了，或身體不舒服的時候，就要去看醫生，千
萬不可「自作主張」的去買「成藥」來吃；也只有經過醫
生的檢查和治療，才能真正的「對症下藥」才不會有過量

（繼續欣宜小語第 25 首）

和不足的情況發生，進而造成我們身體的負擔和損害。

有人說「最好的藥物是忙碌」，但也有人說：「人生歲月轉眼成空；該得的跑不了；不該得的又何必強求呢？」

所以我認為很多「過勞死」，就是太忙碌太辛苦了！

根據這個「邏輯」，就可以推翻~「最好的藥物是忙碌」的「說法」。

因為「忙碌」跟「藥物無關」，當然人活著要有自己的理想，但也要在自己的「能力範圍」才能好好「發揮」。

為此我們要學會「養生」，學會「健健康康」的度過生活的每一天，才是「正確的生活態度」。

因此只有醫生開的藥，才可以讓我們「藥到病除」，但是「心病」還需「心藥」醫。而所謂「心病」就是「心理不健康」的病（心態偏差或有憂鬱症）。

總結：我認為最好的藥物就是「樂觀」。

因為醫學可以證明，心理健康的人，可以抵抗任何病魔和癌症。而且在生病期間，吃一樣的藥，效果會更好。

這就是人類求生意志的本能，它能增加我們身體的抵抗力；但對自己的健康沒有信心、消極頹喪和意志薄弱的人，吃再好的藥，效果也是有限。

欣宜小語第 26 首

相信很多人都聽過「台灣」的「一首台語歌」~〈見面三分情〉它是由，「葉俊麟」作詞，「洪一峰」作曲，「洪榮宏」主唱。

當然「歌詞有著作版權」，在這裡我不便「分享」。

（繼續欣宜小語第 26 首）

但是我就把「歌詞」的大意說明一下：「故事是因為她『失約背信』，然後他們就從此失去了聯絡，也很久沒見面了。為此他很懊惱，也很思念對方；希望再跟她見上一面。就以「見面三分情」，為訴求，希望感情有「轉圜的餘地」。因為他始終相信，她是他一生中最愛的人。」

歌詞雖然很短，卻很感人，唱起來也很動聽。

這在說明人都是有感情的，也相信這句話是有用的。

因為平時大家都很忙，要見面機會也變少了。

這或許其中有什麼問題？還是因為有了隔閡也有了距離？

但是一旦有見面的機會，總會有一些「情份」在，不至於說的太絕吧？

因為「見面三分情」是自古「中國人」普遍有的共識；也是「人情味」最可貴的地方。

欣宜小語第 27 首

有人告訴我，這個世界不怎麼美好？

他說：「我的世界是黑白的，前途也是模糊的！」

我聽了之後，感到有點失落，但不以為然，也不覺得驚訝。

是什麼原因，讓我「往好處想」呢？因為我知道，每個人的經歷不同，站的位置不同，看的角度也會也不同，所以都會「帶點情緒」，也會讓「感覺隨之變化」，那想法和看法當然就不同了。

知道這些道理後，我對他的想法和懷疑，就不會受他的影響，也不會有「負面的心態出現」，更不會大驚小怪了。

為此我們要「改變自己之前」，先要「改變自己不好的看法與想法」，才能用「平常心」，來看待這個世界；也能更用

（繼續欣宜小語第 27 首）
心更努力的上進，最終也讓這世界，跟著我們美好起來。
你想通了嗎？有沒有「往好處想」？，謝謝！

欣宜小語第 28 首

人的一生中，難免會遭遇許多困難和挫折；然而生活得再
苦、再累、再不如意；也別讓心情跟著上下起伏不定。
因為我們已沒有太多時間和理由，一直活在「左搖右擺」
的不穩定中。
有人說：「人生苦短」，因為生命有限。
所以我們，要好好把握時間；忍住那「不完美的痛」，也要
堅持不斷的上進，才不會有遺憾。
而今以後，無論生活得怎麼樣，都要堅持的走下去；即使
路途坎坷崎嶇，我們還是得「風雨兼程」的前進。
為此我們不能再讓「頑固的風」吹亂了「理智的方向」，而
走向谷底，浪費我們寶貴的時間。
我們應該再想開一點，再看淡一些，學習那些「前賢、先
烈和名人們」，遇困難「永不屈服」的堅強意志，才不會在
谷底越陷越深。

欣宜小語第 29 首

有人說：「『發怒』的第一個瞬間，情緒會不穩，不久後就
會『恢復正常』。」。這是大家都有的問題。
如果有人對我們，不禮貌，不懂得尊重，甚至還言語傷人
的話，那我們就容易受到他的刺激，也會導致不滿的生氣。

（繼續欣宜小語第 29 首）

而我們生氣的理由，就是要「據理力爭」，給對方一個「忠言」，的規勸，期待最後達成妥協，緩和彼此對峙的緊張。

然而人的修養，關鍵在於「自制力」，如果用「言語傷人」，則是一種最「不理智的衝動」。

但是反思生氣的後果，得不償失，讓我們失去了「修養」；也讓不良情緒左右了我們。

雖然「適度的生氣」會讓我們有發洩的管道，也會讓我們的不滿，得到少部分的認同。

但看過古中國「黃帝內經」中有句話說：「百病生於氣也。怒則氣上，損其身」，簡單的來

說就是氣會生百病，而現在的醫學，也有類似的研究報告可以證明，生氣對身心的不良影響。

所以越少生氣越好，最好能不生氣，因為生氣有百害而無一利，容易讓我們有心臟方面的疾病，會傷害免疫系統，也會導致許多疾病的發生。

欣宜小語第 30 首

這世界上，有很多人喜歡在別人文章上「斷章取義」；這雖然沒有什麼不好，但可能會引起其他人的誤會，誤會他們的「用心」，也誤會原創者的「好意」。

或許他們想利用「斷章取義」，來圖自己的方便，也可能是他們想借題發揮而已。

那斷章取義的後果，有多嚴重，大家知道嗎？

並不是「原創者」不用心，而是因為原創當中，會有一些正面和反面的引述；如果被有心人士，拿這些反面的暗示和引述，來「大做文章」的話；這樣引用的人「其心可居」

（繼續欣宜小語第 30 首）

會害人害己，也成了缺德的事。

所以我們要「引經據典」之前，切記一定要了解「原創整段文章的意義」；不能隨便引用其中一句話，來「斷章取義」，讓原創的整篇文章完全「背道而馳」。

現在很多作者，都開始用心，盡量都寫正面的句子，就是怕被人「斷章取義」來污衊他們文章的內容。

我希望一些寫文章的人，都是正面的好文章；都要經過深思熟慮，對自己的心得內容負責，對文化的意義負責；這樣的結果，才能讓文章發揮最好的效果。

欣宜小語第 31 首

有時候，我們需要一點安靜的時間；需要靜下心來面對，生活中的困難挫折；以及心理上的一些問題障礙；需要靜下心來，才有足夠的時間安靜與思考；思考下一步，要怎麼面對與解決問題，走出正確的方向與目標。

為此我們做人、做事不能「太衝動」，要理性的掌握情緒的關鍵，才能讓「衝動順著理性的方向走」。

我們要知道，只有冷靜下來的時候；才能有足夠的時間，做出正確的判斷和有效的分析。

而許多事情的成敗，都跟「失去理性後的衝動」有關；所以無論做人、做事要能「冷靜沉著」且「小心翼翼」的考慮各種狀況的發生，才能順利處理各種意外的變化。

欣宜小語第 32 首

人的一生，會遇到許多不一樣的人，其中有好的，也有不

（繼續欣宜小語第 32 首）

好的；而眼前的幸福，也可能伴隨不幸的發生；所以只有經歷過程的考驗，才能變得堅強。

我們要感謝，那些真正對我們好的人；感謝他們，肯暗示和提醒我們的缺點；讓我們知道，自己錯在哪裡。

因為只有真正對我們好的人，才敢於直言說出我們的缺點；也不怕我們生氣和誤會，他們的善意；而那些不對的人，或許見不得我們好，會忌妒我們；所以他們，可能會以虛假恭維和花言巧語，來讚美和欺騙我們。

因此明明是不對的事情，也會騙我們說那是對的。

我們不要去在意，別人的看法；因為人活著，就有人肯定或否定，所以不必覺得委屈和失落，而讓自己心裡不舒服。

其實只要能虛心受教，以謙卑的心放下自己的固執，朋友就會主動來幫你，也會給你好的建議。

雖然過程不一定順利，但友好的滋味是甘甜的。

欣宜小語第 33 首

有的人，表面上和你很好，可私下卻總是扯你後腿，說你壞話，並不如你想像的那麼好，真不知居心何在。

我們要了解，每個人都有自己的生活；千萬不要因為自己的情緒，去影響他人，造成許多遺憾，到最後不歡而散。

雖然有的人，平時和你「打成一片」，在你樣樣都好的時候，和你關係親密，甚至一天到晚都圍著你繞；但在面臨共同危難的時候，卻像個陌生人一樣，對你不理不睬，只顧忙著自己的事；最後只留下你一個人，無助的煎熬，自私的離你而去。

對於這樣的人好，真的不值得，因為他總以自己為優先，容易忽略別人存在；回想起來，心裡真是懊悔不已。

（繼續欣宜小語 33 首）

想當初自己對他的真心，在困難時候，是如何的幫助他，如今卻換來他這樣無情的傷害。

我們怪不得別人，也不用懷疑自己的努力；因為只要存有真誠的心，走到那裡，都能遇到好人。

不用去在意「人心」善變的複雜。才能保持初衷的一直走下去。

欣宜小語第 34 首

有人說，人這一生：「能吃得飽，能睡得安穩，就是福氣。」我覺得這種說法，本身沒問題，因為這些都是生活的基本，也是需要的努力。

我們都知道，美食的美好感覺，能讓人食指大動，讓人心情愉快。如果能夠吃得下，吃得健康的話，那應該是身體健康的，最好表現。

所以自古中國：「民以食為天」，可見吃飯對我們的重要；然而吃飯的前提，需靠自己的努力。要知道「一分耕耘一分收穫」，以努力換來的成果，才是最香甜的。因為天下沒有白吃的午餐。所以我們，不必常常以山珍海味來請客了，只要簡單隆重就可以。

記得多吃點蔬菜水果，感覺會更清爽、可口且百吃不厭。

我們要了解，晚上如果沒睡好的話，那對白天的生活，會有不好影響；而白天的生活，也會直接影響到晚上的睡眠。所以能睡得著、睡得好、睡得飽，不依靠藥物，也無病痛的折磨，自然會有活力，做起事來效率就會高。

欣宜小語第 35 首

人之所以會在痛苦中煎熬
在於放下太少要求又太多
總執著於那些頑固的想法
最終造成了不必要的後果
想要快樂帶來更多的幸福
就要以知足的心態去解讀

欣宜小語第 36 首

所以首先讓自己快樂起來
自己感覺幸福就會有幸福
明白這一點心裡才會平衡
就不會羨慕著別人的幸福
也能對現狀感到滿足快樂
才有更多的幸福向你走來

欣宜小語第 37 首

愛一個人不容易，能在一起更不容易。
如果愛上了，在對的時間，遇上對的人，你會覺得很幸運；
會發現，這個世界變得更美好更精彩了。
而相愛的兩個人，需要很多的努力；不需要一堆甜言蜜語
來哄騙，也不能只是表面的關心而已，要用實際的行動來
表達愛意。
雖然每個人，對愛的表現不同，行動也會有所差異；但只
要能用心，有缺點就改，不足的地方就去努力；最後還是

（繼續欣宜小語 37 首）

會讓人，感受到愛的溫馨。

所以你不需費力的討好，也不必刻意的去要求，他也會自動的給妳幸福；但在相守的每一刻，還是要相互的支持、付出和奉獻，彼此都願意包容和諒解，並且不棄不離。

相信有愛，未來一切會是美好的，不管現在處於什麼況狀，都可以令人，感到滿意和快樂。

欣宜小語第 38 首

很多事情我們控制不了
也難按照計劃去完成
會有些挫折和困難
需在經歷過後才會明白
正是所謂「經一事，長一智」
我想只有事先找到問題源頭
從根本上去了解和分析
才能有效的規劃和佈局
決定未來前途的發展

欣宜小語第 39 首

人與人交往，靠的是緣分，只要有緣、有共同的話題，聊得起來，也喜歡纏著對方不放，那就已經愛上了。

或許他們志趣相投；再平常的事，也會變得很甜蜜；會情不自禁的喜歡上對方；但我還是覺得，不要花心的好；因為不專一的感情，不會長久；總不能見一個，就愛一個吧！

（繼續欣宜小語 39 首）

看過《詩經·周南·關雎》：「窈窕淑女，君子好逑，」這八個字，是男女雙方，對愛情的嚮往和追求。

或許喜歡上一個人很容易，但要理性的投入或抽身就比較難。

只要對方，稍微對我們好一點，我們就會無法控制的被他（她）們吸引了。

所以說：「輕易喜歡上一個人，未必是好事」，往往會自作多情，會越陷越深。

當有人對我們好的時候，喜歡或不喜歡是我們的選擇；如果遇上對的人，就要好好把握。

欣宜小語第 40 首

空虛的生活，灰暗的心情，漫無目的奔忙，都只是生命中的插曲，到最後改變的還需自己。

雖然「天不隨人願，事不如人意」，但我會在迷失中找回自己，勇敢的面對考驗。

人總需磨練才會變得堅強，未來還有更多的考驗等著我。為此我必須看清楚前方，找到該走的路，並且堅持到底，才能成為有用的人。

欣宜小語第 41 首

你豐富了我多彩的人生
在我身邊繼續指引著我
讓我感受你的天真活潑
有了你我再也沒有憂愁

（繼續欣宜小語第 41 首）
你的心一塵不染的清新
思想如雪白一般的潔淨
你的天空如寶石般湛藍
你的美好等著我來學習
現在我已在你肯定之中

欣宜小語第 42 首

每個人都會說「做自己」和「做好自己」；
但有些人，卻只會對別人說：「想做自己」。
而那些人真的懂得「做自己」嗎？
又或者，只是在做別人印象中的某某人呢？
我想真的會「做自己」的人，是不必用言語去告訴別人，
也不用刻意的去強調。
因為大家還是看得出來，那些不同的用心和努力的。
所以，你與眾不同，有自己的想法、自己的能力，而且不
會去忌妒別人，只會想辦法跟上。
因此會「做自己」的人，就不會在乎別人對自己的看法；
只要是自己做得好，就是別人學習的對象；但如果做得不
好，又怎麼對得起父母、親友、師長、上司以及那些對你
好的人。
為此「做自己」要先從「了解自己」、「做好自己」開始，
才讓自己變得更好。
而不是與人「格格不入」，去裝一副「自以為是」，連世界
都不懂你的樣子。
只有「做好自己」，才能符合：「人不為己，天誅地滅」的
道理；也才能：「擦亮自己，照亮別人」。這才是做自己的
真正意義。

欣宜小語第 43 首

我們短暫的一生中，有太多的事情會發生，會變化；有些
會由美好變得醜陋。而太執著於美好的追求，反而會感受
不到真正的美好。

雖然人生是美好的，日子也可以過得很開心。

然而這其中，存在著太多的~「不得己」：有「身不由己」、
「心不由己」還有「事不由己」。所以能讓人稱心如意的事，
實際上卻不多？

時光匆匆轉眼就過，往往一個轉身的瞬間，已然是「人、
物皆非」了……已不是我們想像中的美好模樣？

我們印像中的美好總是短暫的，會留下的，總會不如預期？
像夜空中的星星，只能閃爍在夜裡；萬裡無雲的日子，突
然晴天霹靂；花前月下的時候，剎那狂風大作；美好的前
途，陡現山窮水盡。

所以美好都是沉重的？明知只要盡力而為，卻又忍不住去
強求。

越是在乎就越心存僥倖，讓夢想中的美好~失去了意義。

人生正因為有許多的不完美，才需我們再努力！

我們要有知足、滿足的心，有成人之美的心態，

才能讓生活多姿多彩，內容豐富華麗。

欣宜小語第 44 首

從小我們，就被教育著如何做「好人」，學習做個善良又脾
氣好的人。

這其中師長們，會特別叮嚀我們要：「親君子而遠小人」。

（繼續欣宜小語第 44 首）

導致我們從小的觀念，會把人分成兩種~「好人」與「不好的人」；因此在心裡，就有了好人與不好的人的區別。

但這二分法又沒有一定的標準，在有些地方就不適用了？

我認為「好人」分為很多種，「不好的人」也分為很多種；是所謂好人有壞的一面，「不好的人」也有好的一面。

又或許好人中壞的一面，對周遭人的影響不大；但有人也會難以接受的。

而不好的人之中~也有好的一面，因為他們的良心會發現；會讓人驚訝得對他們「卸下心防」。

我想無論看法如何，最後只能「以和為貴」和「不得罪任何人」，來暫時方便他人？

我認為：「善良不能一味的忍讓，也需要有個底線才對」。

所以還需以：「害人之心不可有，防人之心不可無」來作為與人相處的因應之道吧！

我相信大家，都會分辨好人與不好的人；都會選擇適合自己的人在一起。

因此腦筋就轉個彎吧！：只要是人，都會有好的與不好的一面。

所以大家還是看好：「有善心、有愛心」和「嚴以律己寬以待人」的好人。

你是好人還是不好的人呢？只要做好自己~無愧於心，就從好心態開始~改變自己吧！

因為你是好人~看到的就是好人！

欣宜小語第 45 首

在生活或工作中，總有些突發的狀況；有些人可以冷靜下來面對危機；但也有些人往往過於緊張，導致手忙腳亂，不知所措。

這是為什麼呢？我想這應該跟「聰明的程度」沒有關係吧？我發現，其中一個很重要的原因，就是要有隨機應變的能力。

而什麼是隨機應變的能力呢？我想就是要有處變不驚和臨危不亂的沉著；像「孔明」先生的「空城計」就是最佳的代表。

我們要面對的是，一個「變化」的危機或轉機；有時可以~隨機應變；有時也可以~以不變應萬變。只要我們能應對自如，及時化解危機，就是最好的應變。

而應變的方法~見仁見智，我想最好的方法除了要有專業知識和經驗技能，還要一顆勇敢的心；

才能處變不驚的面對所有挑戰。

欣宜小語第 46 首

聽過一句「台灣話」(古中國閩南話)：「要加活神，佳底哈」，意思是說：「要做什麼，要自己去努力」。

人生的事情，本來就是要這樣~多半是不用靠別人的，如果都要靠別人的話，那自己又算什麼呢？難道是自己的無能，還是自己的懦弱？

不要想太多了，自食其力吧；這本來就是天經地義的事情啊。

（繼續欣宜小語第 46 首）

如果你只想靠著自己的一點努力，就來要求別人回報，這樣簡直是癡人做夢？因為沒有人叫你為別人努力啊！如果有的話，那也是你自己心甘情願的！

如果別人要求你幫助，而你會那麼簡單的答應了，也做到了，然後你就要求別人，要來回報你嗎？這是什麼道理？我覺得有點莫名其妙！

這是你自己心甘情願的付出啊！你不用有太多的條件，去要求別人怎樣對待你？這樣是不對的觀念！我們做人不是在交易，也不是在有求必應！

所以，只要你努力的付出，不管是為自己，還是為了別人，都要能～「不求回報」。因為只有這樣，才是真正的努力。

所以你還在為你的努力斤斤計較嗎？你努力了，就一定要有回報？這樣似乎不合乎自然的邏輯啊！

推論：那有一分耕耘，就一定要有一分的收穫的道理？這是為什麼呢？因為還有很多原因～就是因緣的助化～譬如說：如果有颱風來了，那你十分的努力～當然連一分的收穫也沒有？因為這次颱風肆虐了你的努力，

道理就這麼簡單，大家應該知道。

所以我們也不用太現實了吧？有時候你心有餘力去助人～就不要要求別人的回報，這才是一種功德啊。

聽過以前的很多道理，我說你，如果還要求回報的話，那就不是功德，是一種自作自受？這樣講大家清楚了嗎？

欣宜小語第 47 首

我找不到對的人
被鎖在愛情的門外

（繼續欣宜小語第 47 首）
外面好冷好安靜
連心事也找不到人說
白白浪費了我的深情

我看著愛情的偶像劇
對眼前的對象產生好感
我怕孤單
總是一看再看
直到把一切化為美好的點綴

迷惑的我
當初看走眼了
一旦夢醒會讓我的無知覺醒
愛情也隨之謝幕

欣宜小語第 48 首

這一生，我們要走的路很多，有時會遇上，稍有坡度和坎坷的彎路；有時會擦肩而過，翩翩起舞的落葉；有時也會讓我們遇上相見恨晚的人。

因為緣分的安排，讓我們遇上了相見恨晚的人，而他們卻沒有義務要對我們好，但要讓他們對我們好也不難，只要我們有好脾氣，而且還會為他們著想。

這讓我們發現：我們幾乎都喜歡，享受著被追求被呵護的感覺；但總有一天我們會煩厭，到時候我們會很壓抑，很想瀟脫的轉身，把那份朦朧的嚮往找回到現實裡。

（繼續欣宜小語第 48 首）

重點：別人對你好，別高興得太早；別人對你不好，也別在意得懊惱，因為要別人對你好，不是你能勉強的，是要你有那個修來的福份。

欣宜小語第 49 首

感情的路上起起伏伏，不是我們不用心和不努力；是因為「緣深緣淺」的安排？祂讓我們有些無奈和感慨。

但只要我們想通了，經歷夠了，心態就會順其自然。

就讓我們回想些過往吧！是不是有的像冥冥中的註定呢？就像眼前的陌生人，從沒也見到過；但卻有似曾相似的感覺？這或許應驗了一句話：「前世千萬次的回眸，換來今生的擦肩而過」。

雖然我對這句話，暫且持半信半疑的態度，但祂又那麼的真切，於是我不敢強求了，讓一切歸於平淡，隨緣自在~才能心安。

欣宜小語第 50 首

有人說：「改變世界難，改變自己更難」；是因為：「江山易改，本性難移嗎」？如果不是（有愚公移山了），那為什麼改變自己會難呢？我想是因為~他們沒有真正的了解自己？也沒有為自己制定規矩，然後管理好自己；所以讓改變的藉口，變得困難！

為什麼改變世界很難呢？

因為我們的知識與能力有限，況且有的人、事、物，是很難改變的，不論從他們的自然環境，生活習慣，還是做事

（繼續欣宜小語第 50 首）

態度，甚至是個性、脾氣，我們都沒有足夠的時間、耐心和能力去改變的；因此我們只有學著適應他們，然後「以不變的愛心」，去應「萬變的無常」就可以了。

重點：改變自己不難，難得是自己「沒有那份心」。

欣宜小語第 51 首

即便是美麗動人，但你不解風情時，它也可能意興闌珊的因你而黯淡；不要冷落身旁最親的人，他們總是無怨無悔的為我們付出；不要忽略擦肩而過的溫暖，或許他們的路過，會為我們帶來不同的驚喜。

欣誼小語第 52 首

我們所信仰的，不只是宗教、真理和自由。

所追求的，也不只是一種自信，和一種心安的快樂。但是有時過份的自信，反而會有點不切實際，要知道，有些變化是不可預期的，我們不能只憑一點點滿足，就來苟且偷安，一定要找到一個平衡作支點，使自己站得更穩。讓值得的肯定，又不會落後太多，把知足當做財富，把奢侈當成貧窮，才能有安心的快樂。

欣宜小語第 53 首

感情的世界，起起伏伏，會經歷許多高低谷；有的人會隨著突然的轉變；心情大受影響。

（繼續欣宜小語 53 首）
其實只要想得透看得開，凡事多包容也別太計較，很快就能適應期中的生活。

感情的世界，誰不想相親相愛的永浴愛河~到白頭偕老；為此感情要兩個人一起努力，一起珍惜和守護，才能有走到那~感情就好到哪的境界，也能幸福快樂的長長久久。

欣宜小語第 54 首

有人希望他的愛情是轟轟烈烈
希望激情過後還能有細水長流
而愛情最完美的幸福就是相守
能相互的包容也能相互的扶持
不管任何困難心裡也只有彼此
不會因為失去了甜蜜就來分手

欣宜小語第 55 首

女人通常會用很多的時間，來打扮自己，只為了吸引他心愛的男人，而男人卻會用很多時間，來充實自己，目的只為了征服讓他心動的女人。

欣宜小語第 56 首

其實真正的成功，是讓自己做一個有用的人，去克服種種困難後得到的成就感，在無數的失敗中，吸取經驗並重新站起來的堅強，在遇到挫折中，努力而不會因此氣餒的自信。

欣宜小語第 57 首

有時候，過於執著理想的追求，也會造成一種壓力和負擔。
因為執著過了頭，就容易頑固而不靈活，而把原本單純的
事情，變得錯綜的複雜，讓自己過份緊張，為之憂心忡忡，
所以凡事只要盡力而為，不可太執著於擁有，讓該來的就
來，該去的不強留。

欣宜小語第 58 首

在同遊的路上，我們會為，共同的目標，並肩前行。
快樂的走向美好風光，欣賞著青山綠水的大自然。當然路上
也會遇上，許多陌生的遊客，所以不管「陌殊途」或「殊途
同歸」，只要能到達同一目的，能遇上的就屬有緣，正所謂
「有緣千里來相會，無緣對面不相逢」。我們無法預測什麼
時候，會遇上什麼人，但我們都知道，要珍惜眼前的美好。

欣宜小語第 59 首

在這樣美好的時刻，與你共度浪漫；甜蜜是最好的陪伴；
能讓你安心的依靠，讓你感受幸福懷抱的溫暖。
腦海中閃過無數遐想的畫面，是那麼夢幻，那麼迷人，那
是個充滿希望的芬芳，是我們一生所愛的美滿。

欣宜小語第 60 首

有些想法，他們都沒有說過，也覺得不用說，就以為愛他
們的人都應該會明白。然後開始暗示和期待，好像要引人

（繼續欣宜小語60首）

注意和關愛，叫人費心來猜。為此，只要我們多用心，最後也會感覺得出來；但以後，最好請他們，把想要得到的結果，直接說清楚講明白；才不會讓我們有摸不著頭緒的苦惱，也不會讓他們，有又期待又怕受傷害的心酸。

欣宜小語第 61 首

想起如花似玉的你，自由自在地嫵媚綻放，盡情展示自己的風采，奔放自己的夢想，散發自己的光芒，充滿著青春的氣息，更多是感動和佩服；你所綻放的智慧和希望，像陽光一樣無所不在，讓我的日子充滿了光明。

你的甜蜜，是自然創造的美，正一點一滴滲入我的心房，妝點了我的世界。

多想告訴你，我有多喜歡你，希望你保持最新鮮的色彩，最迷人的姿態，重現我心靈的芳香；雖然：「好花不常開，好景不常在」，但你的奉獻已不只是顏色和形狀而已，還能進一步給我滿滿的幸福。

欣宜小語第 62 首

在這資訊發達的時代，手機已成為現代生活中，不可或缺的重要「伙伴」。然而，有些人就是不辦手機？是他們不會用呢？還是怕用了會著迷，所以乾脆拒絕手機的誘惑囉。根據資料得知，目前「台灣」對智慧型手機的依賴度~已居「亞太」之冠，所以，如果不辦隻手機的話，怕會跟不上時代的腳步，怕被社會淘汰。

覃合理
小語

（繼續欣宜小語第 63 首）

就拿「辦或不辦」手機的選擇來講，有些情況「過猶不及」，當然不可以完全拒絕它的便利，也不可以整天沉迷的拿著它不放。

雖然不辦手機的生活，不會被人打擾，做事情也可以更專注，但是造成「其他」的不便，卻是難以評估的問題了。

所以，我們應該：

「先調整好」自己的心態，先完成重要的事情，

然後有空才去滑手機；

要限制自己每天上網，在？小時之內；

要多多和家人親友互動~培養實際的感情，

減少花在手機的時間；

要把手機單純當作吸取知識、和互動的工具；

「不要有」整天上網聊天，整天臉書按讚，整天看 YouTube 影片，或整天玩手機遊戲的「失控行為」。

結論：我們應該有節制的使用手機，才不會影響到生活作息，不會讓生理及心理健康會變差，不會成為手機的奴隸。

最後請那些「不想辦手機」，和「完全不用手機」的親朋好友們，再考慮看看，看看有沒有折衷的辦法，然後用「平常心」去接受手機的「便利」。

欣宜小語第 63 首

我們一天當中，會聽到（聾、啞除外）很多聲音；不管你喜不喜歡，討不討厭，都要懂得包容~慢慢成習慣。

聲音有很多種：有自然界的聲音（如蟲鳴、鳥叫、風雨聲……）、有人類製造發出來的聲音（唱歌、說話、工作聲……）。而「悅耳」聲音（前提是喜歡），能夠陶冶性情，

（繼續欣宜小語第 63 首）

改變情緒，舒緩緊張壓力，使人心曠神怡、精神抖擻。

反之，「不悅耳」的聲音（前提是無法忍受）使人心煩氣躁，容易發火，沒辦法控制情緒，甚至想逃離現場。

然而有這麼多聲音陪著我們，我們怎麼會孤獨呢？我們要想想沒有聲音的世界，是什麼樣的感覺？與之比較，才知道自己的幸運。

最後，我們要感謝自己，可以聽到那麼多精彩的聲音，也要感恩大自然，為我們奏出的美妙樂章。

結論：在這個喧囂的世界，未必都是我們想聽的聲音，所以如果有不想聽的聲音，或許假裝一下耳聾、給耳朵戴上耳塞或耳機吧！千萬「別受其影響」~而壞了自己的好心情哦。

欣宜小語第 64 首

現今資訊發達的時代，只要拿起手機，用手指滑一滑，便能即時創作、即時攝影、即時分享。

人人都可能是作家、攝影家；都可以隨時發表自己的創意，讓更多好友來認同，增加自己的人氣。

然而，言多必失言多必敗，或許因為不週全的言論，遭到斷章取義，因而受害。相信這種情況，大家都遇過；我們除了要謹言慎行，還要能客觀來斟酌自己的言論，以免造成沒有必要的誤會。

因此溝通就成為大家討論的話題，

那如何溝通才能讓大家明白？

我認為良好的溝通，首先要有良好的心態，再就斟酌文句與用字遣詞來下功夫。

（繼續欣宜小語第 64 首）

但其中應避免過度主觀和偏激的言論。才能達到溝通的目的。

結論：雖然言論自由，但也要有接受批評的雅量；

要能隨時反省自己的言行，要好好修身養性，

要做一個對社會有貢獻的人。才能對得起自己的良心。

欣宜小語第 65 首

許多人，喜歡從 Google 或是 FB~去轉貼別人的好文章；當然這種「好東西要與好朋友分享」的作法，是值得支持與鼓勵的；但前提是要「註明原作者」，或是「經過原作者同意轉載」哦。才不會違反著作權法！

然而，我看到有些轉貼的人~會自動註明「原作者」；但是也有少部分的人，轉貼後~卻「據為己有」；甚至寫上自己的大名，變成作者是他了！

這些抄襲的行為，讓明眼人，一眼就看穿了；只是看穿的人們~還沒有時間，去收集證據，去反駁而已。這也因為抄襲，讓人有了不好的印象。讓原本轉貼的好意，打了折扣哦。

我在想，為什麼有的人喜歡抄襲？是不是因為他們懶得用心去找靈感？懶得花時間去寫文章？只喜歡投機取巧？只喜歡坐享其成？

一連串的問題，想必大家都有意見。

我個人認為：這種抄襲的行為有點可恥，會對不起自己的良心，也會對不起原創者的苦心。

而大部分的人都認為：轉貼好文章的意義就是想讓更多的人看到受益；是想讓更多的人心靈有寄託；是想幫助更多迷惑的人走出困境。

（繼續欣宜小語第 65 首）

所以，我們不能貪圖一時的方便，就把別人的文章抄襲過來，且大大方方的寫上自己的名字，變成自己是作者哦！

結論：我們既然了解轉帖的意義，就要誠實地「承認原作者」，並寫上原作者的大名，讓大家知道原創的苦心，這樣才對得起自己的良心，大家說是嗎？

欣宜小語第 66 首

我說：「人因為夢想，而有希望；人因為實踐夢想，而有未來。」

這裡的夢想，當然不是「華而不實的夢想」，是一種「積極行動」的夢想。

所以有了好的夢想，就不怕走投無路；也不怕沉溺在負面情緒裡。

然而有些人，還是會屈服於殘酷的現實面前，不是因為他們恐懼，也不是因為他們沒有勇氣，而是他們還執迷不悟。

人這顆心，最怕在轉念之間，難以抉擇，錯失良機；最怕在聰明或糊塗的互換中，分不清楚狀況，而下不了台。

看過古中國「屈原」的一句名言，給大家參考如下：「舉世皆濁我獨清，眾人皆醉我獨醒。」

意思是說：「亂世中，所有人，都向下沉淪，也不明是非和善惡，我也要獨自清醒地看清局勢，堅持自己原則。」這是何等偉大的想法，等著我們去領悟。

結論：想法太多，不如有好的做法，夢想太多，不如有付諸行動的決心。

彩雲小語第 1 首

懂得感恩的人，懂得知足熱愛生活，也最快樂；能開心一笑，一下子就把人與人之間的心結解開。
能心甘情願的以直報怨，啟發善良慈悲之心。
讓我們以感恩的歡喜心來做人做事，生活才會充滿溫暖和希望，路才會越走越寬。

彩雲小語第 2 首

每個人都有自己喜歡的人，因此就很容易把他當個「寶」這「自然」很好，重點是要讓他「知道」，看看他是不是也會對你好；如果他知道了，不會懂得珍惜你的好，也沒有特別的對你關照，那就要想想這樣的好，是不是有必要，如果沒必要的話，就該把「好」留給懂得珍惜和善待你的人；才不會有患得患失的懊惱。
因為喜歡一個人，只有在他也喜歡你的時候，才有意義。

彩雲小語第 3 首

都說了成敗不足以論英雄的，
勝不驕敗不餒是最好的心態。
當努力而成功的時候不驕傲，
要再接再厲決不可沾沾自喜
當挫折和失敗的時候不氣餒。
要勇敢面對決不能意志消沉
要從失敗中不斷的吸取教訓
學會從失敗中再站起來努力
要為自己的理想再努力奮鬥

彩雲小語第 4 首

一個人的生活，其實也不會很難的；只要我們沉得住氣也安得下心來，就不會胡思亂想，也不會自找麻煩了。雖然暫時孤單但也不會很寂寞。因為我們的內心世界，已充滿了理性和客觀的光彩，懂得如何看待這美好的世界，也能自給自足的隨遇而安。

彩雲小語第 5 首

人之所以活得不快樂，就是他不懂得開心。
這不只是想太多和慾望太多的問題而已！
那什麼叫開心？開心跟快樂的意思不是都一樣嗎？我覺得不然。我說「快樂」只是「一時」的滿足，而「開心」才是「長久」的知足。
因為「開心」是一種屬於精神層面的內心活動。
在於要有好的修為和領悟；能看開一切，樂天知命，安居樂業，自足自足，和領悟道的真諦等……如果你遇到這樣的人，你說他不快樂和不開心嗎？
為此心境的轉變在一念之間，可以是「天堂」也可以是「地獄」，就看我們個人如何用心的修行，才能有「開心」的（法喜）和做人的快樂，你說是嗎？趕快開心起來吧！不要再折磨自己了好嗎？謝謝。

未完待續下篇……

彩雲小語第 6 首

繼續上一篇「彩雲小語第 5 首」開心與快樂的解讀……

開心是由內而外的知足，而快樂是偏重於外在的享受，所以會不懂得內心滿足的實在，會被慾望所苦，在不斷的追求滿足中無法自拔，以致身陷於不安的困境裡。

因此快樂只是一時的滿足，當貪婪之心再起時，又會被煩惱所苦，在惡性循環中不得解脫。

而真正的開心才有真、善、美的存在，有「法喜」的快樂，能隨遇而安，也能樂觀自在的「灑脫」，最後老而忘憂，感受快樂。

彩雲小語第 7 首

人生的道路，不是一路順暢；沿途有平坦寬闊的大道，也有崎嶇難行的小路，以及許多的障礙，祂正考驗著我們選擇的方向。

雖然一路的艱辛，也會遇到很多的難關，但只要我們有勇氣和決心就能順利來闖關。

讓我們用心靈去感受生活，維持最美的心情，去欣賞那美好的風光，收穫人生路上的幸福美滿。

彩雲小語第 8 首

每個人都需要朋友，都離不開朋友，所以對待朋友，要能以誠相待，才能持續美好的友誼。

而要結交到真正的好友，則需順其自然，合則來不合則去，不要勉強自己，一定得跟志趣不合的人當朋友。這樣會讓

（繼續彩雲小語第 8 首）

彼此都有壓力的。

因為他不懂你內心的想法，會跟你有意見不合的爭執，也會處處的刁難你，和你做對，不能在你需要幫忙的時刻，助你一臂之力。

為此找朋友就要找，能站在你的立場和角度，替思考問題的人，這樣的朋友，才能對你有益。

彩雲小語第 9 首

我們人的一生中，常常都會聽到，很多的道理，而且聽了以後，感覺它很有用，也覺得自己受益匪淺、獲益良多。但為什麼常常聽，還是過不好一生呢？這或許是很多人的迷惑。

因為道理，也無法解決所有問題的，它只是讓我們參考和斟酌的，要在它的規矩之內，自由的發揮和奮鬥才有用。

為此道理，不是只拿來說和聽的，也不是只放心中而不會用，它是要我們加以融會貫通，才能進一步「知行合一」的付諸行動，不能只是聽和「光說不練」的。

彩雲小語第 10 首

看到許多供奉「彌勒佛」的寺院，佛前兩邊都會有一副，寓意深遠的對聯如下：「大肚能容，了卻人間多少事；滿腔歡喜，笑開天下古今愁」這是出自「古中國唐末五代後梁」時「布袋和尚」的名言。

這句話的意思很簡單，大概是說：「人只要有包容、忍讓的胸襟和肚量，就能有『寬宏大量』和『慈悲為懷』的善念，

（繼續彩雲小語第 10 首）
來看開人生的一切，然後進一步以『滿心歡喜』來笑開古今所有了」。
這是做人要學習的根本修養和原則，你做到了沒有？大家一起來加油哦！感恩！

彩雲小語第 11 首

如果要把愛情做一個比喻的話
那我覺得當它是瓶好酒也不錯
我知道酒的好處知道不能喝多
我懂得酒的特性只適合量小酌
因為它濃度夠合乎幸福的標準
因為它越久越醇讓人愛不釋手
因為它有讓人樂此不疲的藉口
因為它純糧釀造淺嚐延年益壽

彩雲小語第 12 首

有的人時間很多，多得不知要做什麼，
有的人時間不夠，忙得沒休息的時候；
忙是勤奮的表現，可以當理由或藉口；
或許他真的很忙，不想理你也是真的；
一定要在百忙之中抽空，和朋友互動；
聽聽朋友的意見，也分享自己的經驗；
只是越想著忙的人，真的會忙不過來；
列出要的做事，才能有效率完成工作。

彩雲小語第 13 首

有「比較」才有「高低」，有「比較」才能「進步」，但是
要如何來「比較」呢？我想用「科學」的方法和「統計學」
的分析，才能「比較」客觀和專業。

因為有些人缺乏實務的經驗，看問題往往就會「比較」片
面而不完整。

所以「好的比較」能讓我們了解，問題的優缺點，進而有
改進和學習的動力，而「不好的比較」則容易有自卑和嫉
妒等負面的心態，會讓自己深陷困惑之中做出錯誤的判斷。
而且常跟別人，做沒有必要和沒有根據的比較，只會讓自
己更沒自信，我們要常跟自己「比較」才能有進步，也能
「知己知彼，百戰百勝」了。

彩雲小語第 14 首

有人問我一生為何而活？
想想難道是為別人活嗎？
像泥菩薩過江自身難保？
因此得為幸福也為責任
所以先活好自己才實在
想到「人不為己天誅地滅」
這是連自己修養都不夠
就可別怪天地也不容了

活著是為自己也為別人
假如自己也做不好的話
就無法在天地之間立足
也會遭天地無情的誅殺

彩雲小語第 15 首

愛情路上看的是有沒有緣分
不是所有愛情都是那麼美麗
以前沒見過你你也沒見過我
能走在一起一定是上天註定
能遇見心愛的可以說是幸運

彩雲小語第 16 首

謝謝您來「合理詩集」欣賞
用心來鼓勵「合理」的創作
雖然「合理」無法改變您的命運
但「合理」會用心的替您解釋人生
讓您讀後得以領悟
進而影響您真實的人生
謝謝您在遠方辛勤的工作
百忙之中抽空來替「合理」按讚鼓勵
您淡泊名利以助人為樂
也是屬於放得下的人
您投進了無數心思
只為了以文會友
假如有一天
「合理」也不免「江郎才盡」
但「合理」只有個簡單的要求
要求您能繼續完成您未完的夢。

彩雲小語第 17 首

許多人談到理想和抱負
總會想像各種美好的遠景
可事實上許多人和我一樣
需面對許多的困難和挑戰
但有些人面臨問題的時候
往往會猶豫不決的感到灰心
然後就信心不足的「知難而退」了
我覺得我們「缺的不是理想」
而是堅持到底的決心
因為理想需要一股衝勁
就像運動家的精神一樣
需要不斷的挑戰自己
才能繼續保持實力

彩雲小語第 18 首

幸運讓我認識你
感覺你是我知己
彼此間很有默契
常有共同的話題

時間讓我們熟悉
緣分讓我們繼續
常常聯繫在一起
日子溫暖又甜蜜

（繼續彩雲小語第 18 首）
今生我只喜歡你
永遠把你當第一
會一直守護著你
直到你離我而去

彩雲小語第 19 首

你長得天生麗質花容月貌
我長的其貌不揚平淡無奇
我怎麼有資格跟你做比較？
想想有句「天生我材必有用」
就能以「良好的心態」去面對

每個人都有優點也有缺點
我們不應該做無畏的比較
而讓自己失去自信和動力
大家都聽過「人比人氣死人」
所以要比也要先跟自己比

想想你在羨慕別人的時候
比別人差的感覺很不好受
就會感受不到自己的幸福
因為總有人會比你好一點
別小了看自己才不會難過

彩雲小語第 20 首

看過（古代中國）《禮記大學》篇中的一句歷史名言如下：
「修身齊家治國平天下。」
這是一句以「修身為根本」，進而「成就人生」的「做人、做學問的方法」。當然也適合現代人，做為「完善自己」的規範。
我認為一個有「修養的人」，是一個「客觀」的人。
他潛心於「修身的領域」，從中領悟著人生的意義。
他常常「謙虛謹慎」的營造和諧環境。
他不以個人利益為優先，能善意的對待親友；從心底去尊重別人；總能顧全大局，踏實沉穩的，做正確的事。
他有「自知之明」，既不樂觀也不悲觀的，面對人生的無常。
他能了解自己的缺點，能嚴以律己寬以待人；能在冷靜中「自我反省」，找回「原來的本性」；能過得「問心無愧」的人生，過著「自得其樂」的生活。

彩雲小語第 21 首

諒解由理解後開始原諒，
寬容由諒解後開始接納。
諒解是將心比心感同身受，
它就像冬天裡的太陽。
而寬容讓我們在寒風中得到溫暖，
它使我們不孤單多了光明和希望。
懂得諒解別人，生活會變得更加精彩；
懂得寬容別人，心地也會變得更加善良。

彩雲小語第 22 首

我們每個人都知道要「為自己而活」，為了活得更幸福和快樂而繼續。

那幸福快樂並不是天天有？

當不幸福不快樂時候要怎麼辦？

我想就要用很多「好的慾望」來代替，譬如求知慾望、上進的慾望、美食的慾望、幸福快樂的慾望、興趣的慾望，等等還有很多很多……

這些都是「活下去的慾望」，雖然它們不是很重要，但重要的是我們不能被慾望所支配。

還有一點要明白，我們只是一個「小我」，我們的親友、家人、社會、國家才是我們的「大我」，有時候也要「忘我」，而「有利於他人的心」，才有「活下去的意義」。

彩雲小語第 23 首

人活在世上需要有自信也要有自尊，但是自尊不要太自滿，因為太自滿的結果，會使人驕傲與固執，使人原地踏步裹足不前。

這是為什麼呢？

我想是「過猶不及」的原因，雖然自尊很重要，但如果過了頭，會使人變得狂妄自大，失去理性和客觀，也會聽不進別人的建議。

所以我們要懂得「謙虛」，千萬不要自傲與狂妄，才會懂得如何去尊敬別人，承認別人的價值。

看過「斯特納夫人」的一句話給大家參考如下:「自尊是一個人品德的基礎，若失去了自尊心，一個人的品德就會瓦解。」

（繼續彩雲小語第 23 首）

我們要了解自尊的重要，首先要學會「自重」而後才能受
人的尊重，因此有了自尊才有向上發展的信心，和進步的
動力。

就讓我們再自尊與自卑之間，取得自我的平衡，才能舒緩
生活的焦慮與壓力。

彩雲小語第 24 首

有人說：「女人永遠都是『感性動物』」那何謂「感性」呢？
感性的意思，照字面上的解釋如下：感性是一種人格的特
質，具有強烈的同情心~能感同身受；有溫和善良的心腸，
待人和藹可親；能重視人際關係的和諧，懂得包容與尊重；
能熱心助人，易以情感來觀察人、事物……

雖然女人也會有「理性」的一面，但往往「感性多於理性」，
所以女人的缺點就是「心太軟」，往往會因為愛而迷失自己，
讓自己在逆來順受之中承受一點壓力。

總結：女人要好好的愛自己，因為只有自己不會背叛自己。
而且要懂得妝扮自己，把自己妝扮得像朵花那樣美麗，然
後在浪漫與甜蜜中，過著自己想要的生活，那就是女人需
要的幸福。

彩雲小語第 25 首

我們都知道「一分耕耘，一分收穫」但有時候「一分耕耘」，
也會沒有收穫？這是為什麼呢？

我想這是因為我們，過於「主觀」的原因，認為自己所付
出的是「一分耕耘」；然而在「客觀」的情況下，卻未達一

覃合理
小語

（繼續彩雲小語第 25 首）

分的效果？所以當然會沒有收穫？

但是我們不要因此灰心，當盡可能的「多分耕耘」，才能有多一點的收穫。

為此我們不要再去「算計」付出的有「幾分耕耘」了，只要我們「心甘情願」，就能勤奮的耕耘，也能有好的收穫。

彩雲小語第 26 首

希望就是在不斷的失望中成長，要懂得苦自己嘗，歡笑與別人分享，這樣才不會有「絕望」。

有人說：「只要給我希望，不要讓我失望，因為我怕絕望。」這是什麼道理？又是什麼邏輯呢？

我覺得希望需要自己創造，不用奢求別人來給；如果是別人給的話，那就是他的「先見之明」，還有他的好眼光。

而失望或許是自找的，因為對自己沒了信心，最後絕望也是自己造成的，因為我們沒有再給自己一次以上機會，就來半途而廢；所以機會當然會讓我們「無望」。

為此我們只要還有機會，那失望就不會變成我們的惡夢，也不會令我們「徹底的絕望」。

希望越多則煩惱越多，也越容易失望，只有「懂得量力而為」的人，努力才有希望，堅持才會成功。

彩雲小語第 27 首

生活在現代的忙碌社會，我們每個人的時間都很有限；除了工作、上學之外，還有很多事情要去處理和完成。

這其中有很多，需要我們花時間去做；包括學習、運動、

（繼續彩雲小語第 27 首）

旅遊、購物、和親友聚會聚餐、上教堂、佛堂、做義工、
上網聊天、看書、看電視等等還有很多……

所以可用的時間，自然也不多了！

那如何利用時間，才是最有效率的呢？

我想總得有個「計劃」吧！

因為有計劃，才能把時間分配得剛好；當然事情要分「輕
重緩急」，也要「按照順序」才能進行得順利。

什麼時間該做什麼事，就要去進行，切不可拖延；才不會
有「耽誤」的情形；但如果萬一發生「意外」、「錯過了時
間」的話，那也不要過於著急，才不會「忙中出錯」。

目前我除了上班、做家事、每天運動，以及按照計畫，完
成該做的工作之外；有空我會多看一些書，寫一些文章，
因為看書才能「了解人生」；寫文章才能「解釋人生」才能
進一步幫助，一些有疑惑的人，讓他們對人生有信心和希
望，進而改變他們自己；也讓他們的生活過得更有意義，
過得更幸福快樂。

彩雲小語第 28 首

有時候「冷漠」，是對一個人最好的「懲罰」？

那要「懲罰」他們什麼？為什麼要「懲罰」他們呢？

因為「道理」人人都懂，但「實際的想法」卻「不一樣」？

有時是「公說公有理婆說婆有理」的原因？

如果我們繼續堅持己見的話，那就聽不進對方的「苦口婆
心」了？

我們要想想，為什麼有人對我們「冷漠」；因為「冷漠令人
感到很難受」。

有人說：想太多了吧！他們只是一時的「懶得理我們」；要讓我們「有所警惕」，也要我們知道他們的「用心良苦」。這時我們就要化「被動為主動」，回報以溫馨的微笑，然後再甜蜜的說句好話；也要低聲下氣的「賠個不是」；這樣或許能讓愛我們的人，「再回心轉意」願意與我們「重修舊好」？

「冷漠是一種非常手段」，也是一種「不滿的暗示」？

我們要好好的，與身邊的親友保持「友善」。

但如果他們很忙的話，就不要去「打擾他們」；只要適時的給他們一個「溫馨的微笑和熱情的眼神」；他們就會感動，有空就會來回應。

彩雲小語第 29 首

有人問我「忠言」為什麼會比不過「甜言蜜語」？

我聽之後，想了一會兒才回答。

因為我們要先來了解，什麼是「忠言」？

什麼又是「甜言蜜語」？才能做正確的分析和判斷。

「忠言」的意思是：忠直之言，它以「勸誡」為主，但因為太過坦白又太實際了，所以讓人聽起來，會有不舒服的感覺，甚至影響了心情，而無法去接受。然而我們只要再「說得順耳一些」，就能讓人為之振奮，也能達到更好的溝通效果。

而「甜言蜜語」的意思是：能說出像「蜜和糖」一樣甜的話，它以討人喜歡、哄人、騙人為主，所以讓人聽起來，會有陶醉和迷惑的現象，然而只要「不口蜜腹劍」，能說得再「實際一點」，就會讓人有溫馨、浪漫、快樂和幸福的感覺。

（繼續彩雲小語第 29 首）

所以根據「邏輯」分析的結果和推論如下：「甜言蜜語」雖美好，但偏向「不實際」，所以「難以令人信服」；而「忠言」雖是好話，也用心良苦，卻「逆耳」所以比較不受歡迎。

為此我們只有「多說好話」，才能「多積點口德」也不要再比較，什麼「忠言和甜言蜜語」了。

因為只有「說好話」才是重點，你說是嗎？謝謝。

彩雲小語第 30 首

這世上，如果每個人都能「將心比心」，能換位思考，能盡量的去體恤解別人，也能站在不同立場思考問題的話，那就會減少許多的紛爭、藉口和抱怨。

因為多一些寬容和理解，就能懂得如何去尊重與關愛，這世界也會因此變得更美好。

我們不能將別人對我們的好，當作是理所當然；

因為很多東西是相互的，我們總不能一味的

要求別人付出，而反思自己的回報又太少；這樣很容易以「自我為中心」，也會更讓人無法接受。

我們要了解，有時候的付出，並不只是為了回報；

也要明白，人與人的付出，也不完全是對等的。

因此我們要懂得感恩，感恩那些曾經幫助過我們的人，因為他們的付出，或許只是希望我們的注意和珍惜。

人生來也空空去也空空，只有學會將心比心，學會付出之後，才會感受到愛的美好，了解生命的意義。

彩雲小語第 31 首

我認為寫作，就是要把自己，正確的思想寫下來「以文載道」，「合理的解釋人生迷惑」；傳達給更多人了解，讓更多人對人生有信心和希望。

而不是寫些，思想偏激、害人害己、色情、迷惑、不倫、暴力、顛倒是非黑白、批評、攻擊、謾罵、造謠等……有「百害而無一利」的「缺德文章」。

然而有些人，還是喜歡以「詩情畫意」為主；雖然容易贏取不少讀者的喜愛，但是這樣的文章，基本上沒有太大的價值；更別說什麼能「解釋什麼人生迷惑」了。

為此我的文章風格就傾向以，「人生的基本道理」和「人世間的真善美」為主，雖然這樣的文章，有點「枯燥乏味和忠言逆耳」，也引起不了太多人的注意和欣賞；但我還是以「暗示和客觀」的描述為「參考」；繼續充實知識和看很多的書，思考很多人生的問題；並常常能靜下心來，利用時間寫作，盡我對人生的一點心力。

彩雲小語第 32 首

人不能沒有「慾望」，但要「適可而止」，切不可「貪得無厭」。

我們都知道「慾望」多了，負擔會變多，相對的壓力也會增加，最後讓人失去了快樂。

當然「慾望」，可以促使著我們前進，讓我們有加速的動力，但如果控制得不好的話，反而：「無欲速，無見小利。欲速，則不達；見小利，則大事不成。」（這是語出「古中國」《論語。子路篇十七》中的一段名言。意思是說：「做事情『不

（繼續彩雲小語第 32 首）

要只想到快』，也不要『只貪圖眼前的小利』；若只單純追求速度，則容易忙中出錯，反而達不到預期的效果；而只貪圖眼前小利，則不易見長遠的利益，最後辦不成大事。」）

常聽人說：「做人要『清心寡慾』，不能有太過深重的慾望。」而「清心寡慾」照字面的解釋：「清」指「清靜」，「心」是一種境界，「寡」是減少，「慾」是慾望和需求。合起來的意思是說：我們要先「修身養性」，再「去除內心的雜念」，最後減少在聲、色、事、物方面的奢求，保持「安貧樂道的知足」。

總結：「慾望是無止境」的，如果不加節制的話，那只會造成，更多的痛苦和不幸。

彩雲小語第 33 首

每個人都需要朋友，需要朋友的陪伴、關心、祝福、幫助、支持與鼓勵。

然而經常有很多人，懷疑自己的朋友；懷疑朋友的不真心，在遇到困難的時候，也找不到朋友幫助。

我想這是因為，他們的生活圈太小了；雖然有好的條件，長得很漂亮，也很好相處，但卻吸引不了追求者的到來。

而朋友的種類有很多，像「孔子」說的：「益者三友，損者三友。友直，友諒，友多聞，益矣。友便辟，友善柔，友便佞，損矣。」

大意是說：有益的朋友有三種，有害的損友也有三種。我們要多結交正直、誠實、見識廣的人，才會有好處；而少跟不務正業、邪門歪道、讒媚奉迎，和只會花言巧語的人做朋友，才不會身受其害。

覃合理
小語

（繼續彩雲小語第 33 首）
我們都知道：「知音難尋，知己難覓，知心難求」
「相識滿天下，知心有幾人」，如果遇到的話，就要好好的
珍惜。

彩雲小語第 34 首

我們曾感慨，「世事難料與人心難測」；正和所謂：「畫虎畫
皮難畫骨，知人知面不知心。」的說法有關。這是比喻：
人若只從表面去判斷，
會被假象所蒙蔽；是無法真正了解其內心世界的。
所以我們看一個人，不能只看他的外表，還需聽其言觀其
行，才能洞察人的真心。
然而世界上，又有多少人懂「人心」，多少人能真正的「看
透人心」呢？
想想連自己，也未必能了解自己；又拿什麼來懂別人和去
試探人心呢？
所以只有，「知己知彼和將心比心」，才能「日久見人心」。
很多時候你對一個人好，但他可不一定會對你好。那是因
為，他已經把你對他的好，當成習慣裡，也當成「理所當
然」了。
從此你會慢慢的發現，明明都已經掏心掏肺了，到最後還
是「真心換絕情」的結果。
但是我們還是需要「心甘情願的付出」，學會真誠來待人，
才能多一些了解和信任，才能將心比心的理解他人。

彩雲小語第 35 首

說句真心話，或許多人有這樣的感覺~雖然人生的道理很多，但有些屬於老生常談，讓人聽了乏味，自然沒人有耐心和興趣，可以繼續聽下去……

這是什麼原因呢？

因為道理人人都懂，也人人會講，只是看法不一，說法不同而已；但有的人卻能把道理，解釋得新鮮又有趣，而且是別人從沒講過的；也能半開玩笑的，講得活潑和生動；那當然受到人們的歡迎。

只是道理人人都有，但是能做到的又有幾個呢？

所以我們不能常把道理掛在嘴上，或放在心裡；要言行合一，實際來行動。

就好像說，我們希望能賺到更多的錢，結果不去努力，那也只能，當個白日夢而已吧？

一樣的道理，你有你的道理，他有他的道理

但是他做到了，你沒有做到？那講得再好又有什麼用呢！

為此我們要先反省自己的不足，瞭解自己問題所在；然後才能去接受，那些需要的道理。

譬如說你在情緒不好的時候，別人講什麼道理你當然聽不進去。所以只有讓自己先冷靜下來，才不會目空一切和傲慢無理！

彩雲小語第 36 首

我們追求的是自己的幸福
要了解比上不足比下有餘
不是跟別人做比較的幸福

（繼續彩雲小語第 36 首）
所以要給人生訂一個目標
在生活中做好一切的努力
才能跟別人比讓自己進步

彩雲小語第 37 首

有人說：「人不講理，是一個缺點；而只知講理，會有盲點。」
但一般的人都認為：「有理行遍天下，無理寸步難行」。
意思是說：如果我們，能明白聖賢之理；然後「言合乎於理，行合乎於理」，就有成為，聖賢的可能。
那為什麼說：「只知講理會有盲點」呢？
我想是因為，沒有「言行合一」的原因吧！
但有些地方，是不適合講理的，應該先懂得人情世故。
例如：「行有餘力，則以助人」和尊重老弱婦孺以及幫助一些殘障人士，這是所謂「天理人情」，也是大家都想做的事。
有些時候「情、理、法」要兼故；但也有人認為是法、理、情；他們把法排在第一，是因為現在是法治社會，一切依法行事。
所以我們要先~「明理」，然後「講理」更要「言行合一」，不要只「光說不練」或是強詞奪理。
有的人會跟別人講道理，但就是不跟你講理，
這又是什麼原因呢？我想可能，他怕「公說公有理，婆說婆有理」，到最後連他「有理」，也跟你說不清」了。
我想你們可能，不是講的「關係」吧！所以多說無益，說多了也變成忠言逆耳了。
這時候你只要動之以情、表現得殷勤一點，也要暗示~你要以道理之外的「天理人情」，來處理，事情就能圓滿。
這樣就可以，把你們原本緊張的關係，變得更和諧了。

彩雲小語第 38 首

都說「福禍相依，因果報應」
雖然有一定的規律可循
不過從來都是一變再變
沒有人能預知未來的福禍
因此平時就該居安思危
才能把握好現在和未來
創造以後美好的人生

彩雲小語第 39 首

很多事情我們控制不了
也難按照計劃去完成
會有些挫折和困難
需在經歷過後才會明白
正是所謂「經一事，長一智」
我想只有事先找到問題源頭
從根本上去了解和分析
才能有效的規劃和佈局
決定未來前途的發展

彩雲小語第 40 首

有人說：「人沒有壓力，就沒有動力」
我認為：人還是有點壓力好，但壓力也要適度；才不會危
害身體的健康。

（繼續彩雲小語第 40 首）

人只要活著一天，不管生活或事業上，都會有許多大大小小的壓力，但絕大部分的壓力，都是自己造成的（除了父母，給你壓力把你生出來之外），也有少部分，來自於別人的好意；但如果是別人給的話~你也有選擇，接受或不接受的權利，那當然得看，你跟他是什麼關係了，也可以置之不理喔。

俗話說得好：「人生就是一場旅行，誰不是負重前行呢？」

如果自己給的壓力，那就是你想進一步，完善自己。

因為你想變得更好，所以會給自己一點壓力，而別人給的壓力，你只會想再加把勁？

你為了努力自己的不足，提升別人對你的滿意；

所以給自己提醒，給自己一點壓力，讓自己有動力。

這些都是大家知道的事情，所以你說：人是被逼出來的。

這樣合理嗎？

誰會逼你？

你自己要努力，是你自己的事，不要說：有人逼你，這只是個「藉口而已」。

人就是要在困境中突破圍，如果沒有困境，哪來的美好遠景。

你總不能「畫地自限」，你會積極的前進。

因為你是為了自己好，或許環境和壓力會逼你，

但這也是不得已~它只想讓你變得更好，所以刺激你前進。

重點：要學會把壓力化成動力，進而圓滿自己的人生。

彩雲小語第 41 首

你默默走在我思想路上
用真心來穿越過我的心
以長遠的目光觀察著我
讓我感受你用心的良苦
我需要找個安靜的場所
放心至此一切隨遇而安
把心歸零重新面對自己
讓內心有足夠時間放空
不讓眼前困境矇蔽了我

彩雲小語第 42 首

誰也沒有注意「輕視」與「冷漠」的行為
使得負面情緒產生不利雙方的和諧
我們要冷靜來處理雙方發生的問題
才能在相對的冷淡關係中理性溝通
重新審視問題進而打破冷漠的狀況
如果對方的冷淡持續一段很長的時間
連你主動示好表達關切也得不到回應
那就可以考慮順其自然等待時機再聯繫

彩雲小語第 43 首

人要懂得「吃苦耐勞，才能苦盡甘來」，這是大家都知道的
「中華文化」傳統美德。

（繼續彩雲小語第 43 首）

只要缺乏這種精神，就容易有貪圖安逸，厭惡勞動的投機心態發生。

然而世事變化無常，再成功的人，也有落魄的時候；再失敗的人，也有得意的一天。

如果他們不懂得吃苦，明顯的好吃懶做，好高騖遠，眼高手低；這樣還有幸福、未來和一切可言嗎？

看過所謂：「風水輪流轉，三十年河東，三十年河西」的名言，這是比喻世事變化無常，難以預料~像風水輪流轉的自然現象。

雖然我們無法預測未來，會有什麼樣的變化；但只要我們能掌握當下，能刻苦耐勞，貧窮就是暫時的，有朝一日我們會有翻身的機會。

彩雲小語第 44 首

人有很多事情要忙，總不能閒得沒事做。

雖然忙裡偷閒是一種樂趣，一種放鬆；但太閒不一定是享受，說不定是個折磨。

人只要沒事做、沒有目標、沒有計畫；忙的時候沒有頭緒，休閒的時候又沒有去處；這樣就容易去胡思亂，會迷失在無精打采之中；變成什麼事也提不起勁，讓生活變得乏味空洞。

有人說：「閒人多愁，懶人多病，忙人快活。」；

這是說，人太閒不好，太閒了會沒事做，也會變得懶散起來；做什麼事都沒有動力，甚至失去了奮鬥的目標；那也就會慢慢變成，聖人所說的：「飽食終日無所用心小人矣」和廢人的可能了。

（繼續彩雲小語第 44 首）

因為太閒的人，天天無所事事，會越來越懶；久了就會整天胡思亂想，導致不能合群，也變得孤僻起來；最後失去了自己的定位，也失去了自己存在的價值感。

這就是所謂太忙與太閒，需要調整的地方~要做到~增一分不會太多，減一分又不會太少的「中庸之道」；才不會有「過猶不及」的煩惱。

我們不要太忙，忙得沒有時間「痛苦異常」，也不要太閒，閒得沒事「無聊發慌」。

有時間的時候，可以安排休閒，可以聚餐聊天，可以旅遊踏青，可以安排很多，想要做而還沒做的事，換句話說~沒事找事做就對了。

我們要試著讓自己~忙和動起來，不要讓自己有時間~閒和懶得發慌。

彩雲小語第 45 首

每個人都需要朋友，需要能真心在一起的朋友，希望與他們保有一定熱絡的程度；希望能在自己得意或失落時有人來陪伴；而且最好是，自己喜歡的朋友陪伴。

然而每個人的時間和環境不同，如果太黏膩只會讓彼此透不過氣；是需要給他們，一些私人的空間和時間；因為只有先給對方一些空間，他們才會更珍惜與你相處的時間。

但有些人朋友不多，平常他們就很小心的與人交往；因此他們可以很堅強，但也有可能很孤獨。

其實人活在世上，都是獨立的個體；都有自己的主見，只要不以「先入為主」的觀念，來看事情，就不用理會別人那些不好的意見（只有批評，沒有實質幫助的意見）；所以

覃合理
小語

（繼續彩雲小語第 45 首）
只要自己做得好，就不用怕別人怎麼說。
重點：不管再怎麼忙，都要對群體活動，有積極參與的興
趣；才能從中培養出更積極進取的人生觀。

彩雲小語第 46 首

為了一些不起眼的東西
那份真實的美麗
我們從單一的角度
看到的只是單調
看不到另一面的光彩？
但從太多的角度
看到的卻又複雜？
豈是三言兩語能說清楚的
現在的我們只能暫時
把那些複雜的看法簡單化
才能看出其中的奧妙

彩雲小語第 47 首

也許你希望的是這樣
希望我浪漫得表現在你的身旁
希望我把溫柔注視在你的臉上

你把希望的種子撒向我
那期待的收穫
生長在你近乎完美的土地上

（繼續彩雲小語第 47 首）
但你隨風飄搖的自在
是那麼用心良苦
那麼刻意的安排

所以那春雨過後才是你的成長
才能讓酸甜苦辣盡在其中
但你仍然天真無邪
任何時刻都可以峰迴路轉

彩雲小語第 48 首

我說：「人生就是這樣，往往身在福中不知福？
只記得自己曾經的付出，卻忘了別人現在為你的努力？」
其實是無知，讓我們習以為常的，它讓我們習慣擁有得更
多，卻沒有好好珍惜和維持真正的幸福。
它讓我們捨近求遠，忽略現有的幸福，而去追求那些沒有
必的新要求。
其實人的慾望無限，一旦被滿足後，又會再生。
但好的慾望，會繼續我們前進的動力；只有貪婪的欲望，
才會帶來痛苦和麻煩。
也就是說，我們要學會「清心寡欲」，才能去思考取捨和運
用欲望，把它用在適當的地方，發揮它最好的效果，才是
目前幸福的課題。

彩雲小語第 49 首

你知道？人一生說過最多的三個字是什麼嗎？

（繼續彩雲小語第 49 首）

有人說：「不知道」有人說：「媽媽的」有人說：「對不起」

我個人認為是：你、我、他。

雖然這三個字沒有連在一起，但是分開來時卻是最多人說過的。

這有什麼意義呢？我想：世界上沒有比這三個字更多的描述了。因為人是群居的動物，離不開~你、我、他。

所以：團結需要你、我、他，快樂需要你、我、他，幸福需要你、我、他，實踐理想也需要你、我、他，還有很多~族繁不及備載。

重點：不管何時、何地、何人，也不管我們說什麼，寫什麼，都會出現這三個字；而這三個字在我們生活中，構成我們精彩的故事，也打造了我們美好的人生。

所以想想：沒有你的支持，怎會有我的進步，沒有他的祝福，怎會有大家的福氣？

因此你、我、他三個角色的互換會有~驚喜、悲傷、快樂、憤怒，也有難過，就在於我們如何調適心情來接受。

重點：先做好自己~因為連自己都做不好的話，是會遭天譴的（人不為己天誅地滅）。

就以家庭來說：夫、妻、孩子，三方之間互換身分後，我們就學會了~換位思考，也了解到各自的需求。這其中或許會出現~心情不好，覺得沒有被體諒~等等的畫面，這種想法真的是太折磨人了！因此我需要冷靜下來啊，就做好自己的本分才行，你認為好嗎？他應該沒意見吧！

彩雲小語第 50 首（詩歌未譜曲）

那一夜的告白

（繼續彩雲小語第 50 首）
也許你已忘記
但點點滴滴
卻敲打我心裡

這使我想起你
多情的甜言蜜語
你因恨別離
留下那無言結局

再多說也無益
你已轉移注意力
在陰影處躲避
讓人搖頭嘆息

什麼都會過去
什麼都沒關係
不要總站在過去
幸福還在等你

等你把悲傷變歡愉。

彩雲小語第 51 首

都說：「天底下沒有不散的宴席，人生中也沒有永久的聚
會。」當然，人是「感情的動物」，不可能都是「鐵石心腸」
無動於衷的人，那「離別」自然會感傷。

（繼續彩雲小語第 51 首）

可是感傷又有何用呢？該走的人，還是會走的，甚至有些人會消失不見，這應該說是「緣分使然」吧。

我想：只要不是「永別」，就還有碰撞在一起的希望。

因為「離別」是人生中無法避免的事情，只要不是因為吵架或誤會的離開，就不會有遺憾。

然而有的人離開，卻是那麼「瀟灑自如」，就像：「輕輕的我來了，輕輕的我走了，不帶走淡淡的晨霧？」

我想是因為：他們夠坦然吧？可以說放就放？

可是有的人，並不是就那麼輕易的放掉？，他們還是會在心裡留下美好的回憶~「期待再相逢」，這才是隨緣自在的狀況。

彩雲小語第 52 首

人可以常常快樂，但不要常常生氣；工作可以常常忙碌，但不要常常過勞，生活可以常常浪漫，但不要常常隨便；祝福可以常常溫馨，但不要常常敷衍了事，請接受我真誠的祝福，謝謝各位。

彩雲小語第 53 首

活潑，能使單調的生活，變幻出浪漫的色彩，使更多的詩情畫意，精彩你人生的快樂和美麗。

而沉著穩重，能使你慌張的心情，遠離迷惑走向堅定，而不再猶豫。

人生就像四季的變化一樣，有感有傷有期許，但只要能好好欣賞，就會有不同的歡喜，就讓不同的風光來壯觀你的風景。

彩雲小語第 54 首

大海，因為擁有寬廣的胸襟，所以「有容乃大」能容納百川；我們也要學習，大海的心胸寬廣，才能變得偉大；做一個寬容、實在和有智慧的人，靠的是能包容別人不足的「寬容之心」。

就像一杯水和大海的容量就不一樣，因為一杯水的容量小，很容易變得混濁，而大海是寬容的，是無邊無際的，所以能容納和承受各種的排放。

為此我們要多欣賞別人的優點，包容別人的不足，才能有愛人之心和容人之量。

彩雲小語第 55 首

愛情像一部很動人的小說，它描寫了許多愛的點滴，和許多感人的情節。也描寫了我天天陪你的快樂，天冷的時候，我會為你加件溫暖的外套，天熱的時候，我會為你買杯清涼的飲料。平常的時候，我會時時刻刻的對你關心和問候，陪你渡過人生的風雨，讓如此幸福的甜蜜，成為一部有聲有色的小說。

彩雲小語第 56 首

人這一輩子，看透不如看淡，放下不如放鬆，凡事只要想開了就沒有負擔。人生這條路我們無法選擇，只有前進沒有後退，雖然路上有風有雨，有快樂有悲傷，有幸福有不幸，有痛苦有甜蜜，但這些都是生不帶來死不帶去的。只要好好的把握當下，就能過好知足的每一天。雖然每天會

（繼續彩雲小語第 56 首）
有不同的心情，但只要我們能維持良好的心態，就能過得逍遙自在。所以大家都很慶幸，慶幸擁有這麼好的一輩子，雖然短短不過百年，但是有你的陪伴真好。

彩雲小語第 57 首

人生的路上，只要懂得善待他人，他人也會善待你。因為心胸寬廣，才不會忿忿不平，才能納人無數。
因為心靈充滿智慧的陽光，前途自然光明燦爛。

彩雲小語第 58 首

真正的朋友是難得的，他會常出現，在你落魄失意的時候，給你信心，給你安慰，幫你加油打氣，幫你解決所有困難。而比較不會在意你，功成名就的時候，對他的冷落。因為他常常默默的，在為你祝福。

彩雲小語第 59 首

先相信自己，然後別人才會相信你；我相信這句話的道理，也相信這句話對每個人的幫助。因為人生最大的敵人，就是自己。
只要能相信自己，成功就離我們不遠了。

彩雲小語第 60 首

每個人都想活得長壽，活得幸福和快樂。

（繼續彩雲小語第 60 首）

但我個人認為，與其受罪，倒不如活得好。

所以我們只有放開心胸，好好珍惜當下，重視生命的高度和寬度，然後才會有精彩的長度，來配合我們想要的理想人生。

彩雲小語第 61 首

喜歡你的花容月貌，喜歡你的非凡魅力，你不僅集美貌智慧於一身，還善良溫柔，讓人羨慕和尊敬。

回想貌美如花的你，曾帶著花兒的甜蜜，和一串串深情，靜靜的盛開在我身邊；不過那短暫像蜻蜓點水，並沒有踏實的感覺。

多期待時間能停留，能編織我甜蜜的夢幻，實現我簡單的心願，快樂我幸福的模樣，繼續我那一份美好的時光。

於是就起了送花給你的念頭，希望花能綻開你的笑臉；美麗的你的心情，幸福你的生活；讓你的生活更加絢麗多彩。

彩雲小語第 62 首

生活中的「靈感」很多，都可以是「創作的題材」，有時是自己忽略了，而苦惱著不知靈感的來源。

剛好有朋友來家裡泡茶，我從冰箱拿出水果要招待，才發現有 3 顆芒果，不知道什麼時候放的~已經爛掉，且芒果的外面，還包了好幾層報紙，可見至少放了一個月以上了。

現在社會，大家都很忙，都會買一些食物，放在冰箱，以備不時之需。有的家庭「比較節儉」，他們會去買一些「特價品」，或是「便宜的蔬果」，冷藏起來，「可惜」少了時間

（繼續彩雲小語第 62 首）

的觀念，也不知道保存的方法，就讓很多食物白白的浪壞掉。

我曾研究過保存食物的方法，因為我是學商科的~我對東西都要精打細算。我常常去「超級市場」或「大賣場」，買「特價品」，雖然它們快要過期了，但我買回來後，會先放在冷凍，讓它再延長幾天的時間。

有時候，也到「菜市場」，買些「便宜的蔬果」，之後，我都會用「報紙包起來」，外面再套上「塑膠袋」，且塑膠袋缺口朝下，放在冰箱的冷藏盒。

我研究過很多「保鮮袋」的功能，它們可以保存和延長食物的新鮮，但是價錢可不便宜哦。

最後，我用「折衷」的方法（不用花錢），就是不去買「保鮮袋」；而是用最簡單的方法~用「報紙」包起來，再套上「塑膠袋」放在冰箱的「保鮮室」，而且在一個禮拜的保鮮期間內吃完，就沒有問題。

如果有吃不完的，我就放在冷凍一個月內吃完。

如果有拜拜，在拜完後，我一定在一個小時之內，把沒吃完的食物~先放「冷凍急速降溫幾個小時後」，再拿下來放在冷藏，以減少細菌的滋生。

有的人說「隔夜菜」不好，我認為，是他們不了解隔夜菜的意義。而冷藏的方法，可以讓我們享受到新鮮的食物。因為，我們都知道夏天的食物，在半個小時之後就會變質，所以，我們都有觀念，都會盡早把吃不完的食物，放在冰箱。

很多大賣場，有賣「冷凍食品」，而這些冷凍食品，有的為什麼可以保存一年之久呢？就是因為他們在製造之後，馬上瞬間冷凍，且全程低溫，配送到商場，所以才可以保存這麼久。

（繼續彩雲小語第 62 首）

我煮東西吃，沒吃完的，一定會在半個小時之內，放入冰箱，雖然還有餘溫，但我會在上面，蓋著保鮮膜，才不會有水蒸氣蒸發，再滴下污染食物的情形發生。

結論：大家都知道「現煮吃完」最好，但還是有些吃不完的，所以大家都要懂得如何保存食物~都要好好的利用冰箱的功能，才不會，把冰箱當作食物的垃圾桶。

彩雲小語第 63 首

大家都喜歡「美好」的人、事、地、物、時間；因為：「愛美是人的天性」，所以都想去追求，去付出，去創造。而讓自己有更進步、更幸福、更完美的人生。

然而，每個人對「美好」的「定義不同」，但有一個共通點，都樂見於好美的，不願見醜惡的。這些人性使然，只要在不損及他人的權益下，我們也不好做什麼評論。

看過「藝術大師」「羅丹」的一句名言，給大家參考如下：「這個世界不是缺少美，是缺少發現美的眼睛。」，這句話意思是說：雖然世界上的美無所不在，但如果不仔細去欣賞~就看不見其中的美哦，如果肯放下心中的「偏見」，以「認真的眼睛」去觀察的話，就能發現它完美的一面。

所以，美不僅僅是「外表」，更重要的是「內在」！

而它正等著我們去發現、去學習它的「美好之處」。

我認為：「萬事萬物自有其美」；別因「主觀的偏見」，就來界定它們的美、醜；因為「天生萬物以養人，人無一物可報天」啊！我們要有「感恩的心裡」，也要有「善於發現美的眼睛」，才能真正的了解「自然美」的道理。所以「羅丹」大師，才會以他的「名言」，來提醒大家哦。

（繼續彩雲小語第 63 首）
結論：我覺得任何人、事、地、物、時間，只要「不違背自然的法則」，都算是「美」；所以我們不要帶著「有色的眼光」，而讓自己產生「偏見」；要從「不美中」去發現「美」，才有「好眼光」~去「完美自己的人生」。

彩雲小語第 64 首

有一個朋友，前幾天來問我；他說他看到一篇文章如下：「一個人，即時有一百次以上好的表現，但只要有一次不好的失誤，別人就會否定他之前所有的努力。會因此出現不合邏輯的『偏見』。」。
我回答他：「這種文章否定了人性？最好少看為妙？這是批評人性？還是誤導人生？」
接著我說：「我覺得大多數的人，都會有包容的心，決不會因為別人一點小小的失誤，就小心眼的全盤否定別人。」
看過《論語‧衛靈公》：「君子不以言舉人，不以人廢言。」給大家參考。句子意思指：「不因為瞧不起這個人，就認為他的話一無可取；也作『不因人廢言』。」。
結論：好文章要以文載道，合理的解釋人生迷惑，不能因為偏見，就寫出誤導人生的文章。

彩雲小語第 65 首

人生有許多捨不得……有人捨不得吃、捨不得穿、捨不得用好的、捨不得花錢在自己身上……
看了那麼多的捨不得，有說不清也道不完的感受……或許想開一點，才能隨緣自在吧！

（繼續彩雲小語第 65 首）

然而有些人自己捨不得的一切，卻捨得給心愛的人吃最好的、用最好的和穿最好的……我想天底下，只有父母才會這樣做吧！因為他們無怨無悔的付出，才有今日我們的幸福。

而捨得的意思，就我了解的給大家參考如下：『捨』是失去或損失，而「『得』是獲得或成就。」；但是知道了定義，還是有許多人有不同的看法；因為每個人的心態不同、想的方法和看的角度也會不同。

就我個人認為，最好的捨得，是「無畏施」（布施的一種），那什麼是無畏施呢？在這裡，讓我跟大家解釋如下：凡能以慈悲的心腸，減少或消除眾生的恐懼、憂慮和苦難都是最好的捨得（布施）。

我相信，捨、得和因、果，有絕對的關係；因為有捨才有得，和有耕耘才會有收穫有相同的邏輯。這讓我聯想到胡適先生的名言，給大家參考如下：「種種從前，都成今我。莫更思量更莫哀，從今後要怎麼收穫，先怎麼栽！」。所以，想要有美好的結果，和捨得的好心態，就必須去種善因；而想要改變不好的惡果，和捨不得的心態，就必須去根本的原因去改善。

結論：大家都知道：「有得必有失，有捨才有得」的道理，能真正領悟和去實行的人，才有美好的人生。

彩雲小語第 66 首

有一個朋友跟我說：「我常常聽不懂別人說的話，聽完也不好意思再去問？」
我就問他為什麼聽不懂？

（繼續彩雲小語第 66 首）

他說：「可能我沒有用心去聽，或者國文程度不好吧！」。

我回答他：「既然你知道自己的缺點，就要試著去改善；因為聽話比說話還重要，如果是因為，你沒有聽清楚或聽錯，而造成沒有必要的誤會，那就麻煩了。」

他說：「我有試著去改進，也很努力去克服這個缺點」。

我說：「你要對自己有信心，有時候，錯也不在你，是因為別人講的話，不夠清楚，所以你才聽不懂。

只要你肯用心去改進缺點，努力去學習好的技巧，你就會發現問題不在你，而是別人講得不清不楚。」。

他聽了很高興就說：「謝謝你告訴我這麼多，

我覺得你講話，講得很清楚，我要學習你講話的方式。」

我回答他說：「我講話之前，一定會再三的思考~會以別人聽懂為主，而且聽別人講話，我會很用心去聽，不會中途打岔。」。

結論：現代人生活忙碌，有些人因為趕時間的關係，就沒把話說得很清楚~造成聽的人一知半解，也容易誤會。

所以請大家講話之前，先想清楚怎樣講~別人才能明白，才不會造成誤會。

人生小語

人生小語第 494 首

說明沒有題目的文章。

看到「人生小語」這本書的人，都會有一個疑問~為何只有書名，裡面的文章~都沒有題目呢？

請大家耐心的往下看，就會了解我的用心！

許多寫作的人，都習慣先想好題目，才下筆寫內容；就好像那些會做事的人，會先有計畫，才敢行動。

然而世事變化無常，計劃往往趕不上變化，有時候沒有計劃的計劃，反而能隨機應變，反而能得心應手。

所以有些人，認為應該先寫好內容，再根據內容來命題，比較不會跑題；就好像沒有計畫的旅遊、說走就走的行程，可以走到哪玩到哪，覺得比較輕鬆、比較沒有時間的壓力。

以上兩種創作方法，大家是否覺得各有利弊？

我個人認為，一篇文章~可以完全不用題目的！

雖然一個好的題目可以激發靈感，但也可能

束縛創作者的思想、弱化創作者的創造力。

所以我常常去想，古人寫作的時候，會先想題目、還是先想內容？

後來，我還是覺得，他們應該先寫內容，再來命名；而他們，大概也不用什麼「起、承、轉、合」的方法來寫文章吧；可能想到哪裡，就寫到哪裡哦！這當然要有一定的文學程度；所以，在那年代會寫文章的人，大多是飽學之士。

（繼續人生小語第 494 首）

但現代教育普及，學校都有作文課，老師們為免於學生，滿紙空言以致離題太遠，就會用~「起、承、轉、合」的公式、還有「題目」來要求學生去寫作。但也因此造成很多「公式化」的文章。這當然，也沒什麼不好，只是怕會少了，神來一筆那種名言佳句。

我個人認為「人的一生」就像一本書~而這本書的名字，各有看法、想法，「根本」難以去協調，因為我們還欠缺一些努力，才能圓滿。

所以我寫了一些「人生小語」，就完全不用題目~只有內容；因為這樣，我才能夠發揮我的想像空間、經驗和見解，而不用受題目所限制；就像聊天一樣，聊天總不會只有一個題目吧？如果勉強要一個題目，那範圍可能太廣哦。

所以我寫完文章後，就堅持不命名，這是要大家看了~才知道它們真正的價值。

但是有些人看書，習慣先看書中的題目，認為好題目，才有吸引力，才有興趣去閱讀。

然而「所謂的題目」只是一個代號，或許跟內容有落差、或是文不對題。

所以我用另類的方法創作，就是不想浪費時間去想題目~而是只要有靈感就先寫下來；雖然只有內容沒有題目，但這樣，我才能海闊天空，不用怕跑題，也不會畫地自限。

我希望，看我文章的人都很輕鬆，會有意想不到的收穫，不用去繞著題目團團轉。

結論：我的「人生小語」，只有書名，裡面文章~「沒有題目」，但是我用「編號」作為題目，可以方便大家搜尋，不用去記一長串文字題目，只要記住數字編號~就可以找到想看的文章。

人生小語第 7 首

有時候，做人、做事不要「太樂觀」（樂觀到完全沒有計畫，不想後果），因為如果「太樂觀」的話，反而會失去了，該有的「客觀」，而偏向「主觀」的「自以為是」。

如果樂觀到，沒有考慮到其他的問題，這樣會「錯估形勢」造成很多沒有必要的麻煩。

大家要清楚，這不是叫我們要有悲觀的想法。

而是樂觀「過度」，真的會有逃避問題的情況出現。

所以我們遇到了困難和障礙，一定要懂得「轉換情緒」，懂得調整好心態，而不是一味想開一點就好。

我們要有不怕困難，和勇於嘗試的改變智慧；也要因應危機的能力。而不是一味樂觀的~等待事自然圓滿；這樣的樂觀，似乎少了積極的動力。

這樣大家都懂了嗎？樂觀很好，但是要記得「過猶不及」的道理，做人做事才能順順利利。

人生小語第 10 首

有人問我：「如何解釋人生？」，我回答他說：「要合理的解釋人生」。他又問我：「為什麼要『合理』解釋人生呢？別種解釋可行嗎？」

我回答他：「沒有合理的解釋，就沒有意義」。

當然這裡的「合理」不是「公說公有理，婆說婆有理；是合乎所有道理的理」。

他又問我：「如果爭辯，解釋有必要嗎？」

我回答他說：「爭辯就是公說公有理，婆說婆有理的一種」。

（繼續人生小語第 10 首）
他恍然大悟的說：「原來秀才，遇到兵有理說不清」哈哈哈哈。
我告訴他：「有理走遍天下，無理寸步難行，
只要合理，有時候可以不用解釋，用行動也可以證明哦。」
這樣大家都懂了嗎？人生的意義就是「合理」。
「合理」就是人生~因為有理走遍天下，無理寸步難行。

人生小語第 13 首

都說：「人心難測，世事難料。」，因此大家都怕遇到一些，
表面對你微笑，背後卻在算計你的人。
然而大家都知道世界上，最難捉摸和最難掌握的就是「人
心」了，不僅現在如此，未來也是一樣；所以想看透人心，
心要先涼一半？才不會那麼失望？
我認為：「人心雖然難測」但只要不「口蜜腹劍」，就沒有
這麼誇張，我們也不必為此擔憂。
因此只要了解~《孫子‧謀攻篇》中的：「知己知彼，百戰
不殆」。的意義，就算打起仗來，「百戰」都能安心，也不
會有危險。

人生小語第 15 首

我要努力成為你，最美好的未來，最想擁有的唯一。
自從認識的你，除了愛你，我還想為你做任何事。
因為我是認真的，想給你幸福。你總在我最沒自信時，給
我愛的鼓勵，讓我心歡喜。你總是先伸出友誼的手，助我
一臂之力，讓我知道你對我的關心，我要好好感謝你，給
我的一切，好好來愛你。

人生小語第 16 首

時間讓我們，等到開花結果的美麗，時間也讓我們，看到流水無情的失意，它並不會沖淡我們的一切，也不會錯過我們任何的好運，而是要我們去安排去追求，想要的一切。有些事並不一定要去擁有，也許羨慕遠比擁抱要來得安心，有些心動並不能代表我們的痴迷，也許擦肩而過也是一種美麗。

人生小語第 17 首

人的一生總有緣分，去愛上一個人喜歡的人，他可能不是你想像中的完美，但是他有你喜歡的魅力，吸引著你的關心讓你為他痴迷，甘願為他做任何事，為他付出所有，這便像讓你得了全世界，你的人生因此有了愛的甜蜜，但這要有愛心還要有耐心才能繼續，這叫愛的唯一。

人生小語第 20 首

有些風景很美，走過才知道值得。可是新鮮來得快，去得也匆匆，有好多沒來得及欣賞，過後才知道失落。最值的，莫過於看到一些特別的不同，卻清楚它的獨特，永遠也忘不了，只能簡單的訴說，讓大家歡聚在一堂，回憶美好在其中，其樂也融融。有些人身是到了，心卻沒有真正的感受。寧願像個過客，除了腳印什麼也不帶走。

人生小語第 21 首

成功的代價很漫長，假如只是痴痴的等，而沒有行動，那就永遠不會有結果。而我們經常追求的一切，它早已在我們的計劃中；卻總是過了頭，遺漏了必須的步驟，這就是我們難以交代的理由。

人生小語第 22 首

每個早晨不一定有，陽光明媚的晴朗和溫暖，也不一定有，烏雲密布的陰霾和小雨。祂只是在盡責，扮演好自己的角色對自己負責，公平創造適合每個人的生長環境，不因有人抱怨而心軟。堅持的過程，必定遭到許多質疑伴隨著許多的不滿，可那一天一天的燃燒自己，是為了讓這個世界，每天都能生氣勃勃。

人生小語第 23 首

沒有人永遠是對的，有時候也會遇到，反對我們的人；這當然是不同的人，有不同看法的緣故，所以當我們被質疑和誤解時，就別忙著去反駁，因為每個人，多多少少都會有些無心之過。

假如不幸遇到，有人「犯錯」侵犯了我們，造成我們的困擾，讓我們產生不舒服的感覺，

我們可以視情況，去理解和包容~有些是可以被原諒的。

重點前提是：1. 他們承認自己的無知，2. 能及時道歉或認錯，3. 真心的改過，我想這樣大家，還是樂意給犯錯者改過機會的。

（繼續人生小語第 23 首）

那如果他們事後再犯的話，就沒有真心改過，就有明知故犯的嫌疑了。這時候，我們就要規勸他們做好行為管理，減少類似的錯誤發生。

人生小語第 26 首

人生在世短短數十寒暑，雖然會遭受許多的挫折和障礙，只要能保持樂觀，生活自然能開心，只要能美好心態，煩惱自然遠離，只要能健健康康，幸福自然來臨，只要能精神煥發，自然能笑對人生，只要能乘風破浪，自然有一帆風順的時候。

人生小語第 27 首

相信大家都聽過這麼一句話：「靠山山會倒，靠人人會跑，只有自己最可靠。」

這是在說：沒有誰，可以陪誰（靠誰）一輩子，都不離開。所以我們不該養成，凡事都依賴別人的不好習慣（但也不能遠離人群，孤軍奮鬥），要能適應孤獨、學會獨立，才能自食其力的奮鬥一生。

但是有時候，全靠自己也是不行的；還是得考量自己的能力、時間是否能夠獨立的完成，那如果都沒有條件和機會的話，我們就需要花一些錢，請人或拜託好友幫忙。

當然能者多勞（也不能過勞），因為這是個互助的社會，要懂得分工合作，才能有最好的效率。

記得~能靠自己就靠自己，自己無法獨立完成的任務，就需要找人幫忙，可別把自己給累壞了。

人生小語第 30 首

人生只有學會獨立，才能真正的自食其力，人生也只有願意努力，才能達到理想的真正目的。這是許多人想要走出的輝煌，路途雖然很遠，有時還會昏暗不明，然而不要灰心，因為有自信前途自然有光明。

人生小語第 31 首

兩個人相互關注，這是在乎，一個人一廂情願，便是無可奈何。並不是每一次的行動，都會有回應，但是對每一次的付出，都必須用心。這是一個緣分的問題，對你關心的人，往往都是有著愛心，不論是否能走在一起，都應該有個美好的結局，可還需我們日後留一線的餘地。

人生小語第 32 首

有些擦肩，輕輕而過，往往過了頭，
才知道它的難得，只能淡淡的再往前走。有些風光，景色怡人，美不勝收，雖然沿途坎坷，但只要能好好把握，把美麗裝在心中，就能裁剪出精彩的片段。

人生小語第 33 首

有時候友情很難得，也很難捨，須經得起時間的考驗，才能天長地久，像一朵花的顏色，需要我們用心來栽培，照顧著彼此的未來，關心著相互的生活。在漫長的交往中，一起成長，一起幸福，在溫馨的歲月裡，一起同甘共苦。

人生小語第 34 首

有些人很忙，整天忙個不停，有些人不忙，整天不知道要怎麼過。在忙與不忙之間，如何取捨，就有著不同的收穫。忙也不是不好，不忙也不是懶惰，只要我們在該忙的時候就忙，不該忙的時候就不用忙，好好的調整，讓忙與不忙之間取到一個平衡。

人生小語第 35 首

我們在夢裡，完成了許多不可能的任務，醒來之後發現還在床上，只是南柯的美夢一場，還需我們，澈底覺醒來面對，現實的無常。有夢最美希望相隨，不要把一切當成美夢一場，只要我們，實際的去完成夢想，不要把它，當做不好的妄想，只要我好好的去闖一闖，用心來培養，吃苦耐勞的能力，就能完成美好的夢想。

人生小語第 36 首

有些話，被人說成一文不值，有些話，被人當成金玉良言，這是為什麼？它是在於你，對價值認知的多寡。只有認清是非明白道理，才能細細的衡量出，那些真正的標準，以及一些微不足道的用心。

人生小語第 37 首

我們有很多，忘不了的過去，忘不了的現在，那些歡欣的場面，當時的情景，令人一輩子也無法忘記，就算走到天

（繼續人生小語第 37 首）

涯海角，還是會想起，那些點點滴滴常揮之不去，也無法
細訴，只有默默的放在心裡。回憶的美好有喜有悲，有煩
惱有無奈，讓我們忘掉那些不如意，記得那些值得的珍惜，
記得那些深情厚誼，就在我們身邊，他們正在為我們加油
鼓勵，為我們除去心憂煩，祝我們一帆風順，為我們帶來
快樂的歡喜。

人生小語第 38 首

「身是菩提樹，心為明鏡台；時時勤拂拭，勿使惹塵埃。」，
這是大家都知道的道理，它告訴我們修行的方法，要我們
勤於擦拭這片（心的明鏡），勤於掃除（心中的塵埃），保
持這個（菩提身）和（心）的明亮，勿使（塵埃）來汙染，
而（塵埃）又什麼呢？簡單說，也就是這塵世間的七情六
慾和各種遭遇。我們只有每日「三省吾身」，及「擇其善而
從之，擇其不善而改之」，才能保持人之初的善良本性。

人生小語第 39 首

在戀愛中的男女，腦海中充滿著許多詩的意境，會說出許
多美麗的誓言，會想像所欲求的一切甜蜜。他們早已被幸
福所圍繞，無論走到那裡，都心繫在一起，常難分難捨的
形影不離。他們已為愛癡迷，想好好的相愛，想持續到永
遠。他們的眼裡已容不下別人，心中常懷抱著希望，希望
在一起，往相同的方向前進。

人生小語第 40 首

世界上有許多事，是辦不到的，並不是我們不想做，也不是沒有盡力，只是我們接受了現實，而不再強求。
像抓不住的流星，只因沒有好好的把握，從眼中悄悄的溜走的，而我們也不會為此而失落。雖然它短暫且稍縱即逝，但它的美麗，閃爍了希望的無窮，還釋放出那一閃的靈光，讓我們感受了，它的精彩與神奇的訴求。

人生小語第 41 首

這世界上，沒有比謙虛，更值得的驕傲。謙虛的人，往往堅守著本份，對人寬容，對自己嚴格。以一顆誠懇的心，獲得大家的認同。他們從不自大，也不自以為是，他們在人們的面前，永遠不談自己有多高貴，也不掩飾自己，有多單純和普通，因為他們知道，只有虛心才能受教，只有謙虛才能有豐滿的收穫，就像稻穗自然的飽滿，才能更貼近群眾的要求。

人生小語第 42 首

每個人都有著一張嘴，也都能言善道，講得也很通順。但有時免難，也會胡說八道，和口是心非。這意味著言多必失言多必敗，所以我們應該，多用兩隻耳朵來聽且少開口，才不會說了，許多不該說的話，得罪了不該得罪的人。要能多用心，來聽聽別人的意見，才能有更多進步的空間，也才能把話說得更好。

人生小語第 43 首

別拿他人犯錯的事情，來懲罰自己，令自己無端的生悶氣，這樣反而苦了自己，對後續的處理，也沒有助益。我們應當少生氣、少傷心、要明白事理，不固執己見，多用心傾聽，多尊重別人的意見，多學會合理的退讓，才會贏得更多的諒解，最終使得生氣的原因不了了之。

人生小語第 44

世界上沒有不勞而獲的幸福。只要大家懂得付出，能惜福和感恩，能相互容忍和尊重，能知足常樂，就沒有所謂不勞而獲的問題。

人生小語第 45 首

大多人在相同的環境下，卻有著不同的遭遇？那是因為命運不是先天註定，也不是大家所能掌控的！想要改變命運，只有先了解自己，然後調整好心態，改變好自己，創造好環境，才能迎接好運。

人生小語第 46 之 1 首

在困難中幫助一個人，或許只是舉手之勞，那是我們熱心，沒能幫上的忙，那是我們的不便。因為不是每件事，我們都有能力來幫助的。只要我們能做到：「行有餘力，則以助人」，那就是最好的幫助。

人生小語第 46 之 2 首

當有人需要，幫助的時候，我們要盡力而為；而當我們接受，別人幫助的時候，要學會感恩。在遭遇困難磨練的時候，要先學會：「自助而後能人助」，才能堅強面對的人生，這才是對自己負責。

人生小語第 47 首

走在人生的道路上，有時崎嶇有時平坦，有時風風雨雨，有時光明有時黑暗，只要我們有信心有夢想，懂得去尋找生存的方向，即使面臨困難，也能步步為營的走出輝煌。向來我都心存感恩，感謝一路上的順暢，才能在不同環境中，處之泰然。

人生小語第 48 首

我們平常有好多的煩惱，是因為我們的心不安。讓快樂總在為難，覺得不完整才是正常。別不滿足，別強人所難，讓心胸開朗，貪婪自然就會減少，日子自然就會樂觀，人生自然就會順暢。

人生小語第 49 首

在人生的大道上，我們應該好好，放輕鬆來欣賞，好好善待自己和別人，好好珍惜當下的風景，好好期待美滿的行程，讓那些路過，及錯過的精彩留下，把煩惱的包袱丟棄，才能坐得安心，玩得順暢。記得到站下車，該帶走的帶走，該清空的清空，不帶走一絲煩惱，只帶走快樂的行囊。

人生小語第 50 首

真正的人格高尚，不是來自世俗的衡量，也不應以名利權
勢來做判斷。我們必須先了解人格，才能維持高尚，而所
謂人格，就是指道德的品質，和行為的修養。至於要如何
維持高尚，就是把道德的品質提高得像，正人君子一樣。
所以我們必須，（每日要三省吾身）的好好修身養性，才能
維持人格的高尚。

人生小語第 51 首

人有太多的悲歡離合，月有不滿的陰晴圓缺。懂得生活的
知足常樂，永遠都活得充實快樂。平凡世界平凡的人生
，平凡的自己，蘊藏著不平凡的經歷，做好自己的主角，
永遠都是別人羨慕的偶像，那怕是卑微的小丑，翻幾個跟
斗，也會有觀眾幫你拍拍手。

人生小語第 52 首

有人問我：「天長地久有沒有。」，我說：有！因為：「天地
之所以能長且久者，以其不自生，故能長生。」。而人生則
不同，因為有人說他：「不求天長地久，只求曾經擁有！」
這句話的意思是：「其實他很想天長地久，只此生難求
啊！」。所以有緣相遇要珍惜，無緣相聚，也別怨別離，只
要能心心相印，就會有堅貞的愛情。

人生小語第 53 首

為何是夢，為何最美，又為何是希望相隨？人的一生，不知要做多少夢？夢裡有時很甜，會笑的很開心，有時又很痛，會哭的很難過，但只要知道一句話：「夢裡不知身是客」，就能了解夢只是一種，意識的創造活動，就不會被，夢中夢、情中情，來糾纏不清了，也不會有虛幻的心動。

人生小語第 54 首

每個男人都很容易，喜歡上女人。因為男人從小，就在女人的懷抱中長大。他們喜歡母親的美好，感受母親生育養育之恩的偉大。尤其戀愛中的男人，他會相信，女人身上，有他想追求的一切浪漫。因為男人的幸福，就是他想要的嘮叨。

人生小語第 55 首

一曲相思情未了
任我寂寞隨風飄
聲聲悅耳聲聲繞
夢裡魂牽夢裡妙

一曲相思情難了
神魂顛倒為你笑
詮釋愛情到白首
海誓山盟情未老

（繼續人生小語第 55 首）
一曲相思真正好
愛你的心停不了
愛你今生沒距離
永遠無悔等你到

人生小語第 56 首

盡量早結婚，那是以前的事，現在的人為了學業、工作，還有經濟的問題，選擇了晚婚。很多人在結婚後，會發現變老了很多，變得比較成熟，而且多了快樂和滿足。他們不認為結婚，是愛情的結束，反而覺得結婚，是愛情的開始。

他們相信，家庭有著他們所希望的，一切好處。這是所有人，所希望的生活，因為男女，因認識而結合，因了解而更能容忍。因為他們知道，被單獨愛的好處。

人生小語第 57 首

女人的美，幾乎使所有的字典，都查不到內容。她是一個，擁有豐富內涵、藝術和浪漫的詩人。她比所有男人，還聰明，因為男人是她生出來的，也是她教出來的。她像一顆美麗的鑽石，閃閃發光，走到哪裡都受人喜愛。我們只能以所有優點，來形容一個女人，除此之外，沒有更好的形容詞。

人生小語第 58 首

我們最怕，被人欺騙了感情，也怕別人，來損傷我們顏面。當然人都不是健忘的動物，有些事情在乎太多，或計較太多，反而會變成雙方的負擔。也讓期待中的完美，變成虛偽。我們只有了解，感情的世界，若進一步發展，可能變成情人，或結婚的對象。所以只要好好相處，多多了解，就能發現對方的優點，進而產生好感。為此感情正常的發展，才不會受傷。

人生小語第 59 首

有的人只要有一句，讚美他的話，他就可以活得很快樂，很有希望。例如你跟朋友，說了一句：「您的時間，安排得很恰當，讓我們，做起事來很有效率，也很輕鬆，可見您的用心非比尋常。」只是那簡單的讚美，就肯定了一個人，讓他的步伐從容不迫，讓他更安心快樂。所以我們要適時的讚美別人，讓別人有信心，也使自己更快樂。

人生小語第 60 首

什麼都自以為是的人，比較不容易受尊重。想要被人尊重，就要比別人更謙虛。所有成功的人，他們都不容易忌妒別人，他們只會羨慕、欣賞和學習。
因為欣賞，容易令人愉快，容易發現自己的不足，進而加以學習。而忌妒則容易令人生怨，容易在不知不覺中，迷失了自己，看不清別人的優點，所以常自以為是，而得不到別人的重視和尊重。

人生小語第 61 首

只為結婚而結婚的人，是希望有人作伴，而不想自己孤單。希望能有人依靠，能相互照顧，讓生活有重心。有人說：「單身是一種公害？會危及國家安全的問題。」這是事實，也是忠言逆耳。那結婚真的會幸福嗎？或許不必要求（太高），就會減少一些煩惱，我認為最好的付出是：「歡喜做，甘願受」，才會有最好的美滿。

人生小語第 62 首

我們都知道：「愛」，是夫妻之間，最重要的努力。所以不論，在任何環境下，雖有不同的看法、習慣及喜好，都應相互適應，來減少爭吵。還要多包容，禮讓，和諒解，凡事多為對方考慮，才能贏得，彼此的信任和支持。

人生小語第 63 首

生命快快樂樂，有著希望的美麗。時間匆匆忙忙，有著不同的精彩。人生轉眼過去，衰老了，我們的青春和活力。所以我們要知珍惜，珍惜時間就是金錢，珍惜時間就是珍惜生命。也該好好把握時間，讓每一天，都過得實實在在，每一年，都有著希望的未來。不管走過、路過、錯過，都要記得，每一站的風景，都曾令我們心動過。

人生小語第 64 首

好好的生活，樂在其中，是我們最好的結果。因為樂觀讓

（繼續人生小語第 64 首）
我們想得開，所以不煩惱；知足讓我們看得透，所以不強
求；成功讓我們想奮鬥，所以靠努力；明理讓我們有自信，
所以很快樂。

人生小語第 65 首

凡走過必留下感動，因為旅程中，仍有不少美妙的收穫，
即使沿途風景，平淡無奇，沒有特別的出色，但仍有充實
的快樂！

人生小語第 66 首

我們聽過很多歌。有些感人哀怨、有些快樂心動。那是（作
者）用心的成果。雖然不知道他在想什麼？但聽了，多少
都會為此感動。因為那是愛得精彩，我們有過的生活。人
的一生，都為愛而活。你愛他，他不愛你，這是愛的選擇！
愛的定義不同，條件也不同！你愛的人，他為什麼不愛你？
原因有很多？天知、地知、你知、我知、他知？既然都知
道了，那就是順其自然，不然能怎麼辦？你說呢！

人生小語第 67 首

我曾看過，兩句（佚名）的話，他說：「父親是天生的銀行」
以及「上帝不能無所不至，所以祂創造出母親來」這兩句
話的意思，就是要告訴我們，父母親的偉大。為何說：「父
親是天生的銀行」？我認為，父親像我們的銀行一樣，隨
時供應著，我們的需求。而母親，她是上帝派下來，生出

（繼續人生小語第 67 首）
我們、照顧我們、養育我們的（天使），也可以說（佛菩薩）。
所以這兩句話，講得很有道理，我們要好好記起來，好好
的及時行孝。

人生小語第 68 首

人生的成敗如何，不能只用，結果來評價的。當以其過程
的精彩，來論英雄。才不因此會錯過了，許多的感動；也
不會否定那奮鬥的艱辛。因為我們要的不只是結果，我們
也要有，實質寶貴的內容。

人生小語第 69 首

有一種擔心，叫（天下父母心）。其實在父母眼裡，我們永
遠像個孩子。即使我們年紀已不小，仍然是他們心中的寶
貝。他們常說你還太小，有些事還不懂。讓我們聽了有點
可笑，好像永遠長不大，好像永遠，是父母心中的寶貝。
這樣也好，像古時候的（老萊子）在 24 孝裡面就是個好的
模範。

人生小語第 70 首

有人說：「喝酒助興」，我說：「喝一杯有益身體，喝兩杯就
要知足，喝三杯可能會麻木，再喝第四杯，就會讓野性，
很難馴服。理智也很難被克制。所以酒喝得越少，頭腦就
會越好。」你說好不好！

人生小語第 71 首

「不容易相信別人的你，你會相信別人喜歡你嗎？」我們為什麼要懷疑？為什麼要想那麼多？單純點的相信不是很好嗎？原因是「害人之心不可有，防人之心不可無」所以誠實，才是我們最好的朋友，被人信任，比被人愛，來得更可靠。

人生小語第 72 首

漫遊的世界充滿暇想，感覺我的知識被提升，並且被加強。就像新鮮，從來不會被嫌棄一樣。而當我找對了門坎，就會發現，和它們一樣的崇高，讓我上進的心，也充滿跨越的理想。

人生小語第 73 首

人生像一場，演不完的戲，舞台總是，鼓樂齊鳴不斷，讓人期待著理想。讓我們整裝，準備上場，準備演出，那希望的精彩。也不管，最後演得怎麼樣，只要我們能自然，就不容易出差錯。

人生小語第 74 首

積極開創人生，並主動爭取進步，是所有人，都希望的美好。而成功，不會無故給你順利，機會則需自己來創造，別人只能從旁輔導。如果我們，想努力得恰好，就要把，每個關節都做好。

人生小語第 75 首

生活的每一天,都在希望中完成,在溝通的領域中流徜。但有些人好像很難親近,感覺到只是冷淡的陪伴,好像咫尺天涯的感嘆。雖然我們遙遠。有時也會,無意的避開對方,但我們希望盡早修復,想馬上縮短,可以主動再接近。

人生小語第 76 首

有時候說話,不一定要很動聽,能長話短說,是最好的圓滿。其重點要能說出,並表達真實的內涵和情感,這樣才能,無所顧慮的暢所欲言,把話說個明白。為此不同的表達,會有不同心境及觀感。但只要能巧妙的來溝通,就能轉移無關的波瀾,成功的影響對方。

人生小語第 77 首

有些人單靠幾句話,就能改善與他人的關係,並且為自己,帶來成功的助力,這一點其實也不誇張。因為他會說話,所以遇到的困難和挫折,會比較少,為此用說服的方法,以理服人,讓他減輕不少的生活壓力,也能爭取到許多的幫忙。

人生小語第 78 首

有人說:「忙碌是一種,幸福的方法。」,讓大家的辛苦,容易獲得,希望的代價。而暫時沒有了時間,去煩惱那痛苦的糾纏。然後為此奔波,而怡然自得、快樂無比。那就

（繼續人生小語 78 首）
讓我們自在的，感受生活！把忙碌當成快樂，讓我們有所
用心吧；當忙碌是種經過，是讓人幸福的實際方法。

人生小語第 79 首

工作不要做得太匆忙，生活也不要過得太緊張。給自己留
點退路。好讓自己，有海闊天空的希望。留點希望讓人看，
留點開闊讓人想。也為自己留下，一點空間來轉圓。記得
無論做什麼，都不冒險，不強求，不妄想，得意時不自以
為是，失意了，也不怨聲載道，在得失之間學會成長。

人生小語第 80 首

走在幸福人生的大道上，很甜蜜也很溫馨。其中有苦有樂，
有煩惱有順利，有得志有失意。每一步走著走著，就當成
是旅行，只有打開我們的心情，才能看到更多好的風景。
如果想停留一下也可以，但想更多的精彩，那可別遲疑！
就在此刻，把自己的路暢通，讓我們的心又寬又平。

人生小語第 81 首

對於那些，已變化的無常，要能從無常中醒來，如果妄想
它，會美夢成真，是不切實際的，也是愚不可及。
所以我們在變化中，如果不下點功夫，卻想有所作為，可
謂是癡心妄想。

人生小語第 82 首

目光短淺的人，只看到眼前的好處，而看不到未來的美妙。無知幼稚的人，只談人是非，而不了解其中的道理。所以人不可只談表面，而讓此言論以偏概全，成為大部人的迫害。

人生小語第 83 首

漸漸有人明白，會有些不快樂，因為他們，總是期待美滿的結果。那就多看些書，期待它變得深刻吧！多參加些活動，換來充實豐富的經歷。

人生小語第 84 首

每個人都有壓力要承受，都有想追求的美夢，但有的人卻懂得生活，懂得過安安心心，平平淡淡，從容不迫的日子；因為他懂得在平穩中求勝，所以辦起事來，就不容易莽撞，也不會有激情澎湃的衝動，雖然我們要有，勇往直前的闖勁，但不能有險中求勝奮力一搏的冒險，只有從容不迫的面對，才有最好的結果。

人生小語第 85 首

現實的世界，有別於幻想的世界，它不會因你的無知，而讓美好與殘酷替你著想。催促你向前的腳步，不是前方美好的明媚風光，而是你身邊的現實理想，這個世界，有現實的人，現實的生活，以及現實的環境。逼得我們，不得

（繼續人生小語 85 首）
調整好正確心態，去做一些適應。畢竟，我們還要快樂生活美滿。

人生小語第 86 首

有的人因為修養不好，常有看不慣別人，而衝動的不好習慣。為此他在公眾間，將難以顯得自然和高尚，因為他常失了分寸。有的人因為自卑兼膽怯，常缺乏自信的不知所措，為此他在外也將，難替自己爭取到，別人認同的好感。因為他常緊張與不安。

所以這不是因他，改變了些什麼，而是他變換了不同的環境吧了！只有改善自己的不好心態，那不管在什麼場合，都能改變實際的一切。

人生小語第 87 首

愛情很美很美，時間很慢很慢，讓人溫存的甜蜜也特別的美滿。人生很短很短，短得無法忍受那寂寞的孤單，只有及時的珍惜，真心的陪伴才能體會那愛情的浪漫！

人生小語第 88 首

人總是喜歡快樂的生活，而討厭生氣的刻薄。每個人都會有生氣的時候，要讓不好的脾氣冷靜下來，就要看平時如何來修養，而學會忍讓是最好的方法。我看過聖經的一句話：「回答柔和，使怒消退。言語暴力，處動怒氣。」所以當自己心情不好的時候，就要注意自己的態度，不要有暴

（繼續人生小語 88 首）

躁的語氣，要多以溫和的話語，和人溝通，才能減少因為
意見不合，而產生的爭執與不快。

人生小語第 89 首

我們要學會，適時的放鬆自己，試著不給自己太大的壓力，
才能讓人生，過得快快樂樂，日子過得輕輕鬆鬆。我們不
要一直去煩惱，過去的失落和不幸，才不會一直在傷心、
苦悶中生活。

人生小語第 90 首

「愛迪生」說過這樣的一句名言：「音樂是唯一可以縱情，
而不會損害道德宗教觀念的享受。」，這說明音樂是崇高的
享受，是一味心靈的良方。可以讓許多人，在學習與欣賞
之間，學會更深一層的愛，來滿足更多的甜蜜和感動。

人生小語第 91 首

如果他愛你，就會在意和妒忌你身邊的異性，如果他不愛
你，就會失去耐心和熱情，敷衍你的真心對待。如果愛情。
能多一點理智和冷靜，就會少一分不幸和痛苦。

人生小語第 92 首

有時候「愛」會讓人，無法克制的去思念，有時候「愛」
也會讓人，情不自禁的想做聯繫，那是因為心中有一份，
難以割捨的感情。

人生小語第 93 首

人是應該常換位思考，雖然我們的經歷、感想都不同，就好像我認為，陽光很明媚，而你也應該會說：「祂灑下的溫暖，讓我們健康的成長」

人生小語第 94 首

一廂情願對他好，生怕一個疏忽，他就不高興，這不像是愛，倒像寵溺；進一步交往後，覺得他很忙，只要沒有他的陪伴，時間就會變得空虛、空白，這也不像是愛，倒像是沒自信，為寂寞來發呆。

人生小語第 95 首

完整的人生，幸福的未來，這是所有人的期待。但卻有人，不了解完整的意義，以為完整一定要（有人）來陪伴，其實獨立堅強的人生，才算完整。我們想要的是（心的陪伴），而不是活在別人的（陰影下），處處受限。所以別只顧著討好他人，記住好好為自己活著，記住選擇好自己的幸福，記住不必奢望，有誰會來完整你的人生，因為他們的人生跟你不一樣！

人生小語第 96 首

短短的一生中，有太多的為人處世要學習，也會不斷的被要求，這是所有成長的痛，但還是那麼美。心中總存有那份不安與不滿，想盡力的改過好好生活。讓生活可以少一

（繼續人生小語 96 首）

點，被批評的無奈。但是我們要知道，只要自己問心無愧~「擇其善而從之，擇己不善而改之」又何必在乎別人惡意的攻擊！

人生小語第 97 首

我們總覺得時間過得很快，覺得浪費了時間，就等於浪費了生命。但卻指望每一階段的精彩，都能提早來臨，提早享受那美好的片段。這確實有點為難，因為我們都無法避免，其中的挑戰，不是每個階段都有精彩，也不是每個階段都能順暢，只有腳踏實地，不好高騖遠，才能不怕時間來刁難，才能有最好的心情，走出人生的順暢。

人生小語第 98 首

慢慢的愛上一個人
感覺到浪漫的呼吸
心情也格外的朋朗清新
但希望我們也能了解原因
了解只要能適當的用心
那麼愛情就可以變成甜蜜
假如期待能快樂的相處
那你會不會答應我的真情
把你放不下我的記憶
溫柔放在你盛開的心裡

人生小語第 99 首

不要因為，某天的夜裡，曾經許下的海誓山盟，表示了永不變心。就讓我們疏忽了關心。不要因為，也許會變心，留下了（不再有你）的崩潰，就不肯努力來用情。我們知道，有緣就會相聚在一起，無緣當然會分離。只要能相遇。就該真誠來用心，才能走入彼此心裡。所以好不容易在一起，就該真心的陪伴，才能有幸福甜蜜。

人生小語第 100 首

「問世間情為何物，直教生死許？」這段詞，大部分的人都認同，但有一個疑問？這是為什麼？原因是作者:「金代」文學家「元好問」的感慨。他想說明的是:［人是否能像，（大雁）一樣痴情，而認同牠們的，愛情神聖。］。讓後人了解愛情的偉大。從這個故事看來:「兩隻大雁，同時被抓，一直被殺，一隻脫逃脫；脫逃的那一隻，看到心愛的伴侶被殺，痛苦的在天空盤旋，悲鳴慘叫，最後想不開，心痛的撞地而死。」所以最感人的愛情，便是（大雁）的生死相許。而人是否會像（同林鳥），大難來時各分飛呢？而無法生死相許？這個問題見仁見智，所以難以強求？

人生小語第 101 首

「情到濃時無怨尤，愛到深處心不悔」這段出自（清代）詞人「納蘭性德」的詩作《無題》。大意是說:「因為用情至深，所以感覺，沒有埋怨和強求；因為全心投入，所以不惜一切的付出。」。讓兩顆真心的愛，在面前坦白，讓一

（繼續人生小語第101首）
片痴心的意濃，相對得熱絡，那又何必在乎誰多誰少，讓愛情是承諾的真心，是包容的真愛，別只顧著追求完美，要能有深愛的行動，那才是最美的要求！

人生小語第 102 首

在我眼裡每隻蝴蝶
都有浪漫的瀟灑和開朗的熱情
牠們有著翱翔天際的本領
也有充滿詩意的活躍
你看牠們多麼甜蜜
在花園裡飛舞著多情
追逐那濃郁的花香
累了就停那盛開的花朵上
像是花朵長出了翅膀
吸引我譜寫許多優美的樂曲

人生小語第 103 首

為了欣賞那漫天飛舞的彩蝶
我將走入一座五彩的花園裡
呼吸著百花齊放的清新
和另一個朋友人寫詩來助興
他和我都有同樣的心情
並領教過牠們的魅力
且一再歌頌其中體現的深情

人生小語第 *104* 首

常常掛在嘴邊的愛，或許很甜蜜，但不一定是你，想要的未來，也不一定能夠讓你，真正得到幸福，因為懂得真正愛你的人，他會用實際行動來證明。所以（孔子）有段話，講得很實際，他說：「君子之交淡如水，小人之交甜如蜜。」。這是告訴我們，不論歲月如何變遷，都不會因你變老，變醜，變窮，而有所改變。因此我們相信這種愛，就在我們身邊，所以我們知道，愛與被愛的美好，當然有想愛的理由。

人生小語第 *105* 首

每個人都需要理智，都希望好好來處理（感情），但問題一旦產生，便陷入（當局者迷）的窘境。頭腦雖然清醒，行為卻不受控制。這就需要一些，（旁觀者清）的親友來提醒。這段情雖然令你開心，也會令你傷心，但最後你還是，不顧一切的動了心，掙扎在其中。因為你的眼中，已容不下別人，只把最愛當唯一，但現實會證明，證明你是否戰勝你的道德良心。

人生小語第 *106* 首

我們都喜歡交朋友，喜歡從朋友那裡，得到許多支持和鼓勵。但交朋友卻馬虎不得，因為如果，交到不好的朋友，是會給自己惹禍上身的，所以如果沒有遇到合適的對象，也不要委屈求全，要抱著寧缺勿濫的心裡，來審慎交友。當然也別把交友當運氣，更不可隨便濫竽充數。我們應該

（繼續人生小語第 106 首）

先表達出，誠懇的態度和尊重，才能獲取對方的信任和認同。然後「聽其言觀其行」來了解對方，才能做進一步的交往。

人生小語第 107 首

你想要有多成功，就需請多少人，來為你效力。這是相對的問題。人絕不可能只做孤軍奮戰。需找有能力，又忠厚的人來做朋友。然後說服朋友，看他們願不願意來幫你。那當然也要先看自己，夠不夠誠意，得先付出，真誠無欺的友誼，才能結交出，有志一同的人，當朋友來共同努力。

人生小語第 108 首

找朋友訴苦，其實並不難，我們不用害怕，會給朋友帶來困擾和負擔。其實只要，能把握住時間和重點，把心事說得簡單和恰當，朋友大都會，主動提供意見和幫忙，所以當我們有心事的時候，就不用不好意思，只有勇敢的說出來，才能解開自己的心結，也能得到朋友的幫忙。

人生小語第 109 首

有人問我，幸福是什麼？我覺得幸福只有用心來維持，才能持續的擁有。所以它很容易讓一些懂得，知足，感恩，和惜福的人來擁有。而且它還無所不在，可能就在我們的左右，等著我們去發現和追求。或許對一些，已經錯過的幸福，很難再追回，但只要用心的學會付出，就容易再感受到它的美好。

人生小語第 110 首

朋友中，只有人關心我們的人，才會不斷的傳訊息，給我們溫馨的問候，他們才是，值得好好珍惜的人，請不要忽略他們的好意，也不要把他們，當作是一種打擾，等失去了，才知道後悔。因為我們總會有失意的時候，到那時就會知道，如果有人來關心，那該有多美好。

人生小語第 111 之 1 首

我們每個人，都有個好母親，她讓我們，過得幸福美好，且沒有了一切的煩惱。也讓我們感念她的慈祥，和深深的愛。因為她愛著我們，把我們當個寶，從不會冷落我們，把我們當棵草。這是說明有媽媽的好處。有的媽媽雖然平凡，但卻很偉大，她用無私的愛，教育我們，讓我們很傑出，用無限的耐心和寬容，讓我們感受了母愛的偉大。讓我們大家，跟媽媽說聲：「媽我愛你！」

人生小語第 111 之 2 首

你看那風吹草動，是草動？還是我們的凡心動了？我覺得無論是（無風起浪）或是（見風轉舵），都是因迷惑而執著，只有以一顆自然，而單純的心，才能讓我們看清，這世界的變化，走出心裡的陰影，所以當誘惑來臨，不必在意人云亦云，才不會在翻滾中，不知所措。

人生小語第 *112* 首

所有成功的背後，我們是否先想起，為我們付出辛酸和淚水，為我們四處奔波勞碌的母親，當我們一早起床的時候，是否先想起母親的笑容，想想有多久沒叫聲媽了，明天是母親節，我們是否懷著感恩的心情，讓自己有些感動。那麼就趕快行動，我們要孝順就趁現在，因為媽媽老了，已沒有多少時間可以等候。

人生小語第 *113* 首

有人還是那麼天真，心情也能保持著美麗，真的讓人，很羨慕他們的風景。羨慕他們，能保有那麼多的自信，來幫自己處理掉許多，不必要的危機。我需要學習他們的自信，來幫自己指點出江山的美麗，以無牽無掛的率性灑脫，讓自己放手一搏，才能過得自在和自由。

人生小語第 *114* 首

人生最感慨的風景，莫過於物是人非的刻苦銘心，我們希望走出，任何的困境。但有些人，物的美麗，錯過了便無法再相遇！即使過了很長的時間，還是很傷心。所以對錯失的激情和錯失的憧憬，只有銘記在心，並時時加以提醒，才能在無法選擇的逆境中，成長我們的信心。走出感慨的心情。

人生小語第 115 首

如果你愛他，心裡就有他，而且為了愛，所有事情，都會
為他著想，也樂意為他付出。這些話，說得振振有詞，理
所當然。但能真正做得到，心也不動搖，又能堅持到老的，
才能叫真愛。

人生小語第 116 首

有時候旅途排得太滿，滿得來不及，仔細欣賞，身邊的風
光。或許在一眨眼、一轉身，就錯過了許多，難得一見的
美景。只是最初，我們沒能用心來安排，所以過後，難免
有遺憾和失望，但心中卻常懷念起，那難得的美好風光。
只有停下來，好好規劃，才不會再錯過，那最美的剎那。

人生小語第 117 首

如果愛了，那就請勇敢的告白，並且用深情，溫柔的說出
來吧！因為我們無法預測未來，也無法安排，那些緣分的
精彩，什麼時候會再來。

人生小語第 118 首

只要放下埋怨，拋棄不滿，日子就會好過，因為有美好的
心情。自然容易知足常樂。所以當你懂得，放下和拋棄的
時候，快樂就會在你左右。

人生小語第 119 首

只要懂得感謝，就會有完美的人生，也會有快樂的生活。因為你會覺得，所有的人、事、物，都像在幫你，像在為你付出所有。所以你就不怕，困難來挑戰。也會把他們，當成歷練。因此減少了許多，煩惱和苦悶，這就是我們，時常心存感謝的結果。

人生小語第 120 首

好不容易，我們有了時間，有了希望的空間，我會安排好難得的休假。讓期待的心情，不會覺得無聊，苦悶和空虛，所以我喜歡守護著你，朵朵的幸福浪花，陪伴著你，最需要的真情，浪漫的我們，就能安安心心的，也不會再胡思亂想了。

人生小語第 121 首

陪伴是種無怨無悔的行為付出，所以令人溫馨和感動。很多時候，我們的寂寞和孤單，是無人能懂的傷痛。也是無法如願的奢求。此時遊蕩熱鬧街頭，而形影孤單的我們，是否想起身邊有人陪伴的快樂。是否懂得去珍惜那陪伴的難得。

人生小語第 122 首

人的一生常起起伏伏，誰能避開大風大雨？而若無其事。人的一顆心常上上下下，誰能看透世間的無常？而保持良

（繼續人生小語第 122 首）

好心態，這就要先找回，自己的本性（善），然後才能境隨心轉。多少人一輩子，受良心譴責，那良心是什麼？為什麼很多人，很容易快樂，因為他們懂得隨和。為什麼很多人過得很幸福，因為他們只求隨緣。為什麼很多人的煩惱很少，因為他們常感恩。人的一生受良心所控制，但只要有淡泊寧靜的無為思想，就能順其自然的，從心所欲不踰矩。

人生小語第 123 首

在所有傳統美德中，孝順是最基本，也是最重要的義務。孝是一種感恩的行為。是大家耳熟能詳的：「百善孝為先」的根本。孝是：「大孝尊親，其次不辱，其下能養」的為人之道，所以我們要多向父母問候，來表達敬意，好好做人，使父母感到光榮，多照顧父母生活，並奉養父母的下半輩子，來盡孝道。

人生小語第 124 之 1 首

美德是種需發揚，和繼承的優良傳統，它讓人感受到，人生的美好與珍貴。美德存在於日常的生活中，它顯現出做人的優雅和高尚。而什麼叫美德呢？依我的了解，所謂的美德：「是所有美好的原則，和道德的所有的基礎，是每個人都需培養的高尚人格。」而所有美好品德，就是美德。它包括：「敬老尊賢，尊師重道，孝順父母，謙虛有禮，助人為樂。等太多繁不備載」。所以一個擁有美德的人，他就會有氣質，有涵養，有內在美，而且走到那裡，都受人敬愛和歡迎。

人生小語第 124 之 2 首

繼續剛才那句:「太陽底下,從來沒有新鮮事。」的看法,因為絕大部分的人,事,物,以前都曾發生過了,所以會有時間的前後,地點的不同以及名稱的差異。這些歷史的記載,它清楚的告訴我們,如何來了解現在的問題,也可以避免我們,再犯前人同樣的錯,所以不管新鮮事也好,沒有新鮮事也好,歷史都在告訴我們,它對人類的重要。

人生小語第 125 首

相信許多人都聽過,「古希臘」哲學家「希羅多德」,的一句名言:「太陽底下,從來沒有新鮮事。」那為什麼會沒有新鮮事呢?許多人傾向質疑,也有許多人不敢認同。但是我們會發現,除了現代科技的創新和發明以外,所有事情,都曾發生過了,已不再是新鮮。因為歷史會說話,它告訴了我們,許多事實的根據,及前因後果。所以它讓我們要小心,避免所謂「前車之鑑」的危險,也要我們避免再「重蹈覆轍」的錯誤。

人生小語第 126 首

如果你愛他,就不該獨自遊蕩於午夜的街頭,去招惹那些漂亮的女人。如果你愛,他就應該知道他最喜歡的是什麼。如果你愛他,就會為他付出一切,滿足他所有的需求。所以這些如果,如果他只是想像,如果他從沒有說出口,如果他只放在心裡頭,那麼有誰能懂他的心情?,又如何讓他的愛來擁有?所以他要勇敢的說出口,不要以為愛他的人都會懂,因為我們不是,他肚子裡面的蛔蟲。

人生小語第 127 首

人的一生，需結交多少的朋友，才能擁有真正的幸福和快樂？其實：「山不在高，有仙則名，水不在深，有龍則靈」。這句話的道理，是要告訴我們，朋友是可以寧缺勿濫的。重點是我們，交朋友的心態要良好，要能彼此坦誠的相對，且不要把朋友當工具來利用，或當物品來炫耀。要知道「水能載舟亦能覆舟」，朋友多的時候，有時會增加無謂的困擾，也會為自己的生活帶來不便。所以凡事要量力而為，不可好大喜功，也不可只顧著交朋友，而不去關心和問候。

人生小語第 128 首

我們的生活，日復一日的忙碌著，有時緊張，有時輕鬆，當緊張的時候，我們要記得停下來，鬆弛一下神經，喝杯水，沖淡心靈上的壓力。並進一步把壓力，轉換成，解決問題的張力。在生活和忙碌之間，取得平衡的結果。

人生小語第 129 首

有人認為，知足可以使生活更幸福；感情融洽，可以生活更美滿；浪漫，可以生活更精彩；我也很認為，所謂理想的生活，雖然無法，要求得很完美，但只要我們能多用點心，就可以使生活過得更美好，精神也能更享受。

人生小語第 130 首

「快樂其實很簡單，只要我們願意付出！」
所以我們想要，擁有多少的快樂，就看我們願意，付出多少而變化。有人說:「快樂很簡單,計較的少一點就會快樂」。那麼如果我們沒付出？難道可以坐享其成？難道會真的快樂？難道會真的心安嗎？所以快樂也是需要付出和努力的，不是（隨便胡思亂想），和（痴人說夢）就可以使我們快樂的。

人生小語第 131 首

「520」是一個，美好的諧音數字，它是愛的甜蜜數字，代表「我愛你」三個字的美好告白。它是如此鮮明，又亮麗，讓人聽了很歡喜。聽說:「這個三個數字『520』，有人也稱作『網絡情人節』」，而且在這個新奇的網路世界，造成前所未有的歡迎，因為「520」它代表，許多人心動的話題。

人生小語第 132 首

在緣分還沒到來以前，你永遠無法預測出，會有什麼樣的結局；同樣的道理，在愛情還沒落地生根的時候，你也永遠別想，會有花開結果的甜蜜。
所以「因」和「緣」及「果」是必然的關係，（祂）在告訴我們變化的問題，是種（自然）的道理，我們除了需用心栽培，還須有「順其自然」的勇氣，才能享受那自然的甜蜜。

人生小語第 *133* 首

繼續上一篇所謂（患得患失），的不健康心態；這也是一種
莫名其妙的期待，又怕受傷害的不安情緒。說起來，是屬
於不切實際的恐懼和慌張，所以我們只要學會，以（未雨
綢繆）和（有備無患）的心態來領悟：這句「好花不常開，
好景不常在，一切皆無常。」的道理，之後就能釋懷了。

人生小語第 *134* 首

真正得意的時候，是開心的生活；會放開心胸，踏實地做
好自己；能謙虛謹慎，不會刻意炫耀自己的光榮；會顧及
周圍人的感受，做到得意而不忘形；能讓人喜歡和認同。

人生小語第 *135* 首

真正失意的時候，不要傷心得說不出口；也不要以為，沒
人能理解我們的難過，就讓自己辛酸和淚流；我們不必擔
心，傾聽我們訴苦的人，他的不好受；因為那些關心我們
的人，還是會有基本的互動。

人生小語第 *136* 首

我們看生命的花開花謝，雖然無常但有綠葉來相伴；讓我
們熟悉了平常的自然，而不執迷於困惑；我們看明月難得
幾時有，看人生的起起伏伏，潮起潮落；就在我們心安的
時候，一切都會有美好的感受。

人生小語第 137 首

真正心安的生活，是順其自然的時候；它不會有情緒來干擾，能在生活的壓力下，全心全意的投入和付出，讓內心保持寧靜和坦然，不會在轉眼之間就有所改變，也會存在於長久的風光中。

人生小語第 138 首

原來真正，愛一個人的心動，就是打從心底的喜歡，喜歡聽聽他，熟悉的聲音，喜歡他溫柔的笑容，喜歡他浪漫的一舉一動，認定他是一輩子的希望，願意和他攜手共創美好人生。

人生小語第 139 首

有人說：「心動不如馬上行動」，是的，愛是心動，也要付出行動。所以如果愛了，就要勇敢說出，就要做好努力的準備。因為只有在「得心應手」的情況下，才能改變不好的心態，才能樂觀積極的行動。

人生小語第 140 首

如果朋友的相處，沒有交集，也沒有了感情，那就像陌生人，一樣的冷漠。雖然表面熟悉，但只會讓人難受，也會不知所措。會造成今天的情況，是因為交一個朋友，需要有足夠的時間，來培養感情和仔細的觀察，而且中間也要，經得起很多的考驗，才能成為互相的了解和容忍，的真正

（繼續人生小語第 140 首）

朋友。如果彼此缺乏坦誠的心，沒有相互信任和容忍的認知，又沒時常的互動和問候，就會造成現在，難以挽回的陌生結果。為此只要相互的尊重，就不會再造成進一步的傷害。

人生小語第 *141* 首

人生的風景很多，走過、路過、錯過，都是要經過，再怎麼說也是一個「過」字。這就表示，不能長久停留。很多人把風景，拿來形容，生活、人生，還有看法，其實風景是無辜的，在於我們的心態，如果心態不好，看什麼都會不好，如果心態良好，看什麼都美妙，一樣的道理，句子再優美，再有想像力，只要內容空洞，就像花瓶，我不是說花瓶不好，花瓶是拿來欣賞的，所以「中看不中用」

人生小語第 *142* 首

是你讓我了解家的重要
我的人生因此有了依靠
就以美滿為新的好目標
一開始總會覺得很美好
現在我只有愛你的心跳
讓幸福永遠陪我們到老
還有時常把你當個寶
讓我深情的把你擁抱

人生小語第 143 首

你是我的忘憂草
只要有你沒煩惱
所有憂愁都忘掉
你是永遠的依靠
無論天涯到海角
滿足任何的需要
歲月無聲催人老
但願相隨伴榮耀
讓心情艷陽高照

人生小語第 144 首

只要有你常歡笑
此情在心永不老
一心一意對你好
愛你是如此美妙
點燃了愛的火苗
讓愛真正的燃燒

人生小語第 145 首

深知對你情未了
多麼熟悉和美妙
全心全意來回報
痴情我永不變調
愛你在心很重要

（繼續人生小語第 145 首）
任憑風雨吹不倒
愛你是我的驕傲
深情的把你擁抱

人生小語第 146 首

人生如海，有潮起潮落，有波瀾壯闊，有一望無際，的藍
色世界太美了。雖然其中波瀾壯闊，也大起大落，但要活
得心安自在，就能活得灑脫豪放，來變對美好人生。

人生小語第 147 首

因為灑脫的人不拘小節，他有一種智慧懂得放下，有一種
境界懂得面對，有一種大方懂得禮讓，有一種氣度勇於擔
當，有一種莊重沉穩實在，然後讓人生過得有意義。

人生小語第 148 首

寫了好幾百遍的文章，每一篇都是我用心的創作，雖然不
能帶給大家，轟轟烈烈的感受，但是也有，細水流長的蕩
漾，就像人生漫長，必須找一個，願意給你光明，給你希
望的人，來陪著到老，不管世事如何變遷，請記得我的祝
福和問候，因為我一直，都在你的身旁，給你希望。

人生小語第 150 首

有人問我，你為什麼有那麼多靈感，為什麼海闊天空？我
說我也不想那麼多。我只是捨不得放下，你們這些好友。
因為我知道，你們都愛我。我相信愛的世界是那麼美妙，
我相信，愛的天空，色彩是那麼美麗。我相信，你幸福的
一切就在我們左右，我的文章很多，只是不敢寫出來，怕
你們忽然感受太多，不容易接受。

人生小語第 151 首

在茫茫的大海中，我們就如海中的一葉小舟；時而波折，
安靜，時而順風，逆流，起伏不定。讓我們領悟，到海的
氣勢磅礴。如果沒有理想和目標，以及堅定不移的方向，
就容易迷失，也會隨時被狂風巨浪所淹沒。為此變幻莫測
和波濤洶湧，我們只有勇敢的破浪前進，才能達到成功的
彼岸。

人生小語第 152 首

成功的做好每一件事，除了需盡最大的努力，還需有堅持，
和不懈的意志，因為迎接我們的，可能是失敗，可能是挫
折和考驗，這時我們不要感到絕望，也不要灰心和喪志，
只要能做好該做的努力，全力以赴的付出，即使遭受不可
預測的打擊，也有強者的正面能耐和氣概。

人生小語第 153 首

一個男人只有在他，最窮最失意的時候，才會明白女人，愛他的細心和溫柔。因為在心愛的女人面前，他情願去偽裝自己的堅強，也不易顯現心裡的脆弱，這時就需，細心溫柔的女人，適時的給他加油打氣，並耐心的傾聽他的不幸和委屈，讓他重拾自信，做回勇敢的男人。

人生小語第 154 首

人的一生，有很多的衝動，也有許多的激情；這或許會帶來，無限的煩惱與麻煩。所以必要的時候，也該選擇冷靜下來；但是如果，讓冷靜過了頭，卻又使生活，變得古板和乏味。所以保持一點，適當的衝動，就可以讓我們的生活，過得有希望和有寄託。但是如果常常衝動，那就表示，我們還不懂得過生活。

人生小語第 155 首

每個人都想要幸福，其實幸福很簡單，它常在我們的身邊，等著我們，去發覺它的美好。只要我們懂得為愛付出，為愛努力，用心來經營和維持，並好好珍惜它的可貴，就是對幸福最好的貢獻，就讓我們做一個快樂的人，每天都有幸福美滿的生活。

人生小語第 156 首

一切都是命運，讓思想造就我們的行為；行為改變我們的習慣；習慣培養我們的性格；性格決定我們的命運。所以一切的命運，還是掌握在自己手裡；也只有及早做好了心理準備；才能坦然面對，即將到來的考驗。

人生小語第 157 首

人生在世不過百年，要改變命運，要先確立「百折不撓」的信念；因為如果沒有，堅定的信念；又如何在逆境中，扭轉乾坤，度過危機；找到希望的理想和目標；創造出生命的奇蹟；所以只有足夠信念；才能改變現在的困境，創造美好未來。

人生小語第 158 首

無法停止對你的愛，只有心甘情願的守候你的現在；無法控制對你的情，只有滿心期待的在心裡澎湃；你是我的心裡最愛，讓我有美滿幸福的未來；現在只有對你，愛不完的愛。

人生小語第 159 首

現在只有對你，愛不完的愛，而在翻滾著，驚濤駭浪的情海中，你卻把我的身份，安置在理想的虛擬空間，因此改變了我的真實狀況；讓我在真假虛實的平台上，來回的穿梭，且徘徊得躊躇不前；據說你是為此不明現象，保持高

（繼續人生小語第 159 首）

度的警覺才能讓，理智和耳根有點清醒，這讓我的愛情算
盤，算起加加減減的微妙變化，會更加的樂觀的有所進展。

人生小語第 160 首

有些朋友，很久沒互動了，也沒機會見面。渴望見見面，
聊聊天，把心裡的話暢所欲言；等有機會見面了，卻不知
從何說起；變成無話可說的窘境，讓場面冷清的有點尷尬。
為此熱絡場面的唯一方式，就是用心來傾聽，不要覺得不
耐煩，也不要急著做答應，應以正面，和客觀的角度來欣
賞，來回答朋友的問題，才能讓友情，回升到原來的溫度。

人生小語第 161 首

有人說：「人生像一場單獨的成長，沒有誰能陪你走到終
場。」這是說我們要單獨，但不能孤獨；要獨立但不能孤
立，且要能自立自強。那什麼時候，可以單獨的成長？因
為一個人想要得到，好的生活環境，不能常依賴別人來成
全，也要自己能自理。所以單獨的過程，可以讓我們學會，
堅強的面對困難，也可以讓我們，自立自強的接受挑戰。

人生小語第 162 首

有誰對經得起，花花世界的誘惑？其實人難免都會有點心
動的，能克制自己的，確實要有點本事，因為浪漫的人，
總是多情，只不過我們知道，外面的只是浮雲，對我們毫
無用處。而理智就是讓我們克制的方法。也是成熟的最好
表現。

人生小語第 163 首

很多的出軌，都會覺得，自己做錯了事；都會反省，當初為什麼，沒能抗拒誘惑；而去拈花惹草，造成現在婚姻的不幸，和危機；而愧疚的坦白了，自己的不忠；希望得到配偶的原諒。

其實不管，是潛意識中的，精神背叛，或是肉體的背叛；都會造成，家庭的破碎，和不美滿；也可能造成，夫妻反目成仇，最後分道揚鑣。所以如果發現配偶出軌，或是自己出軌；都應認真檢討，婚姻中存在的問題；然後試著去化解困難；而不是睜隻眼閉隻眼，等待問題自動的解決。這樣當問題，得到雙方的認同和諒解；婚姻就會再度走向美滿；雙方也會有安全和信任感。

人生小語第 164 首

人生的路，需要自己走，路上的方向，需要自己學會判斷。總有些行程不能等，總有些前途，要自己開創，沒有人會幫你規劃順暢，也沒有人，會陪你走完全程，只有靠自己，來安排和實現。因為人生就是這樣，得自己學會些承擔。

人生小語第 167 首

自信就是相信自己。自信可以讓我們，有積極樂觀的思想，去克服許多的艱難險阻，可以讓我們，有足夠的能力，不斷的去進取，可以讓我們心中充滿光明，為明天的燦爛再展輝煌。

人生小語第 168 首

一切都已隨風，世界也慢慢變得不同，讓憔悴的我，情緒
難免有些失落。但我心，從來沒有隨之起伏，而有所變動。
雖然一直沒機會見面，有些話，已藏在心裡好久，卻始終
沒機會說出口，讓一切，漸漸變成了回憶，但我依然堅持
到最後，繼續著痴痴的愛，等你回頭。

人生小語第 169 首

當在一起的兩個人，感情開始變得淡薄，意見也開始不同；
那隔閡就容易越來越大，心也會越也來越冷。最後演變成
互相的傷害，那種難受，是旁人無法體會到的心痛。所以
為了，每天幸福的生活，我們要多去了解和溝通；才能知
道，對方在想什麼。也能適時的，做一些愛的讓步和示弱。
千萬不要害怕，意見不合的爭吵，因為只要能，相互的遷
就和包容，那麼再冷的臉孔，再無情的反唇相譏，最後也
會有機會，變得緩輕鬆與緩和。

人生小語第 170 首

不是每次錯過了機會，下次還會再有。有些機會，它說來
就來，說走就走，卻因為我們，一時的疏忽大意了，讓它
稍縱即逝，悄悄的溜走。等我們注意了，卻已失去了先機，
也無法再挽留。所以我們不要讓，眼前的利益，所迷惑，
而失去進一步，成功的擁有，才不會與成功的機會，再度
擦身而過。

人生小語第 171 首

好好善待自己，善待他人，讓人生幸福無比，生活快樂無憂。好好學會寬容，開放心胸，讓心靈獲得好解脫，放下思想包袱，降低慾望貪念，讓心態豁達樂觀，每天都有新希望，每年都有好豐收。

人生小語第 172 首

在漫漫的人生旅途中，有時春暖花開，滿面春風，讓你柔情似水蕩漾；有時天寒地凍，寒風凜冽，讓你冷得無法形容。但路上總會留下，一些感動的畫面，有時鮮花遍地，有時荊棘密布，但失望時請帶著信心上路，等克服路上的難關後，你就會發現，那最美的風景，原來已在不遠處。

人生小語第 173 首

真心陪伴擁有，擁有陪伴幸福，幸福陪伴快樂。快樂陪伴最美的心動，像綠葉陪伴著紅花，很完美了無缺憾，人生也應該如此。我們不要等到，有錢才敢心動，也不要因為長得很醜，就不敢進一步來追求幸福。我們要，心甘情願為真愛付出，陪他到最後，即使能力不夠，再窮再累再苦，也要能苦中作樂。

人生小語第 174 首

我們都認同：「識時務者為俊傑」這句話的道理，它的意思是告訴我們說：「能認清時代的要事和形勢，是才智出眾的

（繼續人生小語第 174 首）

人；能認清時代的潮流和趨勢，是才能出眾的人物。」所以我們先不管自己，識不識時務，只要能記取歷史的教訓，就不會重蹈覆轍。也能多增加些才能和才智，來看清時務。

人生小語第 175 首

只要有自信，未來就掌握在自己手裡，只要懷抱好信念勇於改變，就能成為自己想要成為的人；但如果沒有堅定的信念，又如何在逆境中度過危機，找到希望的理想和目標，創造出生命的奇蹟，所以只有足夠信念，才能改變現在創造未來。

人生小語第 176 首

人需要有些背景，來支撐和襯托；就像一幅畫的焦點，美得引人關注，它往往有鮮活的感受，且讓人願意樂在其中，成為大家討論的主題，讓人了解得更多也更深刻。

人生小語第 177 首

人的一生離不開，背景的支持和作用；但有些人的身世背景，顯然高高在上；不是一般人可以，跟得上的節奏；往往曲高和寡，或裝飾得過於華麗；讓人認不清，其訴求的焦點和價值。為此背景喧賓奪主，反而令人摸不著頭緒，所以模糊的焦點，只有自己虛心的改進，才能令人讚賞。

人生小語第 178 首

所謂難得,先天安排的好背景;這是可遇,不可求的修來
福份;我們可以選擇把它扛在肩上,或是瀟灑的把它放下
經過;放下失意、悔恨和痛苦的包袱,少些攀比和計較;
就能輕裝前進,的來突破差距。為此好背景,要好好的利
用,才能有更精彩的人生。

人生小語第 179 首

在陽光的生活裡,要先學會好好的愛自己,別把不對的想
法,用來抱怨導致失敗,誤解了愛的人生。只有想法變通
了、態度變樂觀了,才能經得起誘惑,耐得住寂寞,才有
機會改變自己的人生。有些人總是,迷戀那些不對的人,
愛上傷害自己的人,只有了解,所謂愛的真諦和意義,才
能真正釐清,想要的甜蜜,遇到最好的伴侶。

人生小語第 180 首

曾經聽過一句話:「人家有的是背景,而我有的是背影」;
雖然每個人背景不同,有好有壞;但只要懷著,一顆坦然
的心去面對,就能在背景的襯托下,更顯璀璨亮麗,為此
有背景的好處,容易使人得意忘形,反而有不思進取的放
縱;我們只有接受現實的考驗,加上後天努力和任勞任怨,
才能成為識時務的俊傑,假如有不滿意的背景黯淡,就可
以考慮加強前景顏色,才能重返亮麗的舞台人生。

人生小語第 181 首

家，是人生最美的擁有，是一個溫暖的地方，有甜蜜和美滿。家是希望的港灣，是一個安全的避風港，它帶給我們的感受，有愛的溫暖，家是永遠靠山，它支持我們的一切，能無後顧之憂的往前闖，陪伴我們成長有永遠的希望。

人生小語第 182 首

能相遇，自然是一種難得的緣分，也能以各種不同的幸福，來美滿彼此的人生。所以能走進，彼此的生命，都不是偶然，也無法刻意的強求。緣分讓我們相遇，所以能擁有，幸福讓我們牽手一生，所以能知己般的了解，快樂讓我們充滿希望，所以要善待身邊的每一個人，心靈才會有滿足的感受。

人生小語第 183 首

人生的境界，有很多的不同；不同的人，當然會有不同的人生，會有不同的看法和想法；誰也無法說盡，其所有的標準。因為每個人，所處環境的不同；所受的教育，知識也不同；所以人生觀和價值觀，就會有差異。它在於我們對人生的態度，和感受及用心。才會產生所謂境界的高低不同。

人生小語第 184 首

人生的境界很多，有人覺得，人生的最高境界，是榮華富貴，是聰明才智，是慈悲寬容，有人卻覺得人要淡泊名利，要知足常樂，還有人覺得大愛無邊，才是人生最高的境界，總之在我看來，人生最高的境界，應該是內在，和外在的同時追求，是一種領悟和感知的結合，是一種努力和奮鬥的認真態度，也是一種用正面人生來的訴求的境界。

人生小語第 185 首

月光下，我守住了幸福的天空；靜靜看著，月色如水般的晶瑩；照耀了我們的夢想和希望；內心世界，忽然多了亮點；閃耀出，生命的光芒，帶來無盡的希望；照成一片，理想光明前途，美麗如你的神彩飛揚。

人生小語第 186 首

我們都喜歡月亮，喜歡那曲動人的旋律，在我們心裡蕩漾；而此時此刻，一切是那麼好美，可以讓我們盡情的想像；陪你穿梭於快樂與幸福之間，抹去心中暗淡的色彩；讓希望的生活是無憂無慮，渴望的生命是熱情奔放，在無牽無掛的幸福中徜徉。

人生小語第 187 首

每個人心中，都有一個理想的家；為了幸福為了事業，有時候須離鄉背景，出外打工賺錢；但安全也要時刻銘記在

（繼續人生小語第 187 首）
心；無論前路，是多麼迂迴曲折的，也要以自信作為前題；
才能在適當的時候，激發鬥志，產生一定的抱負，朝目標
勇往直前。

人生小語第 *188* 首

生命可以很美，若想要過得幸福，也不難；只要我們，能
看淡世事滄桑，自然有海闊天空；只要我們有勇氣，接受
風雨洗禮，自然會雨過天晴。先不要懷疑自己，有沒有能
力的問題。雖然不同的人，在相同的生活環境中，會有不
同的方法來應對，而造成命運的差異。但只要我們能上進、
積極，凡事往好處想，就能化阻礙為動力，在困境中找到
出路，開創幸福美滿的前途。

人生小語第 *189* 首

在人生的道路上，我們需要有朋友來同行，來同甘共苦，
行程才會有意義和有樂趣。但在同行的旅途中，不是所有
過客，都能成為知心的好友。那是因為每個人，都有自己
夢想的目標，和喜歡的風景，造成欣賞的角度，和興趣的
愛好也不盡相同，所以選擇同行的機率，和條件也就有差
異。讓我們把每次的同行，當成美好的唯一，好好的來珍
惜，因為緣分的安排，實屬不易，能使我們走在一起，就
該好好的珍惜。

人生小語第 190 首

人生的風景很多,有的模糊,有的清晰,當該看清楚的時候,就看清楚,不要等錯過了,變成模糊。但有些看不清的朦朧,就不要太靠近,因為若看得太透徹,反而無法感受自然的風景,反而會遭受迷路。所以從現在開始,看不清未來,就把握好現在,看不清現在,就保護好自己。

人生小語第 191 首

不要因為,一時的想不開,就讓心情鬱悶,讓心煩的事,來困擾自己。永遠不要絕望,只要還有一絲絲希望,永遠不要想不開,只要還有一點點機會,人生沒有解決不了的問題,天下也無難事,只怕有心人。

人生小語第 192 首

俗語說:「民以食為天」,它的意思讓我們了解,自古至今老百姓仍以糧食,為至高無上的基本需求。生活中確實有好多好吃的美食。尤其對那些所謂的「吃貨」來說,他們很喜歡享受美食,如果不能享受美食,就會覺得生活無趣,人生也乏味,所以只要看到或想起美食,就會經不起誘惑的,食指大動筷子齊飛了。這也沒什麼不好,只要我們吃得健康,不要大吃大喝、不要過量,也可以吃得安心的不亦樂乎了。這又何嘗不是一種人生的享受。

人生小語第 193 首

有人說「能吃就是福」,所以讓很多人,吃起來特別的開心,尤其吃的樣子好美好美。動作和表情也很迷人。讓人看得很羨慕,且垂延三尺。即使他們已吃得大肚圓圓了,還是克制不住的繼續享受,反正他們認為,也不差這一頓啦,吃完再來做運動,再來減肥也不遲嘛,就這樣開開心心的,像個「歡喜佛」的身材,也讓自己的體重超標了。所以美食當前,要少量多餐,最好不要大吃大喝,才會有健健康康,和快快樂樂的「口福」。

人生小語第 194 首

俗語說得好:「佛要金裝,人要衣裝」;意思是讓我們了解,如何透過穿著打扮,來美化和加強外表的重要。但是如果只重視外表,而忽略內在的美好,是不可取的,往往無法長久,只流於表面的假象。所以我們要內外在兼顧,別人才有可能喜歡我們,記得我們的美好和優雅,給我們好評,且願意來幫我們,讓我們順順利利的事事圓滿。

人生小語第 195 首

不適合的愛,就像不適合的裝扮,再怎麼好看,也會遭到冷落。所以我們只要愛對人,就能慢慢的找到對的人生。愛是一種高尚的情操,一種微妙的心理狀況,存在的各種各樣的原因,描寫得最美最真的感情;像甘醇的陳釀,入口令人沉醉;像美妙的春風,傳播在無窮的時空。當我們漸漸明白,它還是很玄妙,總纏綿在我們的美夢中,點綴了我們夢想的夜空。

人生小語第 196 首

其實追求一個人很容易，只要你愛他的全部，包容他的所有缺點，就很容易追求到手。這話雖沒有錯，但是有時候，無條件付出的愛，反而是一種自作自受的傷痛。原因是雙方對愛的認知不夠，造成你做得越多，付出得就越沉重。對方會不知滿足的，進一步向你要求得更多；這時候你就要考慮，是不是方向有了偏差；要先減少以物質，來供應他的享受，再以實質的精神層面來做訴求，這樣你對他好，他才懂得感恩；才能讓愛的付出，是有價值和原則的互動。

人生小語第 197 首

在人生的路上，有筆直有平坦，有的曲折有泥濘不堪。一路上，總無法有想要的順暢，其中需越過許多障礙的阻擋；但只要我們能用心，即使遭遇挫折的困擾，也不會被眼前的考驗所絆倒，因為路上，總有人陪你留下或深或淺的腳印，找出一條通往幸福的美滿。那麼就讓我們繼續往前走，才能到達那預定幸福園地。完成人生的圓滿。

人生小語第 198 首

有時候因為無心的過錯，付出了昂貴的代價，還需低聲下氣的要求對方原諒；但是我們知道過錯是暫時的，而錯過了道歉和反省及改過，才是永遠的遺憾；所以不要害怕做錯，就怕錯了不知悔改、認錯及回頭。

人生小語第 199 首

永遠別想太多
別活在別人的掌聲中
因為來的是偶然去的是當然
只要有點想不開就別再胡思亂想
只要能換個角度凡事必然豁然開朗
只要不想太多壓力就不會變多
想那開導的也已足夠
總會讓人有所領悟
或許現在失去的比得到的多
但未來仍需用心來追求

人生小語第 200 首

美貌，使女人更有光彩；將心比心，使女人更有溫柔的愛；
很會替人著想，使女人更有美好未來；而溫柔、高貴、典
雅使女人更有良好形象。所以女人，就像上帝派來的美麗
天使；她帶給我們幸福甜蜜。世界上有女人，就有愛情的
美滿；有女人就有家庭的溫暖。但是現在有多少女人，被
局限於現實利害的職場，徘徊在一無所獲的愛情小道上，
被虛偽的甜蜜和浪漫沖昏了頭，而歷史是美好的記憶，它
告訴我們女人的重要，要我們好好的尊敬女人，因為她會
幫我們把握幸福，讓我們安心的打拼未來，所以我們要好
好的愛家庭，也要愛江山。

人生小語第 201 首

人在背負著責任中前行，在人生中完成需要的使命；只有用心和努力的奮鬥；才能在風雨考驗後的平靜，讓心情保持著晴朗。但我想起有時灰色的慘淡，照映出夢想的不切實際，波濤才開始翻湧。我感謝愛心的責任，它讓我記住朋友們的善良，而忘了遺棄我的天堂。我知道我在這世上，還有責任未完了，還有許多我不得不去做的事，這就是我活著的責任。所以我要更加負責任的讓生命輝煌。

人生小語第 202 首

緣分就像美麗的風景
陪我們在春暖花開裡
一旦相遇就註定緣分
總有許多陌生和熟悉
在生活之中來來去去

人生小語第 203 首

有人說：「他看不到自己的美好，只有透過鏡子，才能清楚自己的無知。」這其實沒什麼關係？因為人的外表，只是一種形體；由內而外表現出來的，才是真正的美麗。所以有人說「人生」像一面鏡子，但這只是一種看法的差異。其實鏡子，讓我們看到的只是表面，會讓我們誤以為是一切的根據。下面有關的一段話，相信大家都聽過：「身是菩提樹，心如明鏡台，時時勤拂拭，勿使惹塵埃。」這是「禪宗五祖」「弘忍」的大弟子「神秀」大師，所寫的禪詩。是

（繼續人生小語第 203 首）

「入世」的一種領悟，意思要我們每時每刻的去關注自己的內心，並且要不斷的修心來抵抗世俗的誘惑，和種種慾念纏身。也就是說假使心如明鏡台，如果沒有時時勤拂拭，是看不清楚真正的自己的真面目。

人生小語第 204 首

有人說：「與人相處，就像一面鏡子。」你可以從鏡中，看到一切表面的美麗。

你若對著他笑，他才會對你笑，你若面無表情，他也會面無表情；但是前提要保持「和善」的距離，因為如果沒有保持「良好」的距離，即使是「明鏡台」，也照映不出，你想看透的善惡美醜。

人生小語第 205 首

生活中，無論受到什麼樣的傷害，只要學會寬恕別人，別人也會對你友善。因為寬恕才是解決事情的良方。也是對自己的最好保護。如果冤冤相報，那就沒完沒了，也會兩敗俱傷。

人生小語第 206 首

「孔子」有一句「過猶不及」的理論思想，意思是要我們做任何事，都要適度、適中、適合，才能合乎真正的「中庸」之道的思想。所以「過」和「不及」都是不好，而其中的「猶」字是「一樣」的意思。就讓我們，把事情處理

（繼續人生小語第 206 首）
得剛好，不要做過頭，也不要做得不夠，這樣就不會「事
與願違」也不會「適得其反」了。

人生小語第 207 首

有人說我太善良也太天真，但是天真善良是我的「本性」，
所以我需要學習聖人的「親君子而遠小人」，以及「三人行
必有我師，擇其善而從之，擇其不善而改之」的道理。世
界上很難得有，出淤泥而不染的智慧，像「孟母三遷」就
是要找理想適合的好環境，才不會受到「迷惑」，像有的人
信仰道場。有的人努力修行，因為他們已選擇自己的好環
境，所以有好的成長。

人生小語第 208 首

樂觀的思想，能讓人領悟出，什麼才是真正的知足。而知
足後的人生，才懂得如何真心的去珍惜。但是不知足，卻
常提醒我們可以做得更好，可以有更進一步的空間。可以
找到更多的機會，一如在慾海中掙扎的我們，至少還有回
頭是岸的生機。這比起很多迷惑沉淪的人，無疑是幸運的
事了。所以我們需要的是「樂觀積極」的知足。才能有希
望的一片晴空，有「海闊天空」的坦然。

人生小語第 209 首

人生有很多無奈，也有很多的不如意。並不是每天，都能
順心，也不是常常都能順利。當你走不下去，想不開的時

（繼續人生小語第 209 首）

候；可否先停下來，回頭看看那些錯過的美好，因為停下來，你才有時間來知己知彼，才有時間來退一步海闊天空。因為人生的方向很多，就像佛法「八萬四千」個法門，每一個法門都可以達到開悟的法喜。只要能過得好，又何必在乎姿勢的煩惱。

人生小語第 210 首

今生的相遇很美，美得令人心動，可以用一生來維持，可以心甘情願的被束縛。所以有人會說，相遇是有緣，它絕非偶然，是上天刻意的安排。若有緣即使相隔千里也能相會，若無緣即使路過照面也無法相逢。這就是要我們了解，什麼是有緣，什麼是緣起而聚，緣滅而散，還有什麼是捨得、什麼是付出，才能懂得什麼是真愛的情緣。因為緣分是我們修來的福氣，只有懂得感恩和珍惜，才能繼續維持這份美麗。

人生小語第 211 首

有人慶幸「相見不晚」，說愛情來的正是時候；也有人遺憾「相見恨晚」，說愛情已過了時候。其實只要相親相愛，情投意合，又何必在乎歲月的蹉跎。所以只要有勇氣，有能力的時候，就好好把握，才能有天長地久的機會，一起去看細水長流的心動。

人生小語第 212 首

假如爭吵過後，雙方已平心靜氣，也能重新調整準備接受，
那就不要急著承諾，更不必低聲下氣的將就。因為真正的
朋友是經得起時間考驗的。不會因為幾句吵架的話，就來
分手。更何況吵架，只是一時的意見不合，可以隨著時間
來慢慢的磨合，如果友情依舊，那就該主動示好的，可如
果不是這樣，就再退一步海闊天空，保持該有的尊重。

人生小語第 213 首

努力於分工的進步世界
合作在競爭的良好環境
是所有人都認同的追求
沒有人可以遺世而獨立
也沒有人能孤軍的奮鬥
所以只有學會團結合作
才能使分工的效率提升
達到進一步美好的要求
完成更協調的必要任務

人生小語第 214 首

在這世上我們總會遇上些
擅於說大話擅於表現自己
且喜歡賣瓜賣得自誇的人
由於他們平時就很自負
自以為有本事且無所不能

（繼續人生小語第 214 首）
但現在社會是何等的競爭
他們若只管目中無人
不能與人共處遲早會被淘汰的

人生小語第 *215* 首

有些朋友喜歡吹噓，也常得意忘形的自我陶醉，有時還會
「有意無意」的貶低了別人，這其實是他們內心的空虛，
只想藉著一些炫耀，來吸引朋友們的注意，讓朋友對他們
有所肯定。這個時候當朋友的我們，就要適度的加以肯定
和鼓勵。肯定他們所做出的努力，再鼓勵他們做適度的表
現，然後實話實說的告訴他們，那些不會分享功勞，喜歡
名利的人，最後是孤獨的，因為他們已忘了別人的存在，
所以得意忘形的只有自我。

人生小語第 *216* 首

假使有人自大到目中無人
那他就不容易與人和諧共處
因為他有時會看不起人
打壓人和找人的麻煩
所以讓人感受到很大的壓力
但願這些人只是少數
假如不幸給我們遇上了
而且他還對我們有誤解
那麼就該特別小心的應對
才不會因此惹禍上身

（繼續人生小語第 216 首）
因為有句話說得很有道理
「要親君子而言小人」
因為不同的人會有不同的看法
所以不同天空會有不同的色彩
總會有人來理解我們的天空吧
我們只有「擇其善而從之，
擇其不善而改之」
才能避免不必要的紛爭

人生小語第 217 首

你的愛像花一樣的美麗，會結出幸福的甜蜜。如一朵花的
芬芳，以最美的姿勢，在我的身邊挺立，美滿了我幸福的
空間。綻開了我幸福的憧憬。讓我看看你那美好的用心，
如細水常流的努力，如春色滿園的得意，如彩雲環繞著我
的天空，千言萬語也不能說明，那種幸運。你不斷的在我
眼前停留，扮成一道道明媚的風景。而我始終不能離開你，
我很想感謝你，為我帶來一片盎然的生機，喚醒我對生命
的熱情。

人生小語第 218 首

每個人都在堅持著目標前進
而樂觀就是一種最好的動力
它可以時刻鼓舞著我們前進
前進突破難關前進到達勝利

人生小語第 219 之 1 首

聰明的人機靈，思想有如天馬行空的豪放，可以擺脫任何
的干擾。飛向自由的嚮往，翱翔於從容的領域，領悟天地
之間的語言。因此不論遇到什麼情況，都能隨心所欲不踰
矩，將事情處理得圓滿妥當。讓人讚嘆和欣賞。

人生小語第 219 之 2 首

假如你自視甚高，你的世界別人會看不懂；假如你的眼光
與眾不同，你的前途會有不同的閃爍；假如你為了夢想而
活，那人生本來就是夢一場；你看不懂的別奢望，你想不
通的別妄想，你得不到的別強求；因為這世界，也不是你
想像的那麼簡單。只要你能看透但也需看淡，才有真的平
淡。

人生小語第 220 首

朋友在一起，「吵架」是難免的問題；它可能是造成分手的
暴風雨；也可能是壓倒駱駝的最後一根稻草。
因此我們平常就要多點耐心來溝通，面對爭吵千萬不能意
氣用事，也要能將心比心的替對方著想，才不會讓那些看
似不是問題的問題，擴大到無法收拾的局面。就讓那些局
外人，覺得我們幼稚又可笑的爭執不再發生。讓我們從此
沒有分手的問題。因為我們再怎麼吵，還是朋友。

人生小語第 221 首

一個人如果在乎得太多，那他的內心就會有許多的念頭，
有時候會多到他沒辦法來想通。這些通常是他為名為利，
為了榮華富貴，還有一些不切實際的追求。假如他想通了
「那些只是表面的成功」，是沒必要的沉重，就會讓他前進
的腳步輕鬆了許多。假如他想通了，心裡的包袱和負擔，
就不會壓得他喘不過氣來；假如他想通了「在得失之間取
得平衡」，就不會有很多顧慮，也不會有患得患失的憂愁。
所以他只有想通才會有海闊天空的快樂，一切的念頭就會
得到良好的掌控。

人生小語第 222 首

總有些捨不得的現在，將要各奔東西，總有些想忘記的傷
痛，卻總是揮之不去。如今是怎麼放也放不下，徘徊在進
退兩難之間，成為心中的一道陰影。那麼就讓觀望的心，
遠離這些得失的牽掛！為此只要以一顆「平常」的心，坦
然來面對，就會發現擁有的，也不一定能長久，失去的，
或許經努力就會再擁有。這是因為真正握在手裡的，通常
不會去在意，等到有天忽然失去了，才會覺可惜。就像我
們錯過了風景，想要再回頭停留，卻早已失去當初的興致。
所以只有活在當下好好的來珍惜，才能懂得真正得失的意
義。

人生小語第 223 首

「有備而來」這句話告訴我們，只有平時多「燒香」，臨時

（繼續人生小語第 223 首）

才不會抱「佛腳」。這句話已是每個人的希望。而大部分的
人，也早有所準備，且努力的有一段很長的時間，其中的
辛苦，已不足為外人道。為的就是在機會來臨時，好好的
把握好好發揮。讓所有的努力都能派得上用場。就讓一句
話來說明：「十年寒窗無人問，一舉成名天下知」就能知道
努力是不會白費的。所以「有備才能無患」在平常就要多
努力充實，才能在需要時候，派得上用場。

人生小語第 224 首

每個人都有自己的海闊天空
那胸襟大小或許有些微不同
但只要心中充滿度量的智慧
就能忍一時之氣免百日之憂
為此待人處事要能心平氣和
多了解息事寧人有關的輕重
不要老計較些芝麻蒜皮小事
就有海闊天空的日子過不完

人生小語第 226 首

這天底下沒有誰一定要靠誰，也沒有誰一定不能沒有誰。
為此人生的路需靠自己走出來，前途也需自己來掌握，才
會有自己美好的人生。所以我們要養成堅強獨立的習慣，
才能靠自己的雙手雙腳，打造出自己的天地。有一句話說
得很好「靠人人倒，靠山山倒，靠自己最好。」所以人要
能學習堅強獨立，路才會越走越順越寬廣，做人做事也會

（繼續人生小語第 226 首）
越做越安心越有成就。

人生小語第 227 首

有些時候，要先學會如何克服困難，因為每個人都有自己
的困難。為此只要了解：「自助而後人助，人助而後天助。」
的道理，就能：「行有餘力，則以助人」。而那些願意幫你
的人，雖不一定是你最好的朋友，但他會是個良師益友，
因為他已了解凡事都要學會堅強，凡事都要靠自己來努力，
所以他已不斷的在充實自己，才會有能力去幫別人，所以
他常助人為樂。

人生小語第 228 首

假如人生像場美夢，誰能從頭到尾，從無到有的看透。誰
又能放下那一場空的執著。只有及時的醒悟過來，心存警
惕，不再執著不再迷惑，才能在來過，愛過，痛過及夢過
之間想通。

人生小語第 229 首

大多的時候，事情要能自己先想通，因為只有想通，才能
承受起一切的負擔和壓力，沒有人會願意幫你一輩子，只
有自己先堅強起來，別人才有辦法幫你！

人生小語第 230 首

被朋友無心的一句話傷到，是很傷心的難過，也是另人難忘的震撼。對方可能是無心，也是無意才說出口，但他卻要為自己的話負責，要花很多時間來向你認錯。所以當你聽到他難聽話的時候，就要先冷靜的機智應對，因為他很多時候都是為你好。

人生小語第 231 首

這世上，有很多痛苦的教訓，不是我們想忘就能忘的，也不是我們想逃避就能避免得了的。那痛苦教訓原因有很多，有的是自找的，有的是別人加害的，有的是環境造成的。先不管痛苦的教訓是怎麼來的，就讓我們先想像一下吧！如果人生沒有痛苦的教訓，又怎會知道如何珍惜快樂？如果成功沒有痛苦的教訓，又怎能做出知恥向上和勇敢的努力？所以痛苦的教訓，是最好的磨練，也是上天賜給我們最好的禮物。

人生小語第 232 首

我們不要想輕易忘記，那痛苦的教訓。也不要任意逃避那痛苦的提醒，不要以為忘記那痛苦的教訓，就會過得快樂。只有記住那痛苦的教訓，時常提醒自己做該做的改進和努力，才能苦中作樂，得道離苦。把庸人自擾的痛苦放下，記住那些對你有幫助的痛苦教訓，因為那是你成功的動力，你只有常常去反省它，記住它的教訓，才會有希望的成功。

人生小語第 233 首

人的一生中，會遇到許多的順利，也會為此做出更用心的努力；但其中可能會出現預想不到的情況，讓我們迷失因而失去了動力，最後與成功擦肩而過。為此成功要在失敗中學習，堅持最後才是在成功的關鍵。如果我們能痛定思痛，敢於面對挑戰，那麼決心必定能改變命運。如果我們只是愁眉不展和情緒低落的另尋他途，一定會臨陣退縮地跌倒，陷入另一個無法自拔的谷底。所以「盡人事而聽天命」是最好的努力。

人生小語第 234 首

人生在面臨抉擇的時候，就該有判斷是非和分辨好壞的能力，才不會有太多的「猶豫不決」。只有「三思而後行」的選擇，才不會有「三心二意」的曖昧，所以先要對自己有信心，才能有勇氣來負責。

人生小語第 235 首

有些朋友雖認識不久，卻好像知己一樣，有一見如故的感受；有些朋友認識了一輩子，但是他的心還是捉不透，這是什麼原因？有些人認為是有「緣分」，認為是「志同道合」所以話說會得很「投緣」，做起事來也會很有默契，但是我覺得最重要的一點，就是要「坦誠」只有相互的坦誠，才能相互的尊重和相互的了解，進而把朋友的意義發揮。如果沒有坦誠的心，就無法常為朋友著想，也會有「自以為是」的念頭，讓彼此的交往有一段差距的疏遠，彼此的空

（繼續人生小語第 235 首）
間和關係產生不同的隔閡。所以只有打開心扉的溝通，朋
友才能做得長久。

人生小語第 236 首

有些人認為交很多朋友，就會有很多的機會，希望從朋友
中彌補到自己能力的不足，認為朋友多就是他做人的成功，
把朋友的「多寡」當作是一個「人氣指標」，但是每個人的
時間和能力有限，除了睡覺，工作，陪家人，其實可利用
的時間不多。而好的朋友他們會幫你，但不好的朋友卻會
扯你的後腿，除非你是「修道」之人，可以看得清楚迷惑，
因為朋友就像水一樣可以「載舟也可以覆舟」，我們有多少
能力就交多少朋友，除非你是公眾人物，是大家的偶像，
你有這個能力讓大家崇拜，有這個智慧可以領導大家前進，
其他的人都需安份守己，才不會迷失在朋友的多寡之中。

人生小語第 237 首

做人其實不難，深奧的道理也不難，因為「知難行易」因
為「道法自然」所以「順其自然」的作為，是做人的最好
方法，也是一切行為的最好規範。

人生小語第 238 首

有時候事情也可以很簡單，只要不想得那麼複雜，就可以
輕輕鬆鬆的辦好。

（繼續人生小語第 238 首）
有時候做人也可以很簡單，只要過得心安理得，就不會有紛紛擾擾的困惑。
有時候道理也可以很簡單，只要不想得那麼難懂，就可以通過反省來領悟。

人生小語第 239 首

有人說：「人生沒有如果，只有後果與結果。」我卻說假如人生沒有「如果」，那人生還有什麼希望和快樂要怎麼過活？「如果」是一個好詞，它可以「提醒」我們很多的問題，如果我今天沒有寫這一篇「如果」大家就不知道「如果」的好處。「如果」早知如此何必當初，「如果」不怕困難就容易成功。所以「如果」是最好的「預測」「想像」「假設」。人生千萬不能沒有「如果」如果沒有了「如果」人生就很難有美好的結果。因為「如果」提醒我們讓我們知道努力。

人生小語第 240 首

每個人都希望幸福和快樂，所以會不斷的向外追求，讓原本平靜的心有點緊張，沒有一刻放鬆的藉口，而遙遠的理想，常讓心無法從容，進而忽略現實的生活。整天迷失在忙碌的舞台中，也浪費了很多美好的經過，為此缺少了生活中應有的精彩和浪漫。所以只有活得知足和灑脫，活得從容和自在，活得盡心和盡力，才不會有困惑，才能讓自己的心感受到幸福和快樂。

人生小語第 241 首

人生像一場旅行，沿途有美麗的繽紛，也有崎嶇的坎坷，就讓我們以輕鬆的腳步前進，好好欣賞眼前的風光，就可以從容欣賞到精彩的景色，豐富美好人生。

人生小語第 242 首

有人說：「女人愛的是可靠，男人喜歡的則是可愛。」這句話很有意思，也很實在。其實我認為可靠和可愛都是每個人想要的追求。只是有些人比較注重表面，有些人比較不在乎內在。而注重表面的人就會常有要求，有時候愛之深責之切，常常令人無法消受，我想只有「嚴以律己寬以待人」，才能多為對方著想，才不會只注重表面而忽略了真實的內在。

人生小語第 243 首

人只要有努力，自然會有所作為，也會為此作為來繼續；但在期間會發現和現實有那麼點差距。不像當初想像的那麼順利。為此我們應抱著全心全力的心態投入，才能有預期的順利。所以我想該不止於現狀的安逸，還要有耐心的堅持，才能有實際的作為和進步。

人生小語第 244 首

剛開始的友情，總是有點陌生，有點距離，但還會相互的尊重。可後來熟悉了，就看清對方的缺點，會有點失望的

（繼續人生小語第 244 首）
心裡。曾經以為的交往，是多麼慶幸，在一段惺惺相惜的
時光裡，以為自己交到了良師益友，深深的對他佩服，但
是我們要記得好友難得，知己難尋，不是每一個人都完美
無缺，只要我們「擇其善而從之，擇其不善而改之」，相互
的規勸，相互的扶持，就能讓友誼長久。

人生小語第 245 首

講一個道理很簡單，誰能堅持誰能解釋？有時候人家欺負
到你頭上你能默不作聲？
很多人會為你好，給你解釋問題，但是他不一定是對的。
因為你不想得罪他，就對你的堅持有所屈服，這是不對的。
人的一生有很多良師益友，我們也不會欺善怕惡，但是有
人騎到你的頭上，你總不能忍氣吞聲，這樣你還算是個人
啊！

人生小語第 246 首

假如你的一生都過得很好，那是幸運的；就要多感謝幫助
和照顧你的人，但如果過得不好，也不必怨天尤人的傷心
難過，因為人生不能一直風平浪靜，所以也無法時常一帆
風順，有時候浪花會很精彩，有時候也會波濤洶湧。如果
我們一直在意那生活的小挫折，就會常常過得不知所措。

人生小語第 247 首

只要你願意「挺身而出」，去「見義勇為」，就可以馬上找

（繼續人生小語第 247 首）

回心裡那與生俱來的「天性」，因為「見義勇為」本來就是一種「正義責任感」的實現。從意識覺醒發現的那一刻起，「善良」就發揮了「作用」讓我們「樂於助人」，「路見不平」，「仗義疏財」等……，伴隨著「老實忠厚」的我們去幫助那些需要幫助的人。為此我們只有保持心靈的「純潔」，情感的「豐富」，和「擇善的固執」，就能有「自信」和「樂觀」的「遠見」，來點亮人生的「光明」。

人生小語第 248 首

朋友，是可以在不同的意見下討論，也可以在各自的表達裡溝通；努力的協調出可以發展的共識，雖然平常我們在各自領域裡努力向上，用心的看待人生，但只要有時間就會相互的關心和鼓勵，以期在煩惱和無助的時候，調整心情，因為人生有很多的時候需要抉擇，此時這種支持的堅定，更會提升我們成功的助益。

人生小語第 249 首

愛情，本就不用承諾得太多；才不會有空虛和失落的情形。因為有許多的甜蜜它本無意義。既然我們都知道浪漫的發生，只是一時怦然的心動，那承諾得太多，只是會白費心機，又有何意義？所以有時候我們，就不必在意太多，也不用計較太多。才能在愛的時候專心的愛，如果他對你不好，那就保持一點距離，才能讓彼此有冷靜的空間。重點是千萬不要怕孤單和寂寞，只要我們有心，就不怕一時的冷漠，就讓時間來證明一切，那到時候才會有實際的感情。

人生小語第 250 首

感情的世界很奇妙，但也是相對的；最好能尊重對方的意
願，不要有一廂情願的強求。因為若只憑著單方癡情的傻
勁，即使花再多時間，也尋求不到雙方認同的幸福，還會
因此忽略了身邊真正喜歡我們的人，讓那寶貴時間和機會
悄悄的溜走；失去和「對的人」在一起的美滿。為此我們
若能「冷靜的分析」，就不會有「妄想」的「痴情」，就能
早早離開沒有結局的「不幸」，也不會因此委屈了自己，造
成對方的困擾，讓對方覺得我們是種負擔。

人生小語第 252 首

每一段愛情都有甜蜜的開始，都會經歷很多的磨合，期中
有不斷的希望和失望，有快樂的陽光和悲傷的暗淡，也有
不少懷疑的目光和肯定的欣賞，只要我們能報以微笑的大
方，就能迎接嶄新的璀璨，因為只有放下彼此的心防，然
後才能打開心扉，共造一個安心的美滿，就讓用心是沒有
阻礙的順暢。

人生小語第 253 首

愛情其實很心動，只因它離不開承諾。某些性質的情話，
說起來也怪難為情的，例如說：「親愛的，你是我的心肝寶
貝」、「最愛的，你是我永遠的守候」、「我好愛你好想你」、
「我一輩子都愛你」、「我的心裡都是你」、「你是我的唯
一」……這些都是內心明白的輕鬆。或許說者無心，但聽
者卻是有意，總讓人會有點心動的。不過情話，也不要說

（繼續人生小語第 253 首）

得太離譜，要給雙方餘個餘地，才不會日後太難堪，因為愛情是要有原則的，不能只用花言巧語就能來通過。

人生小語第 254 首

默默無語，終究是靜靜的守候；有許多的分分合合，次數頻繁，令人感觸良多。眼看是風平浪靜，實則是此起彼伏。曾想過那沉默是為了什麼？是緣淺又當如何？當落花有意，還是流水無情的結果？我想只有看待成灑脫，無論是隨波逐流或付諸東流，先讓一切在不言中，再用心來守候，等待那最好的藉口說出口，打破那冷漠的沉默。

人生小語第 255 首

有人問我，要怎麼愛，才算是真愛？我說愛一個人很簡單，只要你肯付出。付出你的用心，付出你的行動，付出你的時間。試問你付出了沒有？還在計較些什麼？付出是你心甘情願，你不能曲意逢迎，也不能別有居心。這樣你了解嗎？不能了解就不是真愛！

人生小語第 256 首

人和人交往有很多的爭執和誤會，這是每天都會發生的情形，有人問我要怎麼處理？我說只要將心比心，放下你的偏見，放下你的固執，放下你的脾氣。那麼事情就會好辦。你做到了嗎？如果做不到請你反省。

人生小語第 257 首

有人問我要怎麼做，才能有寬容的心，我說：「嚴以律己寬以待人」。只有實實在的做人，才能有智慧，像大海的開闊，能納百川。所謂寬容的胸襟，就是要有坦誠的心，心胸才能開闊，才不會太狹隘的計較太多，請多賞識別人的優點，包容別人的不足，做個實實在在有智慧的人，才能有寬容的心。

人生小語第 258 首

真話，每個人都會講，只要講得夠婉轉，聽的人就會很舒服。因為他有將心比心，讓真話深入人心。所以只要真心的提醒，大家還是會樂於接受的。雖然它只是一種語言，一種忠言的勸導，卻代表「益友」的一份用心。當然受益的人會是「被忠告」的人，因為他已經接受「益友」的「友直友諒友多聞」，所以就少了「損友」的矯情虛偽。

人生小語第 259 首

有人說，女人很容易「口是心非」，我覺得，男人也會有這種心態。錯就錯在他們說得太自然了，讓人信以為真，也教人費疑猜。而教人「真假難辨」的，往往把「是」說成「不是」，明明很「想要」又說成「不需要」為此我們只要仔細的了解和分析，「聽其言而觀其行」，就知道他們是不是「善意的謊言」。如果只是他們謙虛的推辭，我們就不要見怪。所以我們也需了解他們的初衷，才能了解對彼此有沒有傷害。就讓時間證明他們的，「口是心非」，是不是只

（繼續人生小語第 259 首）
會說一套做一套，就能了解他們是不是「典型的偽君子」，只會「弄虛作假」和「嬌柔做作」，的「小人」。

人生小語第 260 首

每個人都有自己的世界，有的人光鮮亮麗，有的人黯淡無光，那要如何走進別人的世界？我想只有先走出自己的世界，才有機會走進別人的世界。

如果走得不順利，也要以親切的態度來陪伴，並表達出自己的誠意。這樣就不會難為了友誼，也不會傷害到對方。或許走進別人的世界不容易，但我們只要走得小心翼翼，就不會覺得心靈空虛。

人生小語第 261 首

有時候，不經意的發現一些事情，聽到一些不該聽的話，才明白自己的無奈和認知的差距，心想事情並沒有預估的順利，總是那麼多的意外。其實做人做事，會有很多的不如意，那要怎麼處理？我想只有事前考慮周全，做詳細的評估和分析，才能有最好最壞的打算。才能以冷靜的態度去面對，以不變應萬變的心理來安心。

人生小語第 262 首

人生的路，沒有永遠的順利，總有些起伏的高低，為此我們必須面對，也無從逃避。只有在順利的時候，多行善積德和誠心修道，才能多了解些人生無常的法則，看開那些

（繼續人生小語第 262 首）

不如意，保持好運氣。當不順利的時候，就要「以退為進」，的好好調整腳步，才能度過那危機，把失敗當作教訓，把吃苦當作吃補，從正面的去想，就會快樂，就會改變厄運。因為我們的福報，來自我們的功德。

人生小語第 263 首

人生的道路，沒有永遠的崎嶇，一時挫折的考驗，只會讓我們更堅定。因為我們了解，成功的道路，永遠都是積極的上進，只要我們有，不灰心，不喪志，不氣餒，不放棄，不怕苦，不認輸的堅持和決心，就能勇敢的接受挑戰，衝破現實的難關走出谷底，迎向我們希望的光明。

讓所有困境得以遠離。

人生小語第 264 首

有朋友告訴我他「心情惡劣」，不知道要怎麼調適？才能想通。我沒有問他發生什麼事，是什麼原因原因，就直接告訴他：「適度保有『正面情緒』，當然是種良好的『知足樂觀』的心態；但有時反而使『負面情緒』，存在的價值遭到否定。因為『情緒低落』也是種心理的『正常反應』，它的存在的『意義』，可以使人『發憤圖強』，也可以使人『一蹶不振』，就看我們如何的面對。」

我想只有把「它」當作是一個「有益的考驗」，才能「學習」如何來調適不好的心情，改善一時想法的偏差，讓原本失落的無奈得以抒發，「重新振作」起精神，脫離「負面情緒」的壓力，迎向每天陽光的好心情。

人生小語第 265 首

每個人都有心情不好的問題，
因為世事難料有許多不如意。
那要怎樣才能避免情緒壓力？
我想只有領悟那修道的法喜，
努力做好自己凡事別太在意。
以平常的心來立於不敗之地
才能讓生活充滿陽光的朝氣

人生小語第 266 首

如果愛一個人，不能容忍他們的缺點，那就要考慮該不該
去愛。因為愛了會痛苦，也會造成雙方的傷害。但這並不
代表我們沒有肚量，可能因為對方讓我們一再的失望，也
可能因為嚴重得無法改善。
我們無法容忍當然有確確的考量，但只要我們把心再放寬，
把時間再拉長，或許我們的愛還會有希望。

人生小語第 267 首

有時候，事情不是我們想像的順利，但還是有「幸運」在
等你，有人說，「機會是一種幸運」，結果就是~你努力的那
件事有了轉機，你計劃的那個目標也漸入佳境，你想突破
的那個困難，也出現新局，你想擁有的一切，也恢復順利，
但我們還是要領悟，「那幸運並不是偶然」，靠的是我們的
「能力」，想讓所有變得更好，想獲得想要的一切，只有努
力學習和改變自己，才讓自己有足夠的能力面對危機，讓

（繼續人生小語第 267 首）
想要機會也在等你。

人生小語第 268 首

當我們的學習，越來越順利的時候，更應該加緊腳步來努力，努力學習進步的方法，努力學習樂觀的積極，努力學習別人成功的經歷。

人生小語第 269 首

女人是偉大的。這世界上如果少了女人，生活就失去光彩，世界也會黯淡許多。女人給生命精彩，讓生活自在，為理想打造男人幸福的舞台。

每個男人一生中，至少都會愛一個女人。他們會愛他們的母親，大姐，妹妹，妻子，女兒，孫子。這些女人在他們的生活中，給他們快樂讓他們心安。所以只有了解女人和珍惜女人，才能夠讓人生過得好精彩。

人生小語第 270 首

人的一生中最大的幸福，無非是有一個溫暖的家，繼續那美滿的生活。

但前提是要先有對象，為此就不能「以貌取人」，外表真的不足以代表一切。雖然漂亮的女生和帥氣的男生或許很好，但還需有美好的內在。

不要懷疑自己不夠好，然後想盡辦法來偽裝，變成對方想要的理想，這可能也不會長久。只有改變不好的心態，改

（繼續人生小語第 270 首）
變不好的缺點，才不會浪費時間的在原地打轉。
好好的充實自己內在，自然會有吸引人的魅力，順利的追
到理想的伴侶，過著幸福的一生，攜手白頭到老的美滿。

人生小語第 271 首

有時候想不開的問題，想一想將心比心，想一想吃虧就是
占便宜，想一想知足常樂，就會有好心情。
不如意的事別在意的太多，別給自己太大的壓力，想一想
海闊天空，想一想以退為進，想一想感恩珍惜，就會有想
像的順利。
人活著就是幸運，活著就是福氣，過得好不好友自己決定。
只要有生命存在，就有好希望的到來。因為只有活在當下，
才有時間去贏得那美好的未來。

人生小語第 272 首

如果愛一個人，不能容忍他們的缺點，那就要考慮該不該
去愛。因為愛了會痛苦，也會造成雙方的傷害。但這並不
代表我們沒有肚量，可能因為對方讓我們一再的失望，也
可能因為嚴重得
無法改善。
我們無法容忍當然有確確的考量，但只要我們把心再放寬，
把時間再拉長，或許我們的愛還會有希望。

人生小語第 273 首

這世界上，「不能原諒」的事情不多；「不能溝通」的事情
也不多，只要能多包容。所以我們不能「以此」來懲罰自
己，也不能用來教訓別人。因為有些問題，是沒有是非之
分，只有好壞之別的。

為此「只要知道」自己「做錯了」，就要知悔過，才不會顯
現自己的無知。

要知道「對、錯」很簡單，只要有正直的人格，了解「道」
的真諦，就能有客觀的思想；從不同的角度去分析和思考，
了解對方立場的不同，進而「將心比心」的溝通出~所謂「對
和錯」的認同。

每個人的堅持都有所不同，只要能多了解和溝通，按照常
理，就不會只贏了爭吵而輸掉感情，也能把事情處理得妥
善圓滿。

人生小語第 274 首

人間最快樂的心是寬容，因為一生中，會有許多的不順利，
不順眼和不順心，影響著我們的心情，如果我們不試著去
包容別人，那我們就會活得很痛苦也很難受。

人生小語第 275 首

有人說：「少年夫妻，老來伴。」，那為什麼老來，就一定
能成伴呢？我想有些過程可以提供大家來參考，就是從年
輕時交往的甜甜蜜蜜；過程中的相親相愛；到攜手幸福，
人生的美滿。

（繼續人生小語第 275 首）

如果三個過程完善，就能有相互容忍和相互扶持的經歷。
有了這些經歷，當然容易有努力的共識，有了努力共識，
當然家庭會更和諧
夫妻感情也會更貼切。

所以感情，是需要用心來經營的；要常保持親密和諧的關
係，才不會有同床異夢的遺憾，也不會連作伴都有困難。
為此還得有耐心的善待對方，才能有真心的良伴。

人生小語第 276 首

如果能將事情往「好的方向想」，就不會有那麼多的「煩惱」，
雖美其名為「以防萬一」和「防人之心不可無」但很多時
候其實是「庸人自擾」，自己嚇自己，自己找自己的麻煩而
已。
事實上，會發生不好的情況和意外是不多的，所以每次事情
處理完後，就會覺得先前的煩惱和不安，有點多餘和可笑。
為此只要不「胡思亂想」，也不要「想太多」，能保持樂觀
和客觀的心態，並以正面和負面兩種方式來思考，就可以
為事情帶來順利，也不會給自己增添許多不必要的煩惱。

人生小語第 277 首

人的一生中，會面臨許多不同的考驗和挑戰，也會遇到一
些跟我們不一樣的人。而讓陪伴我們身邊的人，發生許多
「難以預料」的變化。其實只要能隨緣，保持良好的關係，
就能有好的陪伴。為此我們要先學會自主和自立，並好好
的靠自己，和守護身邊的人，才有最好的人生。

人生小語第 278 首

有時候，說話不用太婉轉，太婉轉不一定有效果！但是太直接，又怕忠言逆耳。聽不進去的人，你再說得（苦口婆心），他也無動於衷。你的朋友，他會對你「指點」，但是不會對你「指指點點」，他會跟你「提醒」，但是不會跟你「批評」。他會幫助你，但也會有一段落。有人說，（好人做到底送佛送到西），這句話很有道理，但是需要時間才能證明。只要我們有「善良的初衷」（日久見人心，路遙知馬力），所以好的朋友不容易，是我們的福氣，我們千萬要珍惜，

人生小語第 279 首

人的一生有很多感嘆，很多無奈，誰能能看開？不要傷心難過，日子總會過去，看不起你的人，你不要在意。把他當作是一種力量，讓你奮發向上，改天你會讓人另眼相看。不要沉醉在痛苦之中，要忘掉那些不如意。有很多前途在等著你，想開點就沒事情。不要因為一些小事而擔心，也不要因為一些小人而煩惱。按照自己的腳步前進，無愧於心。好的未來只有你知道。不要再傷害自己，別讓自己難過，好好的過人生，把該做的事情完整。就是最好的努力。

人生小語第 280 首

任何人在做任何的努力，若能一鼓作氣的衝到底，就能讓即將的成功，趨於穩定。也能減少些，因一時大意，所產生的阻力。

（繼續人生小語第 280 首）
因為一時的得意，很容易放鬆了警惕，進而有反應遲鈍的
問題，而讓即將成功的努力，「功虧一簣」。
為此無論在做什麼樣的努力，在越接近成功的時候，就要
越注意一鼓作氣的堅持。才不會有前功盡棄的問題。

人生小語第 281 首

在生活中，我們常會遇到些麻煩的人或事，讓我們因而傷
腦筋的頭痛不已。
但我們還是要，試著去了解對方的用心，才能明白對方是
否是帶有惡意。
所以不管對方是有口無心，還是故意挑剔的找我們麻煩。
只要你感到不開心，且影響到你的心情。就會讓彼此的關
係，產生看法和認同的危機。我覺得無論是那一種問題，
只要有疑慮，就應該直接了當的表達，「正面」的回應。至
少讓對方了解，你的善意，然後才能告知他偏差的粗暴。
減少往後彼此，更多的摩擦和誤會。

人生小語第 282 首

陽光照亮了我們的行程，也照亮了所有人的前進的道路，
祂給了我們新的一天，愉快地正視生活的美好，充滿了新
的希望，是朝氣蓬勃的熱情奔放。
花兒綻放開我們的笑臉，開朗的與我們共舞，快樂無邊，
祂跳出了生活的幸福與和諧。
朋友們早安，我的祝福從頭至尾，真心真意，只願你快樂
的每一天。

人生小語第 283 首

人的一生中,雖有許多順境的得意,但也有少許逆境的磨
練。只要我們能冷靜反省自己的心態,就能有奮鬥與堅強
的歷練。

所以不管遇到什麼樣的狀況,什麼樣的人,事和物,都會
讓我們有知難而進的動力。

為此我們不要再去抱怨任何的環境,也沒有理由太過悲觀,
只要能勇敢地面對,就會找到那最好的適應,到達預期目
的。

當順境時固然得意與開心,但唯有在逆境中,才能有學習
到解決的方法。找到幸福與成功。

雖然過程中,會有許多的困難與痛苦的發生,但只有學會
堅持的去面對。保持平常心,才能有最好的處理。

把逆境與挫折,當作提升自我的良機是最好的心態。

人生小語第 284 首

人的一生,往往對已失去的機遇,悔恨不已。在平安順利
中消沉下去,意志也容易有消極頹廢的傾向。如果能在苦
難,折磨,考驗與挫敗中奮發向上,生命就會得到希望的
轉變。

我們沒有必要,去受那無意義的苦,也不用刻意的去受折
磨。因為只有經歷那必要的考驗與磨練的過程,才能成就
偉大的人生,向那希望的成功與輝煌靠近。

人生小語第 285 首

你給的暗示很明白
你給的建議很實在
不論將來是好是壞
我只照著努力起來
給你個合理的交代

人生小語第 286 首

有人問我，人生最苦是什麼？我說苦只是一種「感受」。苦不會是貧窮，因為貧窮的人只要知足，他會安貧樂道，就不會覺得苦；苦不會是失意，因為失意的人只要想開了重新振作，他也不會覺得苦；苦不會是老，因為老的人，生活經驗豐富，也吃足苦頭，已能苦中作樂，他也不會覺得苦；苦更不是死，因為死了無濟於事，只要能自求多福，他也不會覺得苦。所以人生的苦，我說是難免的。苦的是我們「不知足」；苦的是我們「想不開」；苦的是我們「看不透」；苦的是我們「放不下」；人若能知苦而知足，若能安分守己，就能看得透所有，就不會有什麼苦的感受。

人生小語第 287 首

月亮明淨透澈，陪伴著群星的燦爛。
祂似乎也在等待遠方的我們來青睞。
只要心中充滿美好的遐想。
就可以想像出祂美麗的傳說。
你看！在中秋節的夜晚，月亮其實不孤單

（繼續人生小語第 287 首）

只要我們仰頭一望，就可以看出祂美麗的陪伴。

你看！祂正陪伴著我們~闔家團圓的美滿。

人生小語第 288 首

有人問我「愛，恨，情，仇」是什麼？我說個淺見，給大家做個參考。

我們常把愛與情，連在一起，因為愛久了自然會生情，有了感情的加持，那愛才能長久。

而恨與仇也是一體的，因為「恨之入骨」，當然最後會結仇。

也就是說，由愛可以生情；由愛也可以生恨，由恨再進一步結仇。

所以不論是愛還是恨，都跟情仇有關。

為此當愛一個人，又愛不到的時候，或曾吃過對方的虧，受過對方的傷害，便會轉用「恨」的方式來發洩。變成一種報復的舉動。

所以我們平常要避免強烈的爭吵，才不會產生憤怒的怨恨，而讓自己有這種負面情緒的發生

其實「恨」也於事無補，但或許透過暫時的發洩。才能解脫，但恨卻是種調節內心的下策，最好也別用。因為雙方都會受到傷害。

人生小語第 291 首

這世界上的人有好有壞，好的人會幫助你的一切，不好的人會扯你後腿。

（繼續人生小語第 291 首）

但我們也要注意，有些人會見不得別人的好，會忌妒和造謠的說人是非。

他們的內心，充滿了可怕的黑暗和變態。

但在現實社會的今天，證據可是會說話的，事實也勝於雄辯。

所以一切的「流言蜚語」，很快就可以真相大白的水落石出，謠言也會不攻自破的止於智者。

為此造謠的人，他們非但不能改變我們的命運和前途，還會因此惡劣的行為，受人唾棄。

所以我們做人，就要實實在在，不要忌妒別人的好，也不要造謠讓別人受傷害，才能給自己良心一個善良交代。

人生小語第 292 首

人生的遭遇，不論是障礙或順利，都應堅強的走下去，也要好好感謝那遭遇的磨練。

因為只有遭遇障礙時，才能進一步發現危機；才能在順利時，感受到安逸。這些都能幫我們把理想變成實際。

進而突破所有困境，走出變化多端的格局，取得勝利。

人生小語第 293 首

沒有紅塵中的徘徊，又怎會和你相遇。這緣分很奇妙，也很神奇，有的人會變成你的朋友，閨蜜，親人甚至是愛人，也有的千里迢迢來看你，卻只是與你擦肩，甚至招呼連都沒來得回應，就已遠離。為此一生中，不管誰靠近你，都是有緣，一切的安排都是冥冥之中的注定，當且行且珍惜。

人生小語第 294 首

人的一生，總有些過程（如生，老，病，死）是無法避免
的結果，（它是種自然現象），只有坦然面對，才能灑脫。
就讓它伴著我們，隨著時間慢慢的走，才能領悟它「因果」
的真諦，了解生命的美好，珍惜生命的可貴。

雖然這些經歷，只能自己過，也無人能代替。但其中摻雜
了「喜怒哀樂」和「酸甜苦辣」的滋味。可以使你開心或
難過，令你的貧窮或富有。讓生命有了感動。

為此沒回頭的結果，只能向前，沒有重來的機會，當好好
的活著，才能為自己的生命負責。

所以不管現在是堅強或懦弱，記得別跟自己過不去。先學
會珍惜學會把握，才能活出一個有意義的人生。

人生小語第 295 首

人與人相處，常會有摩擦或不愉快的可能發生；即使再熟
悉的朋友，也可能有意見不合的時候；所以吵架的方式各
有不同；因此吵架也需要學習，學習怎麼吵才會吵得「好」，
吵得「妙」，吵到雙方都「滿意」了。

如果吵一吵之後，造成感情破裂，變成敵人，那可就大事
不妙了。為此最好的吵架~可不是胡鬧啊，要注意的重點一
樣也不能少！

以下是我個人，對於吵架經驗的淺見，因為我並非吵架高
手，也無法舌戰群儒，所以只能提供一些簡單意見給大家
參考~1.不要傷了和氣，2.不可胡鬧，3.話不能說得太絕，
4.不能口出惡言，5.不可動手施暴，6.不可牽扯其他無關
的事情，7.要就事論事的來溝通……還有很多，族繁不及

（繼續人生小語第 295 首）

備載。

還有一點觀念要溝通，就是：多吵不如少吵，少吵不如不吵，不吵不如冷戰，冷戰不如冷漠，冷漠不如冷淡，冷淡不如君子之交淡如水。

人生小語第 *296* 首

一個愛上你的人，會時刻對你牽掛，會緊張你的一切，會在意你的所有；每天為你著想；像冬季裡的太陽，使你感受到熱情的溫暖。

當你不開心的時候，會帶你輕鬆的散步，當你身體不舒服的時候，會專心的陪在你左右，無微不至的細心照顧，直到你好轉。

人生小語第 *297* 首

每個人每一天，都會有些事情要處理，而解決問題的方法有很多，吵架就是其中一種。也是最另類的一種。

那問題的起因是什麼？又為什麼會吵了起來呢？很多人莫名其妙，也不知道怎麼發生，竟然會連一點小事，吵了起來。我想或許是有一方先失去了理智，然後另一方也跟著失去冷靜的附和起來。

我認為吵架最終的目的，是要有效的解決問題和紛爭；所以要先學會理智和耐心來傾聽和溝通，才能表達不同的意見和情緒。

因此吵架要先理智，不然就變成了胡鬧，會贏了吵架輸了感情。

人生小語第 298 首

感覺愛是一個人是這樣的親密,不愛一個人又是那樣的冷淡;感情的事情很奇妙,或許讓人有迷惑的困擾。

因此有人會懷疑,那心中的愛還在不在?如果不在,那原來的愛,為什麼還會在腦海?我想如果在,那也許是還沒有成熟的愛吧!

因為真正的感情,是經得起任何的考驗,是不會被懷疑的實在,是無法被拆散和破壞的愛

所以曾經擁有的愛,就該坦誠的面對,不能再放縱自己,在過程中冷淡的對待。

人生小語第 299 首

遇到「不公不義」怎麼處理(1/2 篇)

人的一生中,偶爾會遇到一些「不公不義」的事情。

有時候連你自己也沒料想到,會有這種荒唐的差別待遇發生;但是只要我們先學會「冷靜」下來,就不會有「意氣用事」的紛爭。

因為只有「冷靜」下來的「考慮和分析」,才能了解那問題出在那裡,才能再進一步的解釋問題的「正義」。

所以只要遇到這種「不公不義」的問題,就先別忙著生氣好嗎?讓我們先用「和緩的語氣」,和他們「好好溝通」吧,切不可「興師問罪」的「責怪」他們到底。

這樣才能了解我們的「認知」,跟他們的「做為」有什麼樣的「差距」,和所謂「公平正義」和「是非對錯」在那裡,然後再進一步協調和溝通,才不會「白忙一場」的又沒有意義。

人生小語第 300 首

遇到「不公不義」怎麼處理（2/2 篇）

所謂努力捍衛「公平」，彰顯「正義」，就是感覺自己明明有「守法」也沒違規，卻被無故的打壓和無理的剝奪權利，這時就須馬上反應，透過和多方的討論，來明白是誰在不公？誰在不義？

雖然遇到了「不公不義」的差別待遇，會讓我們很難過很傷心，也很不服氣；但是我們如果像他們一樣的「不講理」也「不守法」這個世界還有「公平正義」可言嗎？

所以我們只有堅持「公平正義」，並守法守規，適時的挺身而出維持「公平正義」，盡力的去做好自己，就可以了。

就把那些「不公不義」的待遇，當作是一種另類的「警惕」吧！。相信「公道」自在人心的。

相信有一天那些「不公不義」的人們，終將會遭到所有人唾棄，因為他們違背了天理，是「自作孽不可活」的。

想開一點吧！就把那些的「不公不義」的人們，當作是「永遠警惕」吧！只要我們能「擇其不善而改之」，這何嘗不是一個另類的「經歷」。

人生小語第 301 首

胡適先生說：「要怎麼收穫，先那麼栽」。意思是說：「想要有什麼樣的結果，就要先付出什麼樣的努力。」

所以無論怎樣的耕耘，若要有一定的結果，就要先去耕耘，去播種，才能在肥的沃土上長出莊稼。

為此我們就該盡心盡力的去打拼；在勤勞的耕耘裡，去感受風雨飄搖的考驗；在滿足的生活中去領悟人生的真諦，

（繼續人生小語第 301 首）
才能有「一分耕耘，一分收穫」的豐碩的成果。

人生小語第 302 首

美麗的愛情，總是被人想像得甜蜜浪漫；即使情深緣淺如
此，情淺緣深也是如此。
因此有人以為，只要愛得兩情相悅，就能來日方長。
但也有人覺的，只在乎曾經擁有，不在乎天長地久。
而我個人認為，先不管緣深緣淺的問題，只要能珍惜和把
握這當下，就能愛得轟轟烈烈，愛得細水長流，也能甜蜜
浪漫的擁有。

人生小語第 303 首

人的一生中只有「捨得」與「付出」才能得到真正的「幸
福」。祂會讓所有苦樂，變得「自信和瀟灑」，所有成敗，
變得「自在和灑脫」。因為很多人只懂得付出，但不求回報。
這並不是因為他們只會「傻傻的付出」，只是他們已學會了
「捨得」，所以才沒有計較那麼多。
所以「付出」是一種「快樂」，是一種能力的發揮，會讓有
錢的人出錢，有出力的人出力，得到助人為樂的因果回報。

人生小語第 304 首

午安用餐愉快，心情愉快！
有人說：「不要為了追求滿足，而忘了知足」。你說是嗎？
今天你滿足了沒有？如果不滿足就要好好的努力，但要記

（繼續人生小語第 304 首）

得量力而為，也不強求喔！還有最重要的一點，要記得知足才會常樂喔！

人生小語第 305 首

有些人關心您的生活，您會過得更快樂，有些人離開了您的生活，是為了讓您更獨立更有自信，只有讓自己走出去看這世界的美好，才能有屬於自己精彩的前途。

人生小語第 306 首

別學會「真正的偷懶」（1/2 篇）

想「成功」的人就別學會「真正的偷懶」，因為想「真正偷懶」的人，不一定會「成功」。這不是說「偷懶不好」，要看它用在什麼地方。

例如說：有人因為想「研究發明」，來改變全世界；就「借用偷懶的名詞」一用。

這時「偷懶的意思」，就有必要再做「另外一種的解釋」；因為他想要更實用的省去一些「不必要的步驟」。而「偷懶一下」。

所以他反而「更勤勞更努力」的去研究和發明，最後成功的發明了，更簡便實用的高科技產品，貢獻了人類。

所以「他的偷懶」便不是「真正的偷懶」

我這樣講大家懂了嗎？

是因為他想把「不必要的落後改善」，所以「藉用一下偷懶的名詞」一用，來努力研究而已，所以並「不是真正的偷懶」。

（繼續人生小語第306首）

而「真正的偷懶」還有第二篇繼續解釋……請等謝謝！

人生小語第 307 首

別學會「真正的偷懶」（2/2 篇）

有的人的「偷懶」是「真正的偷懶」；因為他天生「好逸惡勞」，喜歡「坐享其成」，總想「一步登天」且常常「好高騖遠」。總怕自己太辛苦而找理由來輕鬆。

還有他平時也「懶惰成性」，經常「偷雞摸魚」的找藉口；遇到些困難就退縮藉機「偷懶」，造成事情的嚴重的落後，使得他的生活最後「一蹶不振」，甚至被淘汰得「走投無路」，他這裡的「偷懶」才是「真正的偷懶」。

我們這裡說的「偷懶」就是「真正的偷懶」；所以我們要多多認識勤勞的可貴，才能了解「偷懶是不可取的」。

古人說：「勤有功，戲無益」，就是在說明人要「精進不懈怠」；只有「勤奮」而「不偷懶」，才不會「安於現狀」；才會想去追求，更高品質的生活或者工作；也願意付出更多時間和努力來改善現在的處境。

人生小語第 308 首

每個人都很努力的，在追求幸福和理想；這當然是好事。只要想法對了，方向對了就值得肯定。

但並不是每個人，都很幸運的一帆風順；其中會有些意外的發生，也會有不如預期的結果。

為此，只要有好的方向和理想，能依照好的計劃來進行，就會感到踏實。

（繼續人生小語第 308 首）

雖然其中，會有些計劃趕不上變化，而讓原本簡單的事情，變得不順利，但只要能把握住每個當下，做好每一個該做的步驟，就算沒能達成預期的目標，還是會收穫許多美好的成果。

人生小語第 309 首

感情的世界難分難捨，不要以「分手」來當藉口；就想減輕痛苦和憂愁；因為有的分手，才是痛苦的開始，不會有好的結果。

所以發生了事情，就要先想想還有沒有轉圜的餘地；如果還有機會的話，那就不要再錯過。

只有先冷靜下來，才能協調出更多的認同；決不可逞一時之快的惡言相向，造成彼此的二度傷害。

為此只有更「理智」的來面對，才能減少更多的差錯。

人生小語第 310 首

感情的世界起起伏伏，會經歷許多高低谷；有的人會隨著突然的轉變；心情大受影響。其實只要想得透看得開，凡事多包容也別太計較，很快就能適應其中的生活。

感情的世界，誰不想相親相愛的永浴愛河到白頭偕老；為此感情要兩個人一起努力，一起珍惜和守護，才能走到那，感情就好到那。也能幸福快樂的長長久久。

人生小語第 311 首

人生只要有幾分完美就已足夠，也能慶幸的了無遺憾；因為所有人生下來就不完美，況且這世上還沒出現過有十全十美的完人。

所以我們不必強求自己，去收穫那十全十美的結果。

為此只要發現自己做錯了，就要馬上的反省和改過，學習聖人的「吾日三省吾身」，千萬不能一錯再錯的不知回頭。

如果事情錯得離譜，暫時得不到別人的諒解，也不要傷心難過，因為只有自己先原諒自己，給自己不斷的加油和打氣，才能禁得起風雨的洗禮和磨難，培養出的更美好的品德。

人生小語第 312 首

這一路走來，我們都經歷了許多的風風雨雨，也有過那美好的生活和努力。

現在才懂得原來努力，是需要不斷追求進步，才能回歸到現實的層面中，去了解狀況和面對挑戰，進而做出更正確的規劃。

所以未來是需要詳細計劃的，不是隨便就可以決定。

雖然我們無法選擇「先天和出生」的環境，但還是可以透過努力，來決定以後的方向，該怎麼努力和前進。

人生小語第 313 首

成功的時候要不斷發光發熱，
失敗的時候要懂得重新振作，

（繼續人生小語第 313 首）
成敗不足以論英雄誰能灑脫？
須正視人生目標為理想而活，
時間匆匆轉眼就過誰能把握？
只有多付出才有更多的收穫。

人生小語第 314 首

有人說：「一樣米養百樣人」簡單的說是：「一種米，可以養活許多種（超過成千上萬）的人」
但更深入的衍生意思是：「雖然吃的是同樣的一種米，卻可以孕育出來許多，不同思想，個性，的人」
這也就讓我們了解了，一樣都是人，卻有著不同的差異；而這些差異還為數不少。
雖然我們有著相同的文化和背景，但不一定會有一樣的思想和邏輯。
所以人的差異，其實是思想和心態的不同而已。
為此思考的方式，來自年齡和性別的不同，就有不同的表現，使得原來接觸到的事，和聽到的話，會有不一樣的反應。才能成長了今天我們不一樣的見識。
有些事我們會考慮到，而對方沒有想到的時候，這時就需跟他們好好的溝通，達成滿意的協調；才不會有強人所難的情況發生。
如果能多替對方著想，就有兩全其美的好處，又何樂而不為呢？如果對大家都有好處，這「一樣米的善果」，就可以奉獻出更多的「善因」，達成「良性的因果循環」，對大家都有好處，你說是嗎？

人生小語第 315 首

人只要懂得「感恩」就有「幸福」和「快樂」。因為只要內心充滿「真誠」與「恭敬」，就有「法喜」的善因，而「幸福」也會跟著「開花結果」。

因此人只要能對外在的一切充滿「愛心」，就有感恩的心情，而會將人生視為一種，「先耕耘後收穫」的努力過程；收穫也會超乎我們的想像。

如果我們想過得「快樂」，獲得「幸福」，那就要先學會「感恩」，因為「感恩」讓我們懂得如何來「奉獻愛心」。

人生小語第 316 首

有人說：「人生沒有永遠平坦的道路」。

是說人生的道路上，不可能永遠都是那麼順暢的；多少會有一些曲折和坎坷，這是大家都需面對和接受的問題。

而有人也會問，如果都沒走錯，就能一生幸福快樂嗎？我說這跟對錯沒有關係，或許走對也會有挫折；因為那挫折終究會出現，只有理智的面對，堅持地走過，才會有順利的快樂。

人生小語第 317 首

如果你還有夢，你會怎麼做呢？

夢想逝去的能重來？夢想一切能重頭？

時間無法停留，我們也沒有悲觀的條件：

就讓一半在希望裡度過，一半在考驗中完整，

一半在努力中追求，一半學習中把握，

（繼續人生小語第 317 首）
要非常認真，非常堅持，從不低頭，也不退縮。

人生小語第 318 首

命好不怕運來磨？逆境更適合成長？

其實無論命好或逆境，都是需要自求多福的。

因為「積善之家必有餘慶，積惡之家必有餘殃」，所以福報是自己努力得來的，不是靠求神拜佛求來的。

為此我們不必羨慕別人有多少的「福報」，想要有多少的「福報」，就要多去「付出」不求福報福報「自來」。

所謂：「種善因得善果」，「福禍無門惟人自召」就是我們要領悟的道理。才能有幸福的人生。

人生小語第 319 首

有人說：「人生如棋」，意思是說：「人生就像下棋一樣，每一步都得小心的走，才不會錯了一步就落得滿盤皆輸的結局。」

這當然是個比喻，只代表了人生的一部分，而不是全面都適用的。

其實人生有很多地方，走錯了是可以重來的。

並不像下棋一樣，走錯了就滿盤皆輸的。

這句話的用心，是在提醒我們凡事要小心；要步步為營的，才不會輸得無法翻身。

很多人依然可以東山再起的，因為他們以「失敗為教訓」，再檢討和反省，然後決定下一步該如何重新出發。

所以失敗，能幫助我們有美好的未來。

（繼續人生小語第 319 首）
雖然人生有很多機會，可以回頭是岸，不會像下棋一樣一盤就定輸贏，但還是需認清前方的路，同時把握住機會，才能向正確方向前進。

人生小語第 320 首

懂得精彩的人，無論是漂亮或難看，偉大或平凡，都會懂得欣賞自己。
雖然活得好的時候是精彩，生活也能快樂和幸福；但在過得不好的時候，也別遺憾，就當作是一種過程和經歷，只要能想開一點，保持一種平常的心態，就能美滿。
因為他們在平常就很努力，所以能過著幸福的生活。
只要不斷的堅持下去，勇於承擔責任，才能衝破難關，才有最美麗的人生。

人生小語第 321 首

有人說「時間就是生命」，我認為這只是一句比喻的說法。
因為生命需要時間才能存活，可時間不需要生命就能繼續。
如果按照邏輯學來推論，兩相比較，就會沒有對等的數學程式。
人可以利用時間和節省時間，使得事情更有效率的達到「事半功倍」的效果
人也可以浪費時間和廢棄時間，但會使得事情「事倍功半」的被拖延，造成無法預期後果。
所以雖然時間很趕，但我們還是不能很著急的，生命需要時間，浪費的時間就是浪費生命，這句話沒錯。

（繼續人生小語第 321 首）

但是很多事情，需要長時間的耐心，持之以恆的堅持和努力才能達到一定的效益，不是短時間就能看得出來的。

「欲速則不達」就是在說明時間雖然寶貴，但是我們不得憑著一時的衝動，而盲目的作為。

只要有耐心，有目標，有計畫的把握和珍惜時間，就能盡人事聽天命了。

因為很多事情是需要「天時，地利，人和」不是只憑著我們有夢想就能完成的。

時間雖然寶貴，健康也很寶貴，不要有了時間沒有了健康。

人生小語第 322 首

人的一生有成功和失敗，成功不必得意，失敗也不必失意。

只要在條件好和能力強的時候，保持堅定的意志和戰鬥力，就能有成功的機會。

為此懷抱夢想和希望，盡心盡力的去開創，就可以達到想要的勝利！

人生小語第 323 首

一個能看透你的人很不容易，是敵是友在於你自己智慧的判斷。

所以「沒有永遠的敵人，也沒有永遠的朋友」

想要成為真正的朋友，是必需相互體諒和相互尊重，就算意見不同，也可以溝通和包容的。不會因此產生芥蒂。

或許他可能跟你感情很好，也可能跟你感情不好，所以他才能從中了解你。

（繼續人生小語第 323 首）

如果他了解你是因為你的誠實，代表他信任你。

如果他了解你是因為你的欺騙，代表他否定你。

因此他可以根據你的言行，就可以判斷出你的一切方向來幫助你。

這種緣分得來不易，如果能好好珍惜，他會助你一臂之力，如果壞了關係，也會造成你致命的一擊。

所以只有「知己知彼」才能百戰百勝，重點是要化敵為友，才能融洽共處，兩相得利。

人生小語第 324 首

生命在於內在的充實，不在於外在的炫耀，當我們擁有內在的修養時，便不怕外在的影響。

人生小語第 325 首

「見仁見智」這句成語，相信大家早已耳熟能詳的認同。它代表了最好意見的發表和溝通。

它的完整句子出自〈周易‧系辭上篇〉如下：「仁者見之謂之仁，智者見之謂之智。」。

簡單的意思是說，每個人的立場和角度不同，

對同一個問題，當然會有不同「見仁見智」的看法。

於是有智慧的人，會看到智慧的光芒，會說出智慧的完善。

有仁慈之心的人，會看到仁義的道德，會說出仁義的忠言。

雖然沒有對錯與得失的問題，但我們也不用害怕因此會說錯了什麼；即使說錯，也不必在意別人的質疑。

（繼續人生小語第 325 首）

人生本來就有表達的空間，如果不滿意，下次改善。重點要能理智的表達出誠意，別讓自己不好的情緒，影響到觀點的客觀，這樣才能真正「見仁見智」的提供好意見。而不是造成爭執不下的質疑。

人生小語第 326 首～1/3

看過「莎士比亞」的一句名言，想讓大家來做參考，可以讓我們多了解些「人生的真諦」，掌握「恰到好處」的人生。「他」的名言如下：「人生苦短，若虛度年華，則短暫的人生就太長了」。

我的拙見是：先不管人生是苦是短，只要我們能努力的用心，真心的付出，盡心的做人和做事，就能無愧於心，也不會再有「虛度的年華」了。

為此在得志的時候，當「澤加於民」，勤於「行功立德」，才能「顯揚於世人」和造福人群。

在不得志的時候，則需「修身見於世」，如天上的星星，雖只散發出微微的光芒，卻能閃爍一點希望，也讓人有印象深刻的美好。

人生小語第 327 首～2/3

我認為「人生苦短」這不是句感嘆，它是要我們好好珍惜有限的生命，好好的發揮專長，才不會有「虛度」的時間。當然要過得好，是需要好好的努力，才有幸運的福報；而過得不好並非我們「沒有盡力」，也不是我們的「無能」的表現，就當是一種人生過程的歷練，因為「人生本無常」，

（繼續人生小語第 327 首~2/3 首）

只有「盡人事而聽天命」才是「自然之道」。

凡事都會有「因果循環」的果報，種瓜會得瓜，種豆會得豆，只要我們勤於耕耘，就不會空無一物的白忙，也會有美好的豐收。

人生小語第 328 首~3/3

人的壽命有長有短，就看如何來努力和發揮。

喜歡努力的人，時間才有意義；而喜歡不勞而獲和整天遊手好閒的人，就會虛度了人生，最終一事無成。

「人生苦短」這句成語中的「苦」字並非形容是苦悶和痛苦的意思；而是「感嘆」人生過於「短暫」。

那為什麼，我們會有「人生苦短」的感嘆呢？

就找一個比喻來說明比較清楚如下：

例如在「努力」的過程中，如果沒有好好的計劃和掌握好方法，就會有「措手不及」的狀況發生；造成許多機會和時間的流失；等我們有所反應和領悟的時候，才恍然大悟的遺憾，為什麼當初會有疏失和不當，所以感嘆了「人生苦短」。

想要有「無怨無悔」的人生，確實需要我們用心的來努力。如果我們發現了有什麼狀況，會讓我們有終生的遺憾；就要馬上選擇另一種方向來前進，並改變好心態，才能有效的利用時間，走上希望的人生大道。

人生小語第 329 首

放下忙碌，放下牽掛，不管有事沒事，先開心用餐，不管

（繼續人生小語第 329 首）
身在何處先照顧好自己，就是給自己最大的幸福，願你的
工作天天順利，心情常常開心。

人生小語第 330 首

有些人天天忙碌於工作，為前途不停的奮鬥。
有時很久也沒能出外散散心。
假如他們能安排好時間，和家人朋友一起出外走走，品嘗
各種美食，欣賞美麗的自然風光，看看路上過客匆匆，聽
聽街頭人來人往的熱鬧也不錯。
有人說：「只要心中有風景，就會有許多美好的奇觀」。但
是每個人欣賞的角度不同，自然會遐想出許多不一樣的浪
漫。所以我們只要能懷著歡喜的心去欣賞，就會發現原來
風景的美好。

人生小語第 331 首

「坐而言，不如起而行」，這句「名言」是出自古代中國《周
禮‧冬官考工記》中第六文：「坐而論道，謂之王公；作而
行之，謂之士大夫」的意思延伸。
它是一句勸人，要落實行動的道理。
大意是說：凡事不能只顧坐著，空談各項理論，要能有實
際的行動，才會有好結果。
為此我們平常就該多了解，各種做人做事的道理，並要「知
行合一」的去付諸行動，才能有成功的好結果。
所以我們無論在說話，做人和做事方面，都要能有「表裡
如一」的好作風，才能有實際的好作為。

人生小語第 332 首

我們常為了自己主觀的想法，而疏忽了對人，事的客觀分析，因此就很難有好的結論。

如果能在問題發生的前後，徹底來想清楚，那麼就容易接受別人的看法和建議，也不會我行我素的不識時務造成了損失。

想想發生的是什麼問題，不要把簡單的事情，想成複雜的困擾。

想想為什麼只憑三兩句不合，就失去理智的吵了起來？

我們要了解爭吵的原因是為了什麼，如果用吵架的方法，能解決真正問題嗎？。

我想會吵起來的話，那已不是單純的事情了，因為很少有人能用吵架，來吵出道理的。

而在吵的過程中，也很容易出現互不相讓的爭執。

變成你一言我一句的唇槍舌戰，變成話不投機半句多的尷尬情形，變成你不讓他，他也不讓你的攤牌後果。

到了最後問題早已偏離了事實的公正，像公說公有理，婆說婆有理的讓在旁的人很難加以勸說，變成不知是聽誰的好，不知該說什麼了。

我們不能為了賭一口氣，就口不擇言的說出狠話，連惡毒的招數也跟著使出來。

那不好的口氣，會讓我們說出去的話，像潑出去的水一樣，最後無法收拾！等冷靜下來的時候，才後悔不已。

因此吵架能避免就避免，能不生氣就不生氣，

能少說話就少說話，才不會言多必失。

千萬要記得不能說話來刺激對方，要保持冷靜，客觀和理智的心態，才能有好的結局。

人生小語第 333 首

每一個人都希望被鼓勵，因為鼓勵能帶給人希望和勇氣。
但有一點我們要注意，不能全部依靠別人的鼓勵和掌聲，
才來繼續。
也要懂得適時的給自己加油，才不會陷入有人肯定時，才
再進步的迷失中。
如果一直在乎別人的看法，沒有實際努力，只是在炫耀自
己的虛榮，沒有積極活出自己的理想，像被別人牽著鼻子
走，成為別人眼中小丑的角色。
我們可以在自助而後人助中，學會堅強，在沒有人幫的時
候學會獨立。
所以我們要對自己有信心，有了自信才能有堅強的毅力，
有了信心才有獨立的勇氣。
才能達到理想的目標，成為有作為的人。
給自己鼓勵很容易，不要太在意別人是否給你鼓勵。
因為只有靠自己的努力，才是過幸福生活最實際和最積極
的方法。

人生小語第 334 首

當我們徘徊在人生的十字路口，會出現許多希望的遠景，
也會面臨各種各樣的選擇。
在不知道該往那裡走的時候，就多想想自己目的是什麼？
多想想該怎麼往前走，才能走得更順暢。
重要的是，要能走得安全走得正確，知道自己要的是什麼，
不能只跟隨著，別人腳步來走，
才能充滿希望的，走向幸福和成功的大道。

人生小語第 335 首

走在大街上，看著霓紅燈閃閃爍爍，有時會叫人眼花撩亂，也會對它的美麗產生迷惑，

這時感到迷惑也錯了方向，就要及時的改變，換另一條路來走，才不會一錯再錯的迷失了自我。人生本來就有對有錯，錯了就要及時回頭和重新做選擇。只要知錯能改，就有機會成功。

看著前方道路，崎嶇和坎坷的充滿阻礙，這時我們要有勇氣和信心的往前走，即使困難重重，也要全力來拼搏，勇敢的度過。

只有堅忍不拔的毅力，才有人生美好的道路。

人生小語第 336 首

人生有很多徬徨的路口，每個人都不想糊塗的走錯，不想白白的再度受折磨。

那麼就用心的選擇好方向，做一個好采頭的開始，打造一條屬於自己的理想道路前進，作為成功的目標，為此選擇做出實際的努力，對自己的決定，用心的走，才能順利通過那許多迷惘的路口。

人生小語第 337 首

人到世間是為了什麼？是來還債，報恩，享樂，受苦，造孽，行善，作惡，修道？有很多的說法，眾說紛紜，且見仁見智，但各有見解精闢之道。就在於我們如何的去領悟和感受。

（繼續人生小語第 337 首）

我記得聖人「孔子」說過：「未知生，焉知死」，又說：「朝聞道，夕死可矣」這兩句話道理很淺顯，但卻遭到很多人的誤解。

這不是說「孔子」不知道「生死的大事」，他是回答了「子路」的請教他問題，因為「子路」不知道「生」的意義，又怎麼會了解到「死」的神祕。這只是其中的片段，我們不能斷章取義的去誤解。應該了解更多的內容，才能有正確的依據。

據我的了解，當時「孔子」的回答「子路」的意思~如下：「你連『生』的事情都不知道了，又怎能了解『死』的神祕。」換句話的意思是：「活著的問題要先明白清楚，才能進一步領悟死亡問題。」

所以今生我們有幸為人，就是一種「福報」要，能「頂天立」地的「樂知天命」，才能領悟「人生之道」的真諦。才能知道，人到世間是為了什麼。

就是所謂聖人「孔子」所說「朝聞道，夕死可矣」的意義。這不是說只要領悟了「道」就可以馬上去死的意思。

是要我們好好的活著，去把「道」發揚光大，人生才會有意義。

就像道德經所說的：「人法地，地法天，天法道，道法自然。」是一樣的意思。

人生小語第 338 首

有人問我「江郎才盡」的問題，我說這只是一個「歷史故事」的成語。可以把它的意義，比喻做沒有「靈感」也無法「創新」的「腸枯思竭」，因而有寫不出好文章，或想不

覃合理
小語

（繼續人生小語第 338 首）

出好創意的「窘境」。

這個的故事內容大概如下：在「古代」「中國南北朝」，有一個叫「江淹」的年輕人；他小時家裡就很貧窮，可是他卻很勤奮好學，認真的看了很多書，因此有良好的文化修養，能知書達禮，和善鄉鄰，也能「以文載道」地寫一手的好文章。

後來經過他不斷努力上進，才做上了大官，在文壇上也頗具盛名。大家都很欣賞他的為人和才華，於是就尊稱他為「江郎」。

但是到了晚年，他再寫不出好文章；讓文章變得平淡無奇，詩詞方面也無佳句。又因為年紀的關係，辭官返鄉。有一天他在睡夢中，夢見有一個人，來向他索討「寄放」在他那裡的「文筆」，而那個人據說是「東晉」的文學家「郭璞」先生。他在夢中還了「郭璞」先生「文筆」之後，就自覺「腸枯思竭」，沒有了「靈感」和能力，寫出更好的好文章和詩詞；那時候就有人說他在年輕的時，有很好的文才且文辭優美出色，但到了晚年，就退步了許多，再也寫不出美妙的文章，說他可能因為「才盡」的關係，所以沒能有好的佳作。

這個故事後來被人簡稱為「江郎才盡」，成為眾所皆知的成語。結尾的故事，告訴我們只要我們盡力而為，即時沒有了能力也無愧於心，不用在意別人的評語，你說是嗎？

人生小語第 339 首

什麼樣的人才會有「江郎才盡」的窘境發生呢？

（繼續人生小語第 339 首）

我覺得這句「成語」，有時會用在我們自己的身上，只要覺得自己退步了，或力不從心的時候，就會有這樣的感受；但這並不代表，我們真的是「才盡」；因為也有可能，只是我們一時謙虛的對外說明而已，或者是給自己內在的一種警惕。

雖然人生的道路，總無法很平坦，會有些崎嶇；也不是每一步都能順利的；但只要擁有堅定的心和「百褶不撓」的信念，一切的美好和希望都將會來臨，也會達到最終的勝利。

為此前進的道路，無論走得好或不好，我們都要來盡力；重要的是不能懦弱和後退，這樣的前途才會有希望和光明；有時候稍微休息一下，也是為了能走更遠的路。

我覺得調整好心情再出發，才能有自信滿滿的堅持和鬥志昂揚的毅力。

我們不要只會懷疑前途的山窮水盡，也有可能會有鋒迴路轉的柳暗花明；只要保持好的心情和心態，每一步都能安心，每一步都能輕鬆自在。

凡事不只須盡心盡力，還要全心全力的投入；不要把「江郎才盡」當作是藉口，要懂得怎樣去突破困境，才能走出一片美好的天地。

我常常因工作忙碌，會覺得時間緊迫而有點苦悶；但是我還是要好好的利用時間，因為多活一天就多賺一天，就多一天的責任，只要我還活著就會盡力，我覺得這樣的人生才有意義。

覃合理
小語

人生小語第 340 首

喜歡上一個人很容易，但要能真正的走在一起，或許不是
想像中的，那麼簡單和順利。

因為喜歡上一個人，或許只是些表面的印象和直覺，若要
相處的好，則要有良好的意見溝通和勤勉的交流互動。

假使交往上了一段時間，幸運的面對愛情，也要有足夠的
勇氣，智慧和堅定的心，才能繼續的走下去。

很多愛情不是想像中那樣美麗的，大家都希望自己遇見的，
是美好的命中註定；是一場兩情相悅的浪漫之旅，但過程
中不能有一廂情願的想法，要能相互的欣賞，彼此多為對
方著想。

我們需要的是兩顆心的相互肯定，不是單方面的苦苦追求。

喜歡一個人不一定要擁有，但愛一個人卻要有承擔責任和
能力，要讓對方感受到幸福。

愛可以是細水長流的，而轟轟烈烈只是一時的過程經歷。

只有對的人，對的愛情，愛才能有繼續的意義。才不會造
成雙方的困擾和遺憾。

人生小語第 341 首

愛是最好情感交流
懂得做自己才自在
懂得珍惜才會幸福
懂得禮貌才會尊重
懂得勇敢才會寬容
懂得自愛才會自重

- 270 -

人生小語第 342 首

人生如大海，有時風平浪靜，有時驚濤駭浪，其間的波瀾起伏不斷，必須有忍一時風平浪靜，退一步海闊天空的胸襟。才不會迷失於其中，而能處之泰然。

有的人經歷了各種風浪，嚐盡了各種心酸，苦常多於樂；但是他們的生活，也因挫折而精彩。

他們是為自己而活，為理想和目標而前往，雖然辛苦但也無怨無悔，只想平靜的追求一份完美，擁有幸福和快樂的希望。

有的人本該煩惱，生活雖不盡理想，但也不會很差，因為他們擁有堅強的信心和毅力，不會逃避任何的困難和挑戰，不會過份的依賴別人，更不會埋怨命運的作弄。

當然計較得少了，快樂就會變得多，把那些不必要的負擔放下，事情就簡單不少，也容易快樂。

誰能把情緒平靜下來，勇敢的掌握方向？只要我們經得起狂風驟雨的摧殘，認清自己的方向，勇於闖關，就一定能有一個充滿光明的遠景。

人生小語第 343 首

大家都知道，「人非草木，熟能無情」這句話的含義，也知道「感情」的難能可貴和重要，只要好好的珍惜和把握，就會有「人情味」的溫馨。

但是要面對現實的「人情冷暖」，誰能無動於衷，誰又能冷眼旁觀的置之不理？

我想，「塵世」的有情眾生「執著」的程度不一，所以會有好，壞的分別和差異；那就看當下的我們如何來思量，在

（繼續人生小語第 343 首）

感情與理智中取捨出好的「常情」，才能見「真章」了。如果「用情不當」，只有徒增雙方的困擾，也會有不好的結局。為此「過猶不及」的建議。就用理智來節制，才不會有麻煩和困擾的情形發生。

人生小語第 344 首

有人問我，「男女感情加減法」的問題，說：「女人的感情，會像加法一樣的遞增；而男人的感情，會像減法一樣的遞減？」。

我認為這問題，問得很好；但這只是種「主觀片面」的說法；如果以「客觀來分析」還是會有許多的變化因素存在的。而女人的愛是「加法」，目前雖沒錯，但男人的愛，也不一定永遠是個「減法」。

因為女人重感情，一旦她愛上了，就不容易來變心；除非愛她的那個人，變心且背叛了她，令他心寒和灰心。否則她只會越愛越深的；但男人如果愛上一個人，可能就會先熱而後冷。

這是什麼原因呢？依我個人的淺見，給大家做個參考；因為男人比較注重事業，要忙的事情也比較多；所以剛開始可能是轟轟烈烈的激情，但到最後還是會細水長流的纏綿下去。就此推論來說，女人最心動的感情，應該是甜蜜和浪漫，而男人最心動的感覺，應該是刺激和新鮮。

但是加法和減法的問題，只要彼此「心中有數」且，謹記「路遙知馬力，日久見人心」的道理，就不會有「一番滋味在心頭」的疑惑，也不會在算多或算少之中，斤斤計較的難以釋懷。你說是嗎？

人生小語第 345 首

人只要活著，就會有希望，就該有意義。
雖然人生有許多的無奈，但是只要能想通，把該放下的放下，就能有美好的開始。
因為能看開，天天都是開心；能看淡，事事都會如意；能重心出發，就能打造美好人生；重點是知足才能隨遇而安；人到那裡，幸福就跟到那裡。

人生小語第 346 之 1 首

有人說：「有借有還再借不難、欠債還錢是天經地義、朋友有通財之義。」這些道理我們都懂，也都親身經歷過。
但是有些人真的欠錢不還？讓被借錢的人心裡受傷。
不還的原因有很多，有的想賴賬，有的不小心忘記，有的能欠多久算多久，有的借了不打算還，雖然說借錢給別人，像雪中送炭，可以幫助別人解決「燃眉之急」；但是說到借錢給別人，每個人心裡都會怕怕的，怕借出去的錢，像潑出去的水一樣「覆水難收」。
所以大家要借錢給別人時要先想清楚，想清楚如果他日後不還要怎麼辦？才不會到時討不回錢，又傷了彼此的和氣。

人生小語第 346 之 2 首

有人說：「借錢時見人心，還錢時識人品。」
相信大家對這句話都會感觸良深才對。
我個人認為，我從來不會向人借錢，也不會借錢給別人，這是我個人對借錢的看法。

（繼續人生小語第 346 之 2 首）

因為早知如此又何必當初，我不借錢給別人，不會因此傷了和氣，但是一旦借錢給別人，它日要不回來，就可能會傷了彼此的和氣；那乾脆一開始就拒絕，但還是可以用別的方法來幫忙的。比如有錢出錢有力出力，我還是可以盡一份心力。不會拒人於千里之外的。

現在借錢的管道很發達，如果真的有需要可以向銀行借。但最好不要去借高利貸，因為借高利貸，你會沒完沒了的還更多倍的錢，根本不划算。如果一時還不了，又會惹禍上身的。

有時候，我不想像「散財童子」一樣的把錢借出去，在收不回時才來懊惱。因為我平時已養成，不向人借錢，不隨便借錢給別人和儲蓄的好習慣，以備我不時之需。

因為我知道：「靠山山會倒，靠人人會跑，只有自己最可靠」的道理，也清楚該怎麼「量力而為」和「行有餘力則以助人」的判斷標準，來作為我處世的準則。所以我寫下這篇文章給大家參考。

人生小語第 347 首

人生有多少的精彩，只要你想要的就去追尋。
生命有多少的希望，只要你能到的就去努力。
活著有多少的意義，只要你明白的就去堅持。
心靈有多少的法喜，只要你領悟的就去度人。
活著一天就多賺一天，你還有什麼好顧慮的。

人生小語第 348 之 1 首

感情這回事很簡單，不是有的人說了就算，想愛就不要怕受傷害。

有人說：「愛人是痛苦的，被愛是幸福的。」

我說，愛人是主動？那被愛的人就是被動嗎？

相信大家都明白，愛是雙方面的你情我願。

如果有一方面不接受不認同，這個愛就不能成立，就不是所謂的愛了。

所以愛一個人，不會是一廂情願，如果只是一廂情願的話，那當然會痛苦且不安的患得患失。

當被愛的人面對愛他的人，感覺不到心動，反倒覺得是一種負擔，像被一個不對的人糾纏著。

那他所付出的一切，一定不是你想要的，他也不希望他繼續這麼做。感覺要接受也不是，要拒絕也不能，有種又期待又怕受傷害的心態，心怕對方越陷越深，只有暫時的冷漠以待

人生小語第 348 之 2 首

愛沒有道理可言，外人也沒辦法分個是非對錯，這不是說，愛都不用講道理。

是說愛需在道德規範下，才能有進一步感情的昇華和交流。

所以愛這回事很簡單，它是兩情相悅的相愛，不單只是愛人和被愛的問題而已。

只有相愛才能圓滿，只有相愛才是真愛，而兩人在一起有感情的才叫真愛。

因此沒有必要去愛一個不對的人，或對方不認同你的人。

（繼續人生小語第 348 之 2 首）

也沒有必要去接受一個你不欣賞，或不能和你真正在一起的人。

我們絕不能被裹著糖衣的苦藥所誘惑，也不能心猿意馬的想入非非，從一開始就要有點理智，不要被愛沖昏了頭。

因為怕到時候會有，愛不成，放不開，又忘不了的窘境。

對於那些不該愛的，不能愛的，或愛不了的人，就不要去愛他了吧，早點想開，才不會天天的想不開；讓愛變成是你痛苦的負擔。

人生小語第 349 之 1 首

每個人都有希望，希望過得平安和幸福，也會努力去實踐自己的理想，來達到生活的快樂和滿足。

但世事往往變幻無常，讓不如意的也「十常八九」的發生。而現實生活，總不如預期中那麼的美滿；所以只有懂得知足的人才會幸福。

為此樂觀的人，會以那剩餘的「十分之一」，做為支撐，做為積極上進的動力，來突破更多的阻礙。

人生小語第 349 之 2 首

聽過「福無雙至，禍不單行」這句名言，覺得很簡單，但能領悟和實踐，作為人生警惕的人並不多。

有些人太平日子過多了，會以為只要得過且過，健健康康，平平安安和快快樂樂，就好。

誤把眼前的福分，視為理所當然的事，這會缺少居安思的危機意識。也無法早一步來未雨綢繆，讓「大難」來時，

（繼續人生小語第 349 之 2 首）

不知何以「趨吉避凶」。

所以我們想要過健康，平安和快樂的生活。就要時時記得「無雙至禍不單行」這句名言的警告。

人生小語第 350 之 1 首

大家都說了：「慾望是個無底洞，人的慾望越多，煩惱也就越多，要清心才能寡慾，要知足才能常樂。」

那為什麼大部分的人，都對慾望的評論不好呢？

我想他們可能是，不想做「慾望的奴隸」，或是他們已「修身」到達「完美境界」了，所以才不想那麼多「慾望」來羈絆。

慾望有好的也有不好的，好的慾望，會讓人以正確的思想來努力，達到合理的目標，也會讓人生更有意義；而不好的慾望，則會讓人有執迷不悟的禍根，甚至做出非法害人的事來。

所以慾望的好壞。在於人心的善良與否。

為此從心做起，才是解決之道，讓克制慾望不等於是禁慾。解決的方法很簡單，就是不強迫自己要隨時隨地的，來克制任何慾望，而只是要求自己在「合情合理」的情況下，去克制那些不好的慾望而已，所以我們只要能保持，理智和善良的心去行動，那就沒有什麼問題了。

人生小語第 350 之 2 首

都說了：「不要讓慾望過度的膨脹，也不要無止境的放縱。」

因為縱慾的結果，沒有一個好下場。

（繼續人生小語第 350 之 2 首）

其實「慾望」本身沒什麼問題，也不會壞事的。

關鍵是，我們要能掌握和調整，要為慾望設個底線，不要讓它超過太多，因為超過了會自尋煩惱，也會有貪得無厭的無底洞。

因此，如果慾望克制得好，可以讓我們突破任何的難關，也可以讓我們有進步的動力走向成功，為人生帶來幸福和滿足。

人活著就有希望，有希望就會有慾望；它們「形影相隨」且「相輔相成」；但是記得不能讓它太超過。

如果沒有了生存的慾望，那生活就像一灘死水，像沒有了活力一樣，會消極沉淪下去。

那我們該怎樣來調整它才好呢？我想能「知足」、「量力而為」、「不強求」和「順其自然」會是一些「最好的參考」。

人生小語第 351 之 1 首

有些話說得很好，但重點要能說到做到，才不會有「光說不練」和信口開河的誇大。

為此我們平常，就要多說好話和多做好事；才能有機會和好的人在一起，共同完善道德情操，和提高知識水平，也能進一步的共創好美人生。

但是大家都想跟好的人在一起，那誰要跟壞的人在一起呢？

我想答案很簡單，就以「物以類聚」和「志同道合」兩句好話，來做為我們的參考。

所謂「近朱者赤近墨者黑」就這句話的意思，會有以下兩種情形發生如下：

（繼續人生小語第 351 之 1 首）

1. 和「勤奮」的人在一起，一定會受好的影響，也會變得比較勤勞。

2. 但是和「消極」的人在一起，容易在不知不覺中失落了夢想，漸漸變得意志消沉，也沒有活力。

人生人語第 351 之 2 首

為此好事多磨，就要想開一點，萬事不必太在意，只要「盡心盡力」和「順其自然」就可以。

如果在擁有「好」的條件和情況下，知道好好的珍惜，那怕是在失去的時候，也不會有遺憾和可惜的情形發生，因為我們都已經盡了力也問心無愧。

但如果在乎得太多，負擔也會變重，造成的壓力，會使生命的光彩，變得暗淡許多。

要看淡那些，沒有必要的形形色色，才能讓「豐富多彩」的生機，來增添生命的盎然。

人生人語第 352 之 1 首

每個人，每天都在努力，努力為自己，也為別人來著想。

但有的人卻「強調」不為別人，「只為自己開心」就好。這是什麼道理？這似乎只說對了一點點。

他們往往都會以這句：「人不為己，天誅地滅」的表面文字，來做為解讀，因此「斷章取義了，也誤解」人生的意義。

但這句話，是不能以「自私」而不利天下來做為解讀的。

因為「祂」要我們大家了解的意思是~要先做好自己的本分，如果放縱了自己胡作非為和自甘墮落的話，那就連天地也

覃合理
小語

（繼續人生小語第 352 之 1 首）
不容你了。

人生人語第 352 之 2 首

佛經說：「人生為己，天經地義；人不為己，天誅地滅」這
整句話的道理，只有深入的了解，才能領悟人生的真諦。
就以我個人的淺見，來給大家做個說明~這整句話合起來的
意思是說：人生本來，就以「自我」為中心，來考慮事情
的；都會先想到自己，然後才考慮到別人，這也是符合「天
經地義」的解釋。
為此 1. 只有先顧好自己，才能為自己也為別人著想；才有
能力去幫助別人。
2. 還有要進一步修養好自己，才有資格以身作則，然後以
德服人。
所以只有領悟和實際的做起來，才能不為自己種下新的「惡
果」與製造新的災禍，這才是真正的「為自己好」，也只有
這樣，才不會遭到「天誅地滅」的報應。

人生人語第 353 首

成功的道路，似乎沒有捷徑可以走；只有「腳踏實地」的
步步向前，才能走得「安心」，若一味的貪求過快，反而「欲
速不達」。
所以不管走得快，走得慢，只要走得好，走得對，才不會
多走了冤枉路，也不會白白的走一趟。
同樣的道理，用在為人處世方面，也不是速度快，就能解
決一切問題的。有時候休息一下，是為了走更遠的路，後

（繼續人生小語第 353 首）

退一步，是為了擁有更寬廣天空。以退為進，是為了更美好的向前。

為此請學會，放慢生命的腳步！這似乎是很簡單的動作，但卻有人慢不下來。

有人每天勞碌奔波，為些瑣碎的小事，忙得不可開交，以至於沒有時間，去做好其他重要的事情。

只是覺得一路上過客匆匆，生活單調，緊張乏味，卻不知已錯過了，許多美麗的景色。

人生就在快，慢之間取得「圓滿成功」，想一想如果像「龜兔賽跑」的結局，你會有什麼感受！想一想你今天快了沒有？需不需要慢下來冷靜一下，給自己足夠的時間去領悟生活，慢慢地漸入佳境。

人生小語第 354 首

有朋友說：「心動不如行動」那「心動」的是什麼？當「心動」的時候要怎麼辦？

我認為，我們要依循，修身處世中的「非禮勿動」才能有「克己復禮」的功夫修養。

所以只要有「心動」的時候，就應該馬上考慮方向是否正確，是否符合道德倫理的規範；要在合情，合理，合法之下，起心動念，且不要有非分之想；因為善、惡就在我們一念之間，要變好或變壞也在一時之間的迷惘。

為此修道才能清心寡慾，才不會有克制不住和衝動的禍端。

人生小語第 355 首

有句話說:「人非聖賢,孰能無過」這是說我們一般人,不
比聖賢的道德修養功夫,和樂天知命的隨遇而安;所以都
難免會有迷惑,和做錯的時候。

但這問題也有解決之道,只要我們了解「知錯能改善莫大
焉」的道理,就能知錯悔改,的重新開始了。

人不怕做錯,怕不知道自己錯在哪裡,和不知道悔改。

但重點是要能,明辨「是非對錯和善惡」,才能從中領悟和記
取教訓,知道自己錯在那裡;並能坦然承認錯誤,願意改正。

但這就需要勇氣和決心,還要知道如何下手才能澈底的改
過,並確保下次,不會再犯同樣的錯。

人生小語第 356 首

人生有很多的不如意,有時會感到無奈,也會增加自己的
煩惱;所以請改變「愛抱怨」的習慣。

因為「愛抱怨」於事無補,不能解決實際的問題。我們要
用心的去面對問題才能解決困難,即使不能如願,也會感
恩的發現這世界的美好。

如果我們能設身處地的為他人著想,那就不會再有抱怨的
情緒了。

因為經常的抱怨,會讓我們缺少感恩的心態,會讓我們不
知道惜福,也會不懂得知足常樂的幸福。

都說了:「君子不怨天不尤人」你做到了嗎?做到了就會有
出頭的一天。

人生小語第 357 之 1 首

「真善美」三個字，是人生完美的境界，是一切「真理」
的根本，也是美好生活的目標。

那「真善美」是什麼意思？

有人說「真」是真實，善是完善，而美就是美麗的意思，
我覺得不然，這只是其中的一部分的解釋而已，並不能說
明它所有的一切真實。

因為天下萬物，真真假假假假真真；而且在不斷的變化中，
所以沒有一成不變的「真實」沒有永久的「完善」也沒有
不退色的「美麗」。

倒是我們知道的「無常」，它才是「自然的實相」，才稱得
上是永久的「真理」。

我們要了解「真心誠意」才是真善美的「真」，本性善良才
是「真善」自然美好才是「真美好」。

未完待續請看下一集……

人生小語第 357 之 2 首

繼續上一篇「真善美」的領悟。

「真善美」中「的真」字意思就是「真心誠意」的修行。

因為「真心」就是人之初的善良本性；而「誠意」就是做
人最基本的誠懇；為此：「欲正其心者，先誠其意」所以「真
誠」才是所謂的「真」。

我們了解第一個「真」字也做到了以後，那當然就包括了
「善良」，也包括了「美好」了。

（繼續人生小語第 357 之 2 首）
所以「真」排第一位，有了「真」必定「善良」，有了「善良」必定「美好」。這是哲學的「邏輯推論」，也是「真善美」真理的意義。

人生小語第 358 之 1 首

大家都知道「能者多勞」，是對能力強和表現好的人的讚賞用語，有些人會很羨慕「能者」，希望跟他學習；但也有些人，會忌妒「能者」，會有見不得他人好，的負面情緒發生。對於這些想法，我們暫時不予置評。

只能說：「三人行必有我師焉，擇其善而從之，擇其不善而改之」大家就好好學習吧！

讓我們先來了解一下，所謂「能者的多勞」是什麼意思？這句成語的解釋為：「有能力的人，他可以做比較多的事，所以他的『勞累』，會比較一般人多一點。」

未完待下一集完結，謝謝！

人生小語第 358 之 2 首

繼續上一篇「人生小語 358 首」，「能者多勞」的分析如下：一些聰明的人，會希望自己是「能者」但不想有「多勞」或「過勞」的辛苦發生。

因為「能者」大部分都有「先見之明」，是「識時務」的「俊傑」；他們大部分，都成為領導者，擔任著重要的職務；而且很多事情，要經過他們的決策和分析，然後才能安排下去運作；如果他們忙得「太勞累」反而會讓那些「不能者」

（繼續人生小語第 358 之 2 首）

有依賴和消極的心態產生，進而把所有重擔，都壓在「能
者」身上；這會讓「能者」有「做得過勞」的風險發生，
而那些下屬卻有跟不上的心不從心。

重點來了！無論是「能者」或是「平凡者」都要能全心全
力的投入，做好自己份內的工作，而且都要能服從領導的
指揮，發揮整個團隊的精神。不能有個人主義的不好行為
發生，來影響整個成長的局勢。也不要有個人「過勞」的
情形發生，才不會影響自己的身體健康。

人生小語第 359 首

我們人都會有「心情不好」的時候，也會受到朋友不好情
緒的影響，那最好的處理方式是什麼呢？我想就是要能以
「冷靜的態度」來思考。

因為如果不能冷靜下來，就沒有辦法好好思考來處理事情，
也會有不好的抱怨和負面的情緒出現。

所以這時候，為了不出現反效果，就要減少對「那些壞情
緒」的人，講些「忠言逆耳」的大道理了。

應該以「同理心」的心態，試著去思考看看，聽聽他究竟
是出了什麼問題，才會有如此大的動作反應。

接著冷靜分析他，是不是有「不解的心結存在」，才讓他一
時的想不開？而把自己的心情搞得一團糟，也影響了他週
遭人情緒？

如果我們有時間的話，就把他話聽完吧；然後試著給他安
慰，但不用急著給他建議。也不要忙著替他解決問題，但
是要先讓他把情緒冷靜下來，把心情放輕鬆，才能再進一
步的對他有效的暗示，讓他整個心情緩和。才是根本的解
決之道。

人生小語第 360 首

請離開那些不好的人，不對的人吧！

離開那些一再傷害你、扯你後腿、背後捅你一刀、謠言中傷你、天地不容、可恨可惡的人吧！

「聖人」有言：「親君子，而遠小人」。

這是千古不變的道理，連「亞聖」的「孟母」也要（三遷）

更何況我們只是凡人，只要我們對得起「天地良心」，就讓那些不好的人，「自作孽不可活」遭受報應吧！

我們的善良是有底線的，不能一再軟弱，也不能一再的寬容，要「以德報德以直報怨」才是對的人生。

就讓我們做自己，對得起自己的良心，遠離那些邪惡之人，多接近善良的修道者，才能早日離苦得樂，明白是非。

人生小語第 361 首

古人說：「一日為師，終生為父。」這句話，到現在還受眾人的認同。意思是說，即使有人，只當了你一天的老師，你也應該把他當父親一樣的終生恭敬。

這是因為以前的人生活勞苦，他們為了過生活，為了繼續能活命，只有來學習一技之長，才能使他們日子過得無憂。

那學習一門好手藝，就是他們最好的考量。也能讓他們的生活有了最基本的著落。

因此「師父」對他們來說，就像有救命的恩情，那樣的偉大，也像是他們的衣食父母一般的重要。

所以只有找到好的師父，向他們拜師學藝，才能有真正的保障。

（繼續人生小語第 361 首）

還有一句話諺語，也很重要，要記得：「師父領進門，修行
在個人。」意思是說：「師父只負責把我們帶入學習之門，
如果想要學到最好的技能，那就要靠自己認真來領悟和努
力了。」

所以活到老學到老，大家都知道了學習的重要。

人生小語第 362 之 1 首

看過網路作家「藤井樹」的短篇小說中有一段句子，很有
趣如下：「葉子的離去，是風的追求？還是樹的不挽留？」
這段句子很有想像力，也很淺顯，大家都能明白。

他是在暗示 1. 葉子離去，2. 風追求，3. 樹不挽留與 4. 它們
在捨得之間的選擇和對錯，他要告訴大家，要懂做人的「根
本」之道。就像「落葉歸根」一樣，「有捨才會有得」。

他大概的想像如下：他把葉子隨風飄落，想像成是風的追
求？已把葉子和風都擬人化了，也帶給我們有趣的暗示。
然後又聯想出，樹為何不去做挽留的動作？

這邊想很另類也很有趣，但這又似乎暗示著什麼樣的道理，
讓每一個人都有所感受和讚嘆。

未完待續下集 362 之 2 首，謝謝。

人生小語第 362 之 2 首

接上集人生小語 362 之 1 首，「葉子的離去，是風的追求？
還是樹的不挽留？

其實有一句話，也很有意思：「一葉知秋」。

（繼續人生小語第 362 之 2 首）

就是說葉子它會提早知道秋天來臨，會自動的掉落；因為葉子的掉落，可以保護樹木過寒冬。

這也是植物本身，自己的一種保護機制。

假如在寒冬來臨之前，樹葉它不掉落一些的話，那麼樹木將沒有其他的養分來吸收（落葉歸根），也會給自己帶來衰弱而無法存活。

如果不讓葉子多掉落一些，而讓它存在過多的話，那麼樹木就會有被風吹倒的危險。

如果葉子遭雪附著太重，則容易使樹木有斷裂的可能發生。

加上一些病蟲的危害，也會使整棵大樹的存活降低。

所以這些自然的法則，是大家都應該懂的常識。

但是作家往往有超人的想像力，我們也知道他在用「暗示的想像，說明道理」，但我們也要知道生物的生存法則「物競天擇，適者生存不適者淘汰」的道理，才能努力奮鬥。

人生小語第 363 首

懂得反省等於還有改進的機會
懂得自責等於還有負責的勇氣
反省讓我們勇於認錯改正缺點
讓自己變得越來越好也越完整
自責讓我們心懷愧疚找出問題
讓自己重新面對挫折建立自信
讓反省成為進步動力走向勝利
讓自責適度承擔錯誤放下自尊
檢討自己的不足誠實活在當下

人生小語第 364 首

人一出生就帶著福氣來報到
想要有多少福報靠自己創造
了解福氣是內心主觀的感受
不在於外觀錢財物質的多少
如果平時不知節制慾望的話
即使有家財萬貫也只是煩惱
不會成為一個真正幸福的人
只有懂得知福惜福和再造福
才懂得廣積福德來改變命運
也能有心想事成的福星高照

人生小語第 365 首

相信大家都知道，時間會替我們證明一切，它會讓我們明
白所有的真相；但有時候「眼見不一定為憑」，畢竟「當局
者迷，旁觀者清」，或許「局外人」對事情的經過，比我們
更了解也更清楚，會給我們提供一些參考的意見；也會幫
我們看清，誰是真心，誰是虛偽的面目
人生像是一場旅行，只有走過了才懂得，少走一些彎路，
和避免叉路的曲折。
人生也像是一條不斷前進的路，只有前進才能穿越種種的
障礙，才能了解「不經一事不長一智」的道理。

人生小語第 366 首

人的一生中，常有些錯過的遺憾，錯過那美麗風景，錯過

（繼續人生小語第 366 首）

那大好的機會，錯過那可以相守的人，錯過那些最重的人和事，還有很多很多……

因為錯過，就失去了擁有，多了一份自責，因為錯過，就有莫名的失落，只留下唏噓的空白……

人往往在錯過後，才懂得珍惜，但有些錯過的，可能就不會再來了。

雖然錯過了，並不代表就永遠的消失，有些還是可以重來，但有些可能就難以挽回了，重點是我們，不能一錯再錯的造成遺憾。

為此對於那些未曾把握的，還有機會挽回的，從今起，就該懂得掌握；而目前擁有的和適合自己的，就要真心的去面對，去感受它的美好，好好的珍惜與把握，才不會再白白的錯過，造成自己的損失也辜負上天給我們的安排。

人生小語第 367 首

從來我們都喜歡「禮尚往來」的人
因為我們身在「禮儀之邦」
自古至今都崇尚著
「禮尚往來」的優良傳統美德
所以會有「只要投桃就報李」的美好聯想
因此禮尚往來的概念
就深植在每一個人的心中
從來我們都懂
「以德報德，以直報怨」的道理
只要有人對我們好一分
我們就會還給他們二分

（繼續人生小語第 367 首）
如果他們都沒有對我們好的話
那我們也會禮貌的對他們好一分
但如果他們不懂得感激的話
我們也不會對他們有所計較
假如他們還不知足的要求
我們要對他們好十分的話
那以後我們就持保留的態度
看看他們是否有「同理的心態」
也看看有誰還會繼續對他們好
因為「禮尚往來」是大家都認同的觀念
只有繼續發揚光大才有好的傳統。

人生小語第 368 首

想過「亞聖孟子」的一段名言如下：「天將降大任於斯人也，
必先苦其心志，勞其筋骨，餓其體膚，空乏其身，行拂亂
其所為，所以動心忍性，曾益其所不能。」之後，我心中
有所領悟和感觸~這是給我們的安慰和鼓勵，要讓我們有信
心。
我認為「打擊」才能讓我們「覺醒」，而遇到「不好的人」，
才能讓我們「領悟人生」。
遇到不好的打擊和不好的人，要把它當作是一個教訓，絕
不可因此被打倒。
雖然它會讓我們失敗和痛苦，但這是上天在給我們的考驗，
要讓我們承擔起該有的責任。
「祂」在教訓我們，要有勇氣有信心，才能經得起考驗；
我們不能讓打擊我們的人，來看我們的笑話。

（繼續人生小語第 368 首）

因此我們要把它當作是種「警惕和考驗」，也要好好的反省，才能知道自己錯在那裡。

所以只有這種想法，我們才會有足夠的勇氣和信心去面對一切的挑戰。

人生小語第 369 首

每一個人都在為自己的前途努力，以為成功只要努力就可以；殊不知還有很多的困難要克服，

也沒有去注意，「事倍功半和事半功倍」的問題。

所以他們會認為，雖然目標和理想不一定能達成，但至少也盡心盡力了。

這讓我替他們可惜，因為只要少了「效率」，就少了成功的「機率」。

同時也讓我想起，「英國」文學家「莎士比亞」說過的一句話：「不要只因一次失敗，就拋卻你原來決心想達到的目的。」

希望大家一起來為前途努力，不只要能堅持到底還要做得有效率，才能創造出屬於自己的「奇蹟」。

人生小語第 370 首

「道」就是「道理」，是「做人處事」的方法，它是讓我們，按照「實際的情況」去「行動」，不能只是「光說而不練」，才能「腳踏實地」的「做人」。

所以我們除了要懂得，為人處事的基本道理；要遵守一些，做人的基本原則之外，還要能身體力行，才能「知行合一」。

（繼續人生小語第 370 首）

看過《老子道德經》中一段名言，給大家參考如下：「上士聞道，勤而行之；中士聞道，若存若亡；下士聞道，大笑之，不笑不足以為道。」

他的意思是說：一些「智慧高」的人，一旦聽了「道」，就能有所「覺悟」，也會深信不疑的去身體力行；而「一般普通的人」聽了「道」，只覺得有些道理，會持著半信半疑的心態去應付，所以不會去實行的；最後「庸俗的人」聽了「道」，他將完全無法理解，只會覺得荒誕，還自以為是的不屑一顧，仍固執著己見，然後哈哈大笑的不理不睬。

因此「道」是非常「尊貴」而且有「意義」的，假如「道」不被「一般粗俗的人」嘲笑的話，那就不配稱為是「道」了。

人生小語第 371 首

看過「古代中國」（明朝）「袁了凡」居士，一部了不起的巨作~「了凡四訓」，中的一句名言如下：「從前種種譬如昨日死，以後種種譬如今日生。」

這是他寫給他兒子家訓中的一段。

這句話的意思很淺顯，大家都能領悟。

但我個人還是再解釋一下，給大家做參考如下：以前的種種是非對錯，就把它當昨天一樣的過去。

然後重點來了，那從今以後就要記取「以前」的經驗和教訓，才能真正的反省和改過，且不再重蹈覆轍。

為此我們就必須有「置之死地而後生」的決心來奮鬥，才能有重生的機會，重新再投入新的生活。

人生小語第 372 首

時間過得很快，又到了歲末年終的時候，回想這一年來，
我們經過了許多如意和不如意的生活；其中有喜、怒、哀、
樂和一些難忘的點點滴滴⋯⋯

而這些經過，正可以來加速我們的成長，也可以讓我們更
加成熟；雖然心中難免有些感觸，但我們還是要加油。

在此歲末之際，我要獻上一顆祝福的心；祝福各位粉絲好
友們，身體健康，幸福快樂，萬事如意。

感恩那些曾經幫助過我的人，我會好好計劃目標，檢討過
去以及思考未來的發展，然後用：

「昨日種種，譬如昨日死；今日種種，譬如今日生」的智
慧，迎接新的一年，再接再厲的不斷超越自我。

人生小語第 373 之 1 首

這是一個「快速變化」的時代，什麼都講究~講究 1.環保
（第一優先）、2.經濟、3.效率、4.便利、5.最後才講「速
度」，因為速度雖然很重要，但也不能做為第一考量的因素，
如果做得不好，速度快反而會忽略其中的步驟，造成無法
挽回的失敗。

上面這些排列很重要，是我想出來給大家做參考的，這樣
大家對以後的認知，才能有概念。

我們在大環境的變化中，我想可能會有下列三種情況發生
1.快速的成功、2.快速的失敗、3.逐漸的被淘汰，這是因
為：「物競天擇，適者生存，不適者淘汰」的生存法則。

未完待續接~人生小語第 373 之 2 首，謝謝。

人生小語第 373 之 2 首

接「人生小語第 373 之 1 之 2 首」謝謝。

還有如果想在好的狀況中，繼續保持下去的話，那就得肯努力、有時間、有知識、有能力、有耐心、有信心，這些也是我想出來的必備條件，給大家做參考，讓大家能在往後的生活，過得更順利。

最後一個重點來了，很多事情的處理不是「快」就可以解決的；它需要經「一定的程序」，和「一段時間」，才有「反應」，也才不會「出錯」；所以我們要「按步就班」，不可「逞一時之快」，也不可有「揠苗助長」的舉動，才不會有「適得其反」，的結果，導致最後變成了遺憾。

為此我們要有耐心觀察和等待，並且注意其中的變化，來做應對，決不能有「操之過急」的心態，才不會「弄巧成拙」的壞了大事。

人生小語第 374 首

人人都想過「穩定的生活」，希望有「好的生活節奏」，不希望遭受「無休止」的擺佈，導致生活出現「忽左忽右」的「失控情況」。

而好的生活節奏，可以讓人腳步輕鬆，感受到快樂。

但隨著生活節奏的加快，有時候也要慢下來。

感覺累了要慢下來，感覺力不從心要慢下來；感覺「失去理智」也要慢下來。

這樣才能避免在「緊張的狀態下」，出現「精神抑鬱和焦慮」。

覃合理
小語

（繼續人生小語第 374 首）

如果我們能「抓準節奏」的話，就能獲得更多的幸福；我覺得「跟得上節奏」，隨時「注意好節拍」，才能「舞出美麗的人生」。

所以生活的節奏有時快，有時也要慢一慢，該停就就要停一下，該退也要退一步，這樣才不會有差錯。

人生小語第 375 首

有人問我「心安」的問題，我問他：「你哪裡感到『不安』呢？」，他說：「因為之前錯誤的言行，而感到不安。」

我告訴他：「『平常心』能讓人『隨遇而安』，只要用心來做好每件事，不管事情發展到最後會怎樣，能『盡心盡力』，一切能『順其自然』，就會『心安』。」

因為只有「順其自然」才能減少情緒的困擾，進而找出問題的癥結，解決問題。

即時連連受到挫折，也不要認為是不幸的事；要明白「人生無常」，「不如意的事十之八九」；因此只要想通了迷惑，看淡了得失，就能心安。

想想世界是多麼美好，只有安寧的心才看得到美麗的所在。

人生小語第 376 首

人生在世只有短短的數十年，最多不過三萬天！

所以要記住「昨天的教訓」、「把握今天的方向」、「計劃好明天的進度」，才能繼續未來前途的光明遠景。

想要活得好，活得幸福快樂，結交朋友就很重要。

（繼續人生小語第 376 首）

因為好的朋友，能幫助你，支持你，鼓勵你；而不好的朋友，他只要不害你就算不錯了。

因此總會有些感慨：「感慨遇到人雖然很多，但都只是少數能成為真正的知己，而其他的人都像過客一樣匆匆，偶然的與你擦肩而已。」

有句話說得好：「朋友不在於數量，在於質量，交的是真心。」為此結交朋友應該坦誠以對，應該多主動的聯繫，然後跟他們維持良好的互動。

記得多去結交一些，心靈上能溝通的朋友。

有緣的、好的朋友，這就當成知己，而那些不好的朋友，最好是保持點距離，才不會惹上是非。

因為「君子之交淡如水，小人之交甜如蜜」

人生在世，如果能交到幾個「不離不棄」的好朋友，就很不錯，就要好好珍惜，好好的對待。

人生小語第 377 首

很多人都相信「真愛」可以「陪伴一生」、「能幸福到老」。也唯有「真愛」，才能帶給我們「幸福與快樂」，如果「無法過得幸福與快樂」的話，那就是「自私的假愛」。

可是又有多少人真正明白「真愛」的呢？

「真愛」每個人都懂，每個人的解釋都不一樣。。

有的人會以為「真愛」就是「愛情」，其實照字面來解釋，我個人認為是：「真心關懷的愛」。

但如果只把它解釋成「愛情」的「真愛」話，那就「太狹隘了」。

（繼續人生小語第 377 首）

所以「真愛」是一種「感覺」，要能「替對方著想」、「能換位思考」、「能和諧的相處」、「能相互關懷與包容」。

為此要「愛別人，先從愛自己開始」，才能學會「愛人如己」的「付出」。

最後總結所謂「真愛」，我個人認為：就是要有「滿足別人需求的具體行動」，也要有「不求回報的心態」，才能有「真心真意的愛」，這才是「愛的真諦」。

人生小語第 378 之 1 首

這世界上「沒有永遠的成功」只有「永遠的努力」。

但為什麼要說「沒有永遠的成功」呢？

這是因為每個人對「成功」的看法都不同，但照字面來解釋，就是「成就功業、政績或事業。」的意思。

為此我們常常忽略了，在成功之前會有多少次失敗？而在成功之後又會面臨多少次失敗的打擊。

所以成功就是要經過不斷的失敗，然後在不斷的失敗中再度成功。

那請大家想想，成功會永遠嗎？

我想只要我們能尋求正道，能不投機取巧，不昧著良心做事，也不用不正當的手段，之後所取得的成功，都是真正的成功，也能經得起時間長久的考驗。

未完待續請看~人生小語第 378 之 2 首

人生小語第 378 之 2 首

接上一篇「人生小語第 378 之 1 首」。

生活中每個人都在不斷的努力，也很用心的去追求自己嚮往的成功。

但是成功不只是追求名利、財富、身份、地位，它是一種領悟人生自我的價值，取決於內心滿足的感受，只要我們覺得對得起自己的良心，能安份守己、不貪求、不妄想、不自尋煩惱

讓生活過得幸福快樂，也是一種成功。

但是一般人，大都認為「只要憑自己的能力，去做出一番的努力，然後得到社會的認同，這才算是成功。」

我個人認為成功，並無關於「所成就事業」的大小，只要能根據正確的計劃目標，不斷的去努力，通過不同的考驗，進而實現預期的目的，無論最後的結果如何，都算是一種成功。

人生小語第 379 首

人生總有一些不滿和不如意的事，有的人就會因此埋怨自己生不逢時，或是埋怨別人的幫助不夠多。

其實埋怨是告訴別人，自己不如意的地方，是一種不滿情緒的轉移，只要不離譜，能適當且適量的埋怨，也算是溝通和抒發意見的方式。

只是有個問題要注意，不要一直傾向責怪別人，
這樣會失去客觀與事實不符。

（繼續人生小語第 379 首）

有時也要想想，自己對別人是否過份要求？是否不分好壞？只為了讓自己情緒有個出口。

我想這樣反而於事無補,最終會擺脫不了負面情緒的困擾,也會事與願違的自作自受。

總結：能減少埋怨，就能多一點從容淡定的心，

去做實質的努力與改變。

人生小語第 380 首

「善良」的人有「福」了，因為:「積善之家，必有餘慶；積不善之家，必有餘殃。」所以「行善」就是在「積德」。

我們要知道:「勿以惡小而為之，勿以善小而不為」，這是做人的基本道理，只要是行善，不管是大善或是小善，只要我們有心就能做到；但如果是「惡

的話，即使是小惡，以及壞的念頭都不能做也不能有。

如果我們能「天天行善」，就能「種善因得善果」，加上平時能好好的「修身養性」就能有覺悟的心，能消除「業障和煩惱」；能讓一些「好的氣場」和「好的事物」，逐漸的靠近；而那些不好的事物和不好的朋友也會因此減少，且慢慢的遠離。

我們要了解「真正一心向善」的人，他做人會光明正大，言行會一致，表裡也能如一。

我覺得一個善良的人，運氣總不會太差；因為過程中雖然會吃多點苦，但做起事來只要認真負責，實事求是，不賣弄虛假就會吸引許多善良的人接近，也會受人尊重。

讓我們做個善良的人吧！或許比較不會「寂寞」，且會過得更快樂，因為只要我們懂得「為人之道」、懂得「存好心」、

（繼續人生小語第 380 首）

「說好話」、及「做好事」，平常「嚴以律己寬以待人」，凡事「無愧天地良心」，也「不與人計較得失」，懂得「知足與惜福」及「感恩的心」，福氣自然會越積越多。

為此我們只要有善良的心，心中就能充滿美好，福報自然會降臨。

人生小語第 381 首

在人生的「跑道上」，有的人只是喜歡欣賞沿途的風景；而有的人卻在拼命的加快腳步，努力的為著目標奮鬥，讓自己成為贏家。

而這又是什麼原因呢？

我想是因為他的「堅持」，堅持想成為社會上有用的人，所以註定他最後會勝利。

看過一段名言如下：「虛心使人進步，驕傲使人落後。」；這是什麼原因呢？我想就像「龜兔賽跑」一樣；只是要相信自己的選擇，最終都會「有志者事竟成」的。

看過「龜兔賽跑」的故事，這是一個人人都知道的「童話故事」。在這裡我再跟大家提一下，就是：有隻驕傲的「小兔子」，起初看不起「小烏龜」，所以小兔子就向小烏龜，提出要比賽賽跑的建議，而小烏龜竟然也爽朗的答應了，這當然不是小烏龜牠「不自量力」，是因為牠對自己有信心。此時小兔子就驕傲的想：你爬得那麼慢，還有勇氣來跟我比賽，真是「不自量力」。

為此小兔子當然不把比賽當回事，心想在半路中，先偷偷的睡一下吧，等一會再起來努力，也還來得及。而小烏龜爬得雖然很慢，卻堅持不懈的前進，途中也沒有休息，最

（繼續人生小語第 381 首）
後贏得了這場比賽。

這在說明「天下無難事，只怕有心人」；所以「路是人走出來的」，有時候休息一下，是為了走更遠的路，但不能停留太久過於懈怠；因為我們不只要「戰勝對手」，也要能「戰勝自己」，這樣才是真正比賽的強者。

人生小語第 *382* 首

每個人都喜歡「新的」，但不一定會「喜新厭舊」。
這是因為人人都需要成長，都希望有的新的開始和新的機會。
但有的感情，有的人、事、物是不能喜新厭舊的。因為有些還是念舊一點對我們比較好。
而「喜新厭舊」這個形容詞，它的意思是說：「一般人通常都會喜歡新鮮的人、事、物，；因此就厭倦了舊的。」
所以也有人會認為「喜新厭舊」是種不負責任，也不懂珍惜的心裡。
但我個人認為，只要我們「有好的心態」，新、舊都沒關係。但有誰能一直喜歡舊的呢？而對新的和美好的人事物不心動了呢？
雖然舊的不一定會被我們拋棄，只要我們有「新的眼光」、「新的思想」，對於舊的也能有「新的領悟」和「新的看法」。
讀過至理名言，古中國《禮記大學》：「苟日新，日日新，又日新」，它的意思是說：「如果能夠一天新，就應該保持天天新，新了還要更新。」；這是在「激勵我們」，要懂得如何來「棄舊圖新」，才能以舊的為基礎，及時的反省和不斷的革新，追求更新的完善。

（繼續人生小語第 382 首）

你今天更新了沒有？要記得要「念舊」，才能不斷的革新。

總結：「喜新厭舊」沒有什麼不好，重點是我們要能創新和用心。

人生小語第 383 首

有時候我們要求得越多，努力得越多，反而會適得其反。

這是什麼原因呢？也有許多人會感覺奇怪？

譬如說找工作這件事，明明我們學歷很高，專業技能也很熟練，就是找不到稱心如意的工作。

但是我們要想一想，跟我們學歷、能力一樣的人，多的是。

是他們比較幸運呢？還是我們比較不幸？

是他們有後台呢？還是我們沒有後台？

其實不要跟人比較，也不要有「偷機取巧」的心裡。

我想只有「全心全力」的去做吧！把心胸放開，一切就自然而然有著落了，日子就能好過一些。

因為我們已經盡力了，而所得到的結果，雖然「不如預期」，但是如果我們再妄想和強求，企圖不擇手段的話，那就不能「順應天理」，也會「自作孽不可活」。

所謂「盡人事而聽天命」，而成功的人也絕非僥倖來的，或許之前他們的失敗，多得讓人許數不清。

那眼前只是小小的困境，對我來說又算什麼呢？又何必心煩意亂的患得患失？

相信我們的努力，大家都看得到，只是要一點時間來證明，也不會一直被埋沒。

為此我們只有「再接再厲」，不怕困難不怕折磨，敢於挑戰面對一切，且不去計較得失成敗，到最後一定會有成功的機會。

人生小語第 384 之 1 首

有人問我三個問題：

1. 為什麼「人生 70 歲才開始」？

2. 為什麼其他年齡「不算開始」？

3.「人生 70 歲才開始」的下一句是什麼呢？

我先回答他 3 個問題，然後再另外多兩點補充，就是有 3 個回答 2 個補充，一共有 5 個回應。也會分成兩篇，才不會冗長而複雜，可以節省大家看的時間。

1. 我回答 1：

1. 這只是一個形容。我想起（古中國）「詩聖」社甫先生的（曲江之 2）詩中，有句「關於 70 歲」的描述如下：

「朝回日日典春衣，每日江頭盡醉歸。

　酒債尋常行處有，『人生七十古來稀』。

　穿花蛺蝶深深見，點水蜻蜓款款飛。

　傳語風光共流轉，暫時相賞莫相違。」，

所以人能活超到這個年齡，在古時候的人來說「已算不容易（因為古時的科技、醫學、經濟，不如現代發達），而且人生歷練一定也充足了，當然可以做為新階段的開始。

2. 我回答 2：

2. 只要自己準備好了，什麼時候開始都可以的，這跟年齡無關，但要有頭有尾，切不可「半途而廢」。

3. 我回答 3：

3. 有關「人生 70 歲」的描述，有（古中國）「聖人」孔子所說的「七十而從心所慾不踰矩」；此深為後人所認同（七十歲）是「從心之年」。

我想起「孔子」說過的：「吾十有五而志於學，三十而立，四十而不惑，五十而知天命，六十而耳順，七十而從心所

（繼續人生小語第 384 之 1 首）

欲不逾矩。」這出自〈論語・為政第二〉篇；所以後代的人，就稱「70 歲」為「從心之年」，這也符合一個「全新的開始」因為可以「從心所欲不逾矩」了，當然是一個好開始。

未完待續（人生小語~384 之 2 首）還有深入的分析，謝謝。

人生小語第 384 之 2 首

接上一篇「人生小語 384 之 1 之 2 首」『人生 70 才開始』的前三個問題，再進一步加入（4、5）兩個補充的完整回答」

4. 另外我再進一步回答有兩點補充（4、5）如下：

4. 我補充 4：

4. 關於「人生七十才開始」這句話的由來，我去查過它的出處，給大家做參考如下：

是「西元 1961」（中華民國 50 年）年的時候，任「中華民國」「監察院長」的于右任先生，送給「總統府祕書長」張群的一首詩如下：

「人生七十方開始，時代精神一語傳，萬歲中華今再造，期君同醉玉關前。」；而當時「于右任」先生，送這首詩給「張祕書長」的時候，已高齡 82 了，而那時的「張群」祕書長才 72 歲。後來「張群」先生的人生，因此「重新開始」最後享年有 104 歲的高壽。

所以「他們」都是，「人生 70 才開始」的最好代表，也是我們要學習的對象，學習他們的精神，學習他們「活到老學到老」和「人老心不老」的良好樂觀心態。

（繼續人生小語第 384 之 2 首）

5. 我補充 5：

5. 據我所知：現代科學對人類壽命，長期研究、統計和分析如下：「人類的智慧，大約要到 65 歲以後，才完全成熟，也才是人類潛能發揮的最佳時期，就是巔峰時代。」

所以我們已知道了「人生 70 才開始」的意思了，它是有根據的，為此我們要好好的努力，在這個（70 歲）的階段，再創人生的高峰。

人生小語第 385 首

每個人都需要「愛」，因為「愛」充滿了「活力與生機」。鮮活了，所有生命與非生命的型態。

它時時刻刻在我們身邊，陪伴著我們成長，讓我們得到幸福與快樂。

「愛」需要「緣分」，它讓雙方有「美好的感覺」，「內心有真實的感受」。

「愛」是「主動也是心動」，它讓我們在「半夢半醒」之間，朝夢想前進。

「愛」能使我們得到「快樂」，雖然不一定很踏實，卻會讓我們「飄飄欲仙」，讓世界為之圓滿的自轉。

「愛」常常徘徊在「夢想與現實之間」，有一種「神奇的力量」，讓我們互相的吸引與欣賞。

「愛」是一種「抽象的概念」，有時只是「一線的希望」卻讓我們「成就一場美夢，和一場夢想的旅程」。

每個人心中的「愛」雖然不一樣，但都是美好的，它可以讓人「心花怒放」，從中體會到一種「溫馨和甜蜜」。

（繼續人生小語第 385 首）

「愛」可以讓我們產生「信任和依賴」，讓我們學會「尊重和包容」。

「愛」讓我們「有保護和陪伴的心態」，不只是占有的慾望；雖然它有時「很難用理性來控制」，也會讓人「為之著迷」，但只要能「隨緣和順其自然」，就會有「最好的結果」。

人生小語第 386 首

我們每個人都「很會保護自己」，都知道：「害人之心不可有，防人之心不可無，此戒疏於慮也；寧受人之欺，勿逆人之詐，此警惕於察也，二語並存，精明而渾厚矣。」的道理。

這段句子的用意：是要我們知道，在與人相處的時候，除了要保持警覺性之外，也要有「純樸和寬厚」的度量。

明白這個道理後，如果還是過度的保護自己的話，那就很容易失去對人的信任，也會對自己沒信心。

雖然在守護他人之前，先要「學會」保護自己的本領；但也要有主見，不隨波逐流，能分辨是非黑白；能常常保持清醒，能知己知彼，能守得住良心和道德的底線，才能不怕，任何惡勢力的挑戰和侵犯。

人生小語第 387 之 1 首

每個人都有「東西不見了」的困擾，也有「找不到東西」的苦惱。

這是為什麼呢？

（繼續人生小語第 387 之 1 首）

因為人往往都會有「粗心大意的壞毛病」，稍微一不留神，就會有疏忽，也會造成不必要的損失。

因此只有用到東西的時候，才會去找；而沒有用到的時候，就漠不關心也置之不理，從不會「主動」去仔細整理和分類。

所以好習慣的養成，要從培養細心和耐心做起；才不會在東西不見了，也找不到的時候，才來「緊張加手忙腳亂」。

然而真的都找不到的時候，就先讓情緒緩和下來，去做些別的事情，才不會越是想找，它越是讓我們找不到。

而東西不見了和找東西，跟智商和聰明才智無關，也跟男女老幼的差別不大。

因此我們不用懷疑，就算是「天才」甚至是「聖人」，也會有找不到東西的時候。

但是這跟「習慣的好壞有關」，因為好習慣的人，會將東西「物歸原處」，即使再怎麼忙，也會先「歸定位」，而且還會「不定時的檢查和整理」，看看物品是否「擺放得妥當和整齊」；一旦發現東西不見了，就有機會在第一時間找回，找到的機率也會增加。

未完待續人生小語之 387 之 2 首。

人生小語第 387 之 2 首

接人生小語第 387 之 1「找東西與東西不見了」。

而不好習慣的人，東西用完就隨便一放，即使有空或閒得發慌，也「懶得去收拾」，所以會有很多東西，忽然的就不見了，然後一直找也找不到。

（繼續人生小語第 387 之 2 首）

如果隨時都知道，要用物品的所在，也經過「整理分類」放置的話，那我們就會心安一些。

或許人都要經過這種「不好習慣的教訓」，才會「引以為戒」。

當然東西不見了想找回來「是要講究方法的」，首先要「回想」最後的使用時間和地點；然後從身上及遺失處開始找起，先大致先找上一遍；如果還是找不到的話，那再進一步詳細的「搜索」；但不用到「翻箱倒櫃」的地步，因為東西，它不會莫名其妙的「躲起來」的。

當然，「失而復得」是最好的結果，但如果無法「如願以償」的話，那就「想開一點」，也不要難過了，就當作「有失必有得」，因為我們「失去了東西」，自然會得到了「深刻的教訓」。

如果能讓東西，有個「固定的地方擺放」，就能「避免遺失的困擾」，也能治好我們「健忘的毛病」了。

因為我們已經知道，東西的所在，就不用再以找不到為「藉口」，來「懷疑自己的智慧和毛病了」。

人生小語第 388 之 1 首

如果說「人生是一場賭局」，那我倒希望大家都能「願賭服輸」也要能輸得起。

這是為什麼呢？因為從古至今，賭博在大家的眼裡，並不是什麼好事；感覺會讓人沉迷其中，讓人不務正業；讓人有偷機取巧、喜歡碰運氣、不去努力的心理，甚至會有「不擇手段」的貪婪，而只想著去贏。

雖然賭到最後的結果，都只有「十賭九輸」，但還是有許多人，會禁不住誘惑的想去試一試；這或許是他們的「賭性

（繼續人生小語第 388 之 1 首）

十分堅強」吧。

當然我這裡說的「賭」，不是「賭博的賭」，而是指打賭的「賭」。

其實很多人都不太喜歡賭博的，因為大家都聽過，「中國賭王」馬洪剛先生說過「久賭神仙輸」的典故，而且大部分人，又是那麼的單純和節儉，所以不可能會愚蠢得賭上自己一生。

未完待續請看下集~人生小語 388 之 2 首。

人生小語第 388 之 2 首

接 388 之 1 首「如果說人生是一場賭局」。

當然我們會把「賭」用在好的方面，但得先把它的定義跟目標想清楚，這樣利用起來才更有意義。

我認為，我們可以跟自己打賭（但盡量不要和別人打賭），然後再思考要賭什麼、拿什麼來賭？賭贏、賭輸，會有什麼結果，以及有什麼影響？

有了這樣良好的心態，就算賭輸了，也不會「賠了夫人又折兵」會得到一個很好的教訓和經驗，會讓自己再進步。因為只有付出努力，得到的才是幸運，而得不到的也不會感覺痛苦。

我們只要把自己，當棋盤上的一顆棋子，那好與不好。就不會太在意，因為問題不在於我們本身，而是在於決策者如何顧全大局，當然必要時，也可以犧牲小我，完成大我。

（繼續人生小語第 388 之 2 首）

為此只要懂得「運籌帷幄」，那奮鬥路上的挫折和失敗，就能坦然當做是過程；也不會完全都是氣餒，弄得草木皆兵，而輸了先機了

人生小語第 389 之 1 首

或許說「吵架是一門藝術」？但要「對事不對人」！那要如何學習以「藝術」，又「不傷和氣」的「方式吵架」呢？我想起「古中國」《三國演義》中諸葛亮~「舌戰群儒」的一幕，堪稱「以智取勝」也讓人「心服口服」，是「口舌之爭」的「典範」，很值得我們來「學習」。

當然能不吵，最好不吵；但如果非得吵的話，那我們就要「好好」的吵，不能「隨便亂吵」。

記得「以不傷和氣為主」、「少一點情緒用語」、「口不出惡言」、「不使用暴力」、「不做人身攻擊」、「不牽扯到其他無關的人，事，物」、還有要注意的很多很多……這裡「族繁不及備載」。

那照上面意思來做，要顧及的條件那麼多；根本就吵不起來了吧？是的~我們就是要以「理性」為本；因為會吵起來的原因，就是「失去了理性」；而吵架的重點，從來也不是，在比較輸贏的成績；是要讓人「心服口服」，以「客觀的辯論」和「良性溝通」為主。

所以我認為吵架是門「藝術」，因為「吵架的目的是為了溝通」，為了「能解決事情和問題」，而「不是只為了發洩」，彼此的「壞脾氣和壞情緒」的。

未完待續~人生小語第 389 之 2 首詳細分析。

覃合理
小語

人生小語第 389 之 2 首

接人生小語第 389 之 1「吵架是門藝術」

在我們的印像中,一提到吵架,好像都沒有什麼好的下場？
且會讓人避之唯恐不及;我想這是模糊了吵架的焦點。我
們要懂得,每次吵架只能吵一件事情,不能把其他無關的
事情牽扯進來。這樣才不會讓吵架無限的擴大,吵得沒完
沒了,吵得沒有意義,才能心平氣和的解決爭議,最後讓
吵架的噩夢遠離。

我覺得人與人的相處,要多了解和溝通;才不會讓吵架的
衝突,有機會發生;也不會讓關係親密的人,有意見不合
的時候,更不會只為一點小事,就吵了起來。因此只要「找
出引起爭執的原因」,了解彼不滿的想法,就算是一場「理
性的的吵架」。

其實吵架並不可怕,因為最後的目的,還是希望能和好的;
這或許能加快,彼此了解的速度,也算是一種「快速解決
爭執的方法」吧！

但吵架也要分對象、身份、地位,例如背景相同的兩個人,
雖然他們常常吵,卻有可能越吵感情越好,但如果身份、
地位懸殊的話,可能只要吵一次,就從此「形同陌路、分
道揚鑣」;這是因為,吵架立場差異太大的緣故。

有人說:「好了必吵,吵了必好」,或許因為雙方,所處的
時間和空間不同,會有不同的意見和看法,所以「小吵小
鬧」在日常生活中,是難以避免的,只要彼此能多忍讓和
包容,就不會有大吵大鬧的情形發生。

我們要學會以「理性來看待吵架」,要用「溝通的方式」來
避免吵架,也要有藝術的想法,來增進我們的和諧、圓滿;

- 312 -

（繼續人生小語第 389 之 2 首）

而不要以「破壞的心態」，讓雙方都下不了台；因為只有以「和睦為優先」的吵架，在吵完之後，才不會傷害到彼此的感情，也能更了解對方的個性。

人生小語第 390 首

有人說我寫文章，像說話一樣？我覺得，可以到這種程度，也還不錯。

我不知道，他是在誇獎我還是諷刺我？是誇獎我寫得平易近人呢？還是在諷刺我，寫得沒有詩情畫意？

但我覺得沒關係，能像說話一樣自然也很好啊！

有的人，說了一輩子話，還是不知道自己會說什麼？甚至連別人也聽不懂？這是什麼原因呢？

我想是因為他們沒有用心的說吧！

有人說：「小時候用了 3 年時間學會說話，卻要花一輩子去學會閉嘴。」我覺得很奇怪，也很懷疑~他的說法和用心！如果像他這樣說~是很不合邏輯的啊！

因為每個人每天都要說話，也要學習說話，而不是只學習閉嘴而已！

當然言多必失言多必敗，沒有把握的話就少說。

如果說話說得好，說得清楚；能讓聽者明白，雖然說者無心，聽者也許有意，但也會讓聽者諒解的。

這世界上沒有誰，敢說他自己很會說話；我想除了「『諸葛亮』舌戰群儒」；恐怕很難找到，那麼能言善道，又讓人心服口服的人了。

因此有人說：「一言可以興邦，一言可以喪邦」；可見說話影響之大。

（繼續人生小語第 390 首）

可是懂得說好話的人卻不多，我認為好話要憑著良心說，說的人，恐怕理不直氣不壯，所以也說不出所以然。

說來說去，就說自己的壞話就好，才能有反省和改過的真心；我們要多跟自己說話，多練習說話，才能讓大家聽得懂我們的話，讓自己更有自信。

你們覺得別人會聽得懂，你們話的意思嗎？我想只要多看書，多練習說話，多聽別人說話，就能自然而然說出話的重點，才不會因詞不達意，產生沒有必要的誤會！

現在很多人有溝通的問題，就是他們沒有用心去學說話、學聽話；所以輪到自己說的時候，也不知道要說什麼，往往急忙中，說出沒有邏輯，前後顛倒的話來，讓人聽得一頭霧水。

說話很重要，有的人雖能言善道，可卻胸無點墨；說來說去，只是一些花言巧語，言之無物，好像白說一場；我覺得像這樣不好，因為說話還是要思前想後，謹言慎行，才能說出好話。

多說好話，少說壞話，多練習說話，多和自己說話，才能讓大家聽懂我們的話！這樣才是高明的說話。

我是「合理」有寫很多文章，請大家指教。

人生小語第 391 首

有人告訴我說，他寫詩為文，不一定是為了「合理的解釋人生」，而是為了抒發情感，是一種愛好和興趣。

當然每一個人，寫作的動機不同；有的人，只是想找點喜歡做的事情來做，純屬自娛自樂和自我的消遣。

（繼續人生小語第 391 首）

所以別人寫作是為了什麼？我不明白，更無法全部來了解；因為我寫作，也只是純粹的興趣，是用來消遣時間，和表達自己缺少的東西。

我從來也沒想過要成名，或獲得其他的利益；

只是喜歡，傳遞些生活的正能量，把自己的心得和領悟，抒發出來而已，在失意時發發牢騷，擺脫一些煩惱和憂愁，在得意時打開心扉，反應生活，把快樂的思想和感情傳遞，透過文字的優美，想像出更美好的情境；在生命的起伏之間，追求另一種穩定。

所以我寫作的最終目的是，1. 追求精神上的突破 2. 合理的解釋人生迷惑 3. 反映生活和情感。以文字寫出自己的觀點，希望獲得更多讀者的認同。

我是「合理」，我想通過文字的美感，說服大家贊同更多人生的道理。

人生小語第 *392* 首

俗語說：「不經一事，不長一智。」，如今我們都已知道了，只有經驗，才能使我們的知識增長，變得更有智慧。

所以事情經過得越多，就越懂得處理，也能避免再犯同樣的錯誤，和少走一些冤枉路。

為此我們要反省，那些荒唐的過去；感謝讓我們成長的人事物，並從中吸取教訓，分析錯誤和失敗的真實原因。

雖然成長的感覺不是很順利，但至少讓我們了解一些缺失，學到了一些經驗，也看懂了發生的事情。

每個人都有自己的理想與志向，會為了實現目標付出努力與代價；但無論環境怎麼變，我們也不能把預期的成效，看的

（繼續人生小語第 392 首）

那麼重;才不會因出現了困難,就陷入自怨自艾的負面情緒。
只要我們盡力了,不管結果的好壞與得失,還是會對我們
有一點幫助的。

即使我們做得再好,還是要提醒自己,不能再犯以前的錯,
讓內心變得更成熟,才能真正做:「經一事,長一智」,以
便日後遇到事情,能處理得妥善。

然而有些人會說一些,我們還沒經歷過的事,

希望我們了解(他們的經驗),對我們有幫助;從而學到經
驗;但是有時候我們會聽不懂,他們的意思。。這是因為,
我們沒有吃過他們的苦,所以不知道他們的困難,這就是
「不經一事,不長一智」的道理。

人生小語第 393 首

有人說:「你有多好,就能遇見多好的人。」;我覺得這句
話有道理;這是告訴我們,要先用心把自己變好;然後才
有機會,去遇見比我們更好的人。

但事實上,並不能保證我們遇到的全都是好人。

因為有的人,表面上對你很好;可私底下,卻想藉著你的
愛,來填補他們的空虛。

古人云:「近朱者赤,近墨者黑」,意思是告訴我們,好的
可以相互影響,壞的也可以相互傳染的道理。

每個人都希望,遇見好的人,但有很多情況不能強求,只
有先做好自己,才有可能遇見好的人。

相信我們都是有智慧的人,懂得如何去分辨,哪些是值得
信任的人,哪些又是應該敬而遠之的人。

（繼續人生小語第 393 首）

所以我們還是要先努力，努力充實自己的生活，努力讓自己變成更好的人；才能讓別人發現我們的才華和能力；那自然就願意接近我們，繼續與我們交往了。

想在愛的路上，找到自己心愛的人；靠的是緣分，和兩情相悅，以及雙方條件的合適。

但如果不甘心只做朋友，想跟他形影不離，而且也離不開的話，那就是愛上了。

人生小語第 394 首

都說「誠信，是人與人交往的最基本原則」，

而從小家庭和學校也教育我們，做人一定要誠實，說「人無信不立」，讓我們認識了誠實的重要，也了解到誠實，代表著一個人的人格和信用。

所以大家都很清楚，誠信就是誠實、守信；是品行，也是責任，更是為人處世的道德規範。

看過《老子道德經》:「信言不美，美言不信」

意思是說：實話可能不好聽，而好聽的話，卻多不是實話。這是教我們，不只要說真話，還要有道德上的承擔。

看過《論語》為政篇:「人而無信，不知其可也。大車無輗，小車無軏，其何以行之哉？」

孔子的意思是說:「人如果沒有了信譽，就不知道還能做得了什麼；就像大車沒有車軸，小車沒有車軸，怎麼能行動呢？」

所以沒有了誠信，人又有何尊嚴可言？

那誠信為什麼如此重要呢？相信大家都有正面的看法。

對於誠信，我個人有些的看法，給大家參考：

（繼續人生小語第 394 首）

誠與信是缺一不可，雖然社會很現實，但我們也不能，只為了追名逐利，就讓誠信盡失，而忽略了做人的原則。

一個誠實的人，能贏得別人的尊重，就算他做錯或失敗了，也由於他的誠實，很快的就能取得，別人信任和諒解，最後還是會有所作為的。

人生小語第 395 之 1 首

有人說：「命好，不怕運來磨。」，但也有人說：「運好，不怕命來磨。」；兩種意思截然相反，見仁見智各有不同；所區別的是「好」與「磨」兩個字。

所以他們覺得只要「好」了，就不怕任何的折磨，那麼什麼才算是「好」呢？天底下有一成不變的「好」嗎？

我想大家想像力太豐富，也太抽象了吧，當然「好」的看法有主觀、有客觀、有樂觀，還有悲觀；有的人覺得好，但是你會覺得不好。

那麼「好」就沒有一定的標準，無法長久的存在；會隨著時間和環境而改變。

先不管「好」與「不好」，我們先來了解「命」和「運」。那麼什麼是「命」什麼又是「運」呢？

為什麼分開時的意思不一樣，合在一起的意思也不一樣？先從命運兩個字，合起來解釋：「所謂命運，就是人的一生起伏變化和過程。」。

命～就是生命，有生才有命，所以從誕生的那一刻起；就有了活的本領，也有了活動的能力；雖然受時空、環境。等先天因素影響，非後天所能改變的之外；也決定了，我們命的好壞和吉凶。

（繼續人生小語第 395 之 1 首）

都說命中註定：「命裡有時終須有，命裡無時莫強求」是有一定根據的。譬如有人想當老師，但他沒有這個命，即使他再怎麼努力，也無法如願，殊不知這種結局，就是他最好的注定了。

人生小語第 395 之 2 首

繼續上一篇~有人說：「命好，不怕運來磨。」但也有人說：「運好，不怕命來磨。」

我們已經了解了「命」的意思了，現在再來了解一下「運」的大意：運是運氣，有好、壞之分，所以才會用「運氣」來解釋。而大家所熟悉的「運氣好」和「運氣差」是指好、壞發生的「機率」。

比如說：不好的事情，原本發生的機會很低，結果卻發生在你的身上，這就是你的運氣不好。

換句話說，如果難得的好事，發生在你身上，就算運氣好；如果少有的壞事，發生在你身上，就算運氣差了。

這樣寫，大家都明白了嗎？在說機率很低的運氣，例如你買彩券，結果中了大獎，就是運氣好。如果沒中也不算運氣差，這是一種幸運（十賭九輸）因為運氣並不是冒險，不能用碰的就有。

寫了這麼多，最後的結論：「命好，不怕運來磨命」沒有所謂的「命好」，所以「命好不成立」；因為命是自己掌握的，只要肯努力就會好，因此沒有人天生命好，都要靠自己去開創，只要有耐心，就不會怕辛苦，也不會怕困難和挫折來折磨。

（繼續人生小語第 395 之 2 首）

同樣的「運好，不怕命來磨」，也不成立，因為事情是相對的，沒有所謂絕對的道理，根據邏輯推理，這些句子只是解釋一部分，不能代表全部的事實。

人生小語第 396 首

真正的友誼，不只是利益交換而已；需要以平等、互惠來作發展原則；需要以真心交流、互動和陪伴，來感動對方；而不是在需要的時候，被動的等待對方來關懷。

真正的友誼，需要時間的考驗，需要做明智的選擇，然後真心的維護，並密切的保持聯絡。

真正的友誼，很難拆散，會隨著時間日益深刻；會真心的與你交往，不會在你困難的時刻，遠離你；不會因為一點私利，跟你計較；更不會在你受困時袖手旁觀。

有人說：「朋友多了，路好走」，我認為，多不一定好，因為其中，會有一些不好的人，還是保持點距離安全。

真正的友誼，志同道合；能地久天長，互相依賴，相互扶持，又能各自的獨立；在困難時，能伸出援手，幫忙解決問題；失意的時，能陪伴左右，給予安慰和鼓勵；能彼此同心，同甘共苦，有福同享，有難同當，才是真正的朋友！

人生小語第 397 首

有人說：「與其抱怨，不如改變。」

這句話有一定的道理，因為有怎樣的心態，就有怎樣的未來，所以想過得幸福，就得學會知足和改變。

相信大家，如果有辦法改變的話，那又何必來抱怨呢？

（繼續人生小語第 397 首）
如果抱怨能改善問題，那還有什麼理由，來自討沒趣呢？
那我們能抱怨什麼？才能扭轉受迫害的感覺。
又需要改變什麼？才能堅持到底而不放棄。
我認為抱怨別人，不如先改變好自己，才能把對別人的怨
氣，化為改變自己的動力；才能讓人生變得更好。
有人認為抱怨沒有好處，只有壞處。
但我卻不以為然，我們要先了解事情的原因；才能有效的
抱怨和解決問題；才不會把它當作是負能量，把它想得一
無可取。
因為壓抑抱怨，壓抑不滿情緒，可能會造成憂鬱的發生。
雖然大家都懂得知足常樂，也知道抱怨太多，不能有效解
決問題。
但減少抱怨，也不完全可行，並不能讓我們變得快樂啊。
那如何有效的抱怨呢？
我想需要找出問題，和不滿的癥結，才能有效的抱怨。
所以抱怨沒有錯，錯就錯在不當的抱怨，和計較太多。
抱怨要就事論事，不可以鬧情緒，才能減少沒有必要的誤
會。
要有效的抱怨。才能使溝通沒有壓力。

人生小語第 398 首

有人說：「人的潛力，是被逼出來的。」？
那為什麼要用「逼」字來形容呢？
是自己逼自己，還是被別人逼的？
我想是因為，人有「惰性」的原因吧！
那「惰性」又是什麼？

（繼續人生小語第 398 首）

我認為是：懶散、行動力不足！

但還是有想辦法來克制的。

為此我們，要在懶散和積極之間動手處理；才能進一步鞭策自己，積極的學習、努力，持續的堅持和用心。

但也不要給自己太大的壓力，有時候也需冷靜下來，才不會在情急之下，做出慌張的決定。

大家都知道「過猶不及」的道理，都不想花太多時間，煩心於無法改變的事實。

所以我們要有自知之明，凡事需適可而止，也要量力而為，絕不能自不量力。

所以解決不了的事情，就不要再白費力氣了。

要用心於能力範圍之內，把力量發揮在最有效用的地方。

我認為一個努力的人，只要用心，天下無難事。

如果我們懂得，學習運動家的精神，不斷的挑戰自己，就沒有所謂「辦不到和不可能」的藉口。

因為人的潛力是由內心決定的。

人生小語第 399 首

每個人都有自己的路，有時需自己一個人走；沒有人可以陪你走到最後。好與不好也只有自己走過才知道。所以走累了就要休息，沒有必要累了自己。

有人說：「路要自己走」，要學會一個人堅強，苦與樂也要自己承受，

我覺得沒有必要那麼孤單，人是群體的動物，路上的人很多。

（繼續人生小語第 399 首）

因為：「心若近，天涯海角都是相依；心若遠。終日相聚也無法會意。」

路上的人那麼多，總會有我們，「志同道合」的人，和我們一路扶持，一路相依。

因為我們不是聖人，無法自己走出自己的路。

一路上你孤獨嗎？

風景是美好，陪伴你的人也美好。

如果了解：「花若盛開，蝴蝶自來」這句話？

我們還會孤單嗎？

歲月因為歷練而成長，生命因為努力而懂得，只有走過了才能感受，總有些什麼能讓我們心安理得的。

人生小語第 400 首

我相信這輩子遇見誰，

是緣分也是一種機率！

或許「祂」早已安排好了，

讓我們有相遇的機會。

可見有些人會留下來，

留下跟隨我們的腳步；

但有些只是匆匆路過；

轉眼間就不見了蹤跡；

這就是那緣分的神奇。

所以有緣千里來相會，

遇到了就要好好珍惜。

人生小語第 401 首

有人說:「只要努力就能成功!」

也有人說:「努力不一定能成功!」

我覺得:重點得先跟上時代,然後再找對方法。

當然,自以為有了方法,卻不循正道只想著投機取巧,而不去努力的人就不能成功,這是眾所皆知的道理。

這在說明什麼呢?我認為:至少努力了,還有成功的希望!先不管成功或不成功的問題,對成功的理解有無數也見仁見智;有的人認為:成功是名、利、權三收;也有人認為成功,是不斷的失敗再成功。

我個人認為:成功就是不怕失敗,並且有從摔落的谷底,再爬上來的勇氣~然後積極的再上進,能持續不斷的成長,能樂在其中不覺得苦。

成功是憑自己的能力,做出了一番成就;是與自己競爭而非與他人做比較。

成功不只在追求功名、利祿,還需在合理、守法和守道德的規範下,達成預期目標。

所以還是努力吧!至少有努力就有機會;但如果選擇了錯方向,那是會越努力,離目標越遠的。

所以要努力之前,要先了解什麼樣選擇,才能讓自己有成功的機會。

人生小語第 402 首

每個人都希望,得到別人的支持與鼓勵;也希望自己,能再接再厲的超越自己。

（繼續人生小語第 402 首）

我覺得：希望得到別人的支持與鼓勵，這也無可厚非！畢竟這真的是人之常情。只能期許自己，不被一些，表面的認同所蒙蔽；並且不受其影響去發展自己的實力。

我們要知道「禮尚往來」和「你來我往」的良好互動關係，有時你得到別人的鼓勵，也要主動的去鼓勵別人。這樣友誼才能長長久久，才有相互的友好關係。

因為能相互說著勉勵的話，有利於拉近彼此的距離。

如果我們捨不得花時間去互動，那久而久之友誼會變淡，也會走上分離一途。

我們要知道鼓勵「有真」、「有假」；真的鼓勵會由衷的祝福你；但假的鼓勵，可見不得你好，會略帶點忌妒的心理。

加上現在人都比較重視自己，會常常忽略對朋友的鼓勵。

所以每當你要分享你成功的喜悅；就別太指望有許多人會來鼓勵你。

然而又有多少人捨得鼓勵別人呢？我想用：「雪中送碳和錦上添花」來做比喻；大家就清楚那些無奈與現實了。

我們總不能依靠著別人的鼓勵，來作為自己進步的動力吧？那麼如果沒人來鼓勵和支持我們？我們就不能進步了嗎？

我們要想想我們為何努力、為誰努力？難道全都是為了別人嗎？

我們是人，不需要別人一直鞭策才有動力吧？

努力是為了自己，不是做給別人看的。

雖然努力的成果，可以跟大家分享，但是努力的過程，大部分都要靠自己的堅持。

那麼努力，就是我們自己心甘情願的，沒有人可以強迫你；但如果有人逼你，可能是為你好，那要看你接不接受而已？

所以我們也不用那麼在乎，別人的支持與鼓勵。

（繼續人生小語第 402 首）

這樣會讓我們迷失在名、利之中，被人牽著鼻子走~指望著別人來認同；而不知道自己在努力什麼了？

所以不管有沒有人鼓勵和支持我們，我們都要好好的為自己努力；因為對自己有信心，對自己做鼓勵，才是最有用的自我認同

人生小語第 403 首

會說「萬事隨緣」的人是無奈嗎？是經歷滄桑的人才會說的話嗎？

其實真正的隨緣就是「順其自然」，那麼怎樣才能「順能其自然」呢？我想也就是「老子」道德經中的「道法自然」吧！

那麼什麼又是「道法自然」呢？

簡單的說：道就是自然，自然也就是道。

所以有以下的解釋，讓我們來了解：「宇宙天地間的萬事萬物，均應效法或遵循『自然而然』的規律。」才能順應各種「因、緣」的變化而存在。

我們都知道「因」就是事情的起因，而有因必有果；那「緣」是什麼呢？「緣」就是存在其中的各種關係和條件的變化。

有些事是不可抗力的，我們就不要強求，也不要去勉強，但要做到「盡人事聽天命」的努力和堅持。

但有些事，可以靠努力達成的，我們就要盡力的完成。

所以要做到：「不為順境而狂喜，也不因逆境而沮喪」才是「真正的隨緣」。

我們要知道「隨緣」，不是「隨便」和「放棄」的消極心態。

（繼續人生小語第 403 首）

祂是要我們是根據：「外在的『前因』、『後果』以及『自然條件的不同』，而做『選擇不同的努力』。」

最後要告訴大家，人生不管是順境或逆境～都要「隨緣自在」的安心接受；才能有「正面的心態」去面對和解決問題。

人生小語第 404 首

人的一生，就這麼短短的數十寒暑，開心也是一天，不開心也是一天，何必為事間物所煩呢？

而人之因此活的不好，就是想得太多，慾望太多。

但世界不會因為你不開心，就來牽就你，也不會因為你開心，就讓你更加的得意；因此你必須要打開你自己的「心眼」，從「專心的角度」，以「單純的目光」去觀看，那所望之處何嘗不是美景呢？

人之所以無知，就是不明白道理，只活在自己的主觀之中。

其實道理很簡單，看過：『得之坦然，失之淡然，爭其必然，順其自然』，這短短的四句話，給大家做參考。

句中的意思，簡單明瞭，看似容易，卻說明了人生的最高境界。

如果能用這 16 個字，去面對人生的無奈和變化，

那就不會感到，現實的冷酷無情和人生的不完美了。

而這一生，也再沒有什麼藉口可以遺憾的了。

因為你做到了～隨緣自在～自然心安。

人生小語第 405 首

看過宋人「方岳」：「不如意事常八九，可與語人無二三」

（繼續人生小語第 405 首）

這個家喻戶曉的名句；有些感慨人生的無常，認為人生有很多事不如預期；並不是我們沒有盡力，只是時機未到而已。

所以有些情況不得已，必須在誤打誤撞中，才能闖出一片天地，並且很多意外的成功，都是在誤打誤撞中得來的。或許「誤打誤撞」這句成語不好看，但是又何奈呢？這也不是說它是投機或是靠運氣的。

是因為很多時候，「人算不如天算」，有時：「有心栽花花不開，無心插柳柳成蔭」。

然而這些不如預期的環境，一再的考驗我們智慧和能力。就算是聖人也是一樣，要順其自然，量力而為的。因此就有：「昔孟母擇鄰處」的「孟母三遷」；我想這位偉大的母親是怕「近朱者赤近墨者黑吧」！

然而世界上又有多少人能：「出淤泥而不染」？不然「聖人」又為何要告誡我們：「親君子而遠小人」呢？

就讓事實來告訴我們，凡事都須「順勢而為」，只能「盡人事聽天命」？或許人不一定能勝天，也有「人算不如天算」的一天吧！

所以不要以為你的成功是僥倖，也不要以為你的幸福是偶然；你的一切，是那麼多人幫你的，你才有機會成功。

但你有想到成功後要回饋嗎？還是獨自的享受成功的一切？

看過有些成功的人，名利雙收，但是好景不長~如曇花一現，這是什麼原因呢？我想有兩種可能：1. 或許他們沒有經過大風大浪，只是少年得志大不幸？2. 或許他們不懂得感恩，不懂得滿足，心永遠存有貪念；因此忘了「知恩圖報」，忘了別人幫助的辛苦，最後捨不得多一點回饋他們。

（繼續人生小語第 405 首）

都說：成功需要不斷的接受挑戰，只能在新一輪挑戰中，取得優秀的成績，因此不能通過考驗的，就要接受失敗的教訓。

所以成功對你來講是實力？偶然？奇蹟？還是誤打誤撞呢？

我想如果能誤打誤撞，從此因禍得福的話，還算不錯；怕就怕連誤打誤撞的機會都沒有，就跌得鼻青臉腫了？

所以有時候誤打誤撞，也是不得已啊，那至少比逃避還好吧！

如果一切都順利，誰還會以「誤打誤撞」來闖關呢？你說是嗎？你需要誤打誤撞嗎？

人生小語第 406 首

每個人都有自己的理想生活要過，有自己方向和目標，也都希望能盡快的到達成功。

但有時快不一定就好，是會「欲速則不達」的，意思是說：不管工作如何的匆忙，事情如何的急迫，最好能放慢腳步慢慢做，才能減少犯錯的機率，也能有好的結果。

因為太性急、衝得太快，容易讓機會一閃而過；等發現了想要停下來；卻總在錯誤的時間，錯的地點，失去了回頭的機會。

就像一部高速行駛的汽車，為了安全，為了保持距離，有時也得放開油門，慢慢的減速吧？

所以該加油的時候，還是要加油，但也不能一直加油而沒有減速。這樣很容易發生意外，也無法面對突發的狀況。

（繼續人生小語第406首）

因此有人說：「人要適時的放空，精神才不會緊繃」；要在匆忙的生活中，安排一點空閒，讓身心舒展開來。

也有人說：「一個人可以不做閒人，卻不可以沒有閒情。」我個人認為，放空不等於放鬆；因為放空是起因，放鬆是過程，隨緣自在才是結果，只有安心自在了，才是真正放空的境界。

有時候為了追求幸福快樂，忙得又苦又累，也無所謂；但也要有一點點時間來忙裡偷閒，才能離苦得樂。

當然忙裡偷閒不是偷懶，不是無所事事，更不會揮霍無度；它是讓我們，停下匆忙的腳步休息一下；是讓生活，不會太緊張的一種閒情逸致。

所以不妨從今天開始，不強求於忙碌的事，也不偷懶於該盡的責任；並適時的把身心放空和放鬆，這樣的心態，自然是幸福快樂的。

人生小語第407首

近來有許多人，鼓吹正面的思想，也提醒大家要樂觀積極的面對人生；但還是有很多人無法領悟這些道理，錯把負面情緒壓抑下來，就以為這樣可以安然的過關，殊不知這樣的想法，反而會有過猶不及的危害。

因此我發現了一些問題，要跟大家說：「有時候我們，為了一些『不需要的改變』，會硬著頭皮去超越自己能力所及的範圍；只為了不辜負別人的期待，就來勉強的改變自己，想把自己變得更好；這當然有好的一面，可這不求別的，只為了讓別人來肯定，最後自己還是心甘情願地努力，像這樣的白忙一場，大家說值得嗎？」

（繼續人生小語第 407 首）

我覺得：「何必那麼在乎別人的肯定呢？，因為有時候，我們不是不努力，而是什麼方法都試過了，也都用盡了，但還是停留在原地，那該怎麼辦呢？」

我們也不能一直都處在原地，而有沒有進展吧？這樣會讓，妄想與事實不符的因素繼續擴大，因為那不是真正的理想，而是無知的固執或故作的堅強啊！也會害我們情緒變得低落，因而少了正面情緒的存在，也打擊了我們重建的信心。

我想只好順其自然，大家才能安心自在了，大家說是嗎？

有必要的改變也需要量力而為，要懂得分寸；不能說改就改，而失去了正確的立場！

因為只有你知道怎麼改變，別人的建議只能當參考啊！

重點：有正面的情緒當然很好，但總有些無奈的感慨吧！如果怕心情不好的話，就多去孤兒院和老人院，多去行善助人，因為助人為快樂之本，你的心情就會變好！就會少了負面情緒。

就這麼簡單的道理，大家就不要胡思亂想了好嗎？，大家說是嗎？

所以正面的思想，就是要有內在美，要有善良和正常的心態，而且要多行善助人，並以自己為主，行有餘力則以助人，那就會天天開心！

人生小語第 408 首

都說：「愛美是人的天性，而且無論男女老少，都有愛美之心。」

所以，大家都喜歡漂亮的女生，和帥氣的男性；

（繼續人生小語第 408 首）

但根據科學的調查，男生喜歡甜美型的女生；而女生卻喜歡可愛型的男生。

這是為什麼？為什麼跟我們的看法不一樣呢？因為真正單純又甜美型的女生，長久相處下來，才不會太膩；而實在又帶可愛型的男性，長久相處之後，才越發溫柔體貼的男人味。

所以，只有懂得欣賞美的人，才是真正的成熟哦！

在這裡所謂的欣賞，不是只視覺上的欣賞而已，還要能，感受到內在美散發的魅力。

然而漂亮的女生和帥氣的男性，不一定都是天生麗質的，但他們都知道，如何裝扮自己，讓自己更具備魅力，讓外在美跟著內在美一起亮麗起來。

我認為漂亮和帥氣，不是用來取悅別人的，而是自我完美的表現，因為只有熱愛生活，和懂得調劑生活煩躁的人，才有滿足的心，才能更細細品味，生活中的每一處美。

相信大家都聽過一句話：「子不嫌母醜，狗不嫌家貧」這是為什麼呢？我想大概是因為，有一種看不見的美，就是善良吧！所以善良的人，他看到的人生，大部分是美的；因此真正的美，是一種自愛的表現，祂讓我們知道：「身體髮膚受之父母，不敢毀傷孝之始也」；當然父母生給我們的~就是最美的，是獨一無二的美；再加上我們有自信和健康的心態，才能擁有真正的美。

人生小語第 409 首

我說：「人生總有許多轉彎處，轉彎不是逃避，直行要靠勇氣。」

（繼續人生小語第 409 首）

這是什麼道理呢？就是說:「轉彎不一定是逃避，但也不一定是必要的選擇。」

不能隨便叫人轉彎就轉彎吧，這樣會害到別人？

因為每個人的路不同，在你看來路還很長很遠，但在他看來路已是盡頭？

那當然你不了解他？又為什麼，會叫他走到盡頭時要轉彎呢？這似乎「不符合邏輯」吧？

就算一條是「死胡同（死巷）」，走錯了也只能往回走；這是大家都知道的道理啊！那你說要轉彎去哪裡呢？已經沒有路了~就要回頭啊；所以我認為:等到路的盡頭，才要來轉彎~是個冒險！因為我們要轉彎的時候，要提早做準備！就像開車一樣要，「提前打方向燈」，那前方和後方的車輛才會注意，才不會追撞上來！

所以我認為路的盡頭，只要走不過去就回頭吧！回到原來對的道路上，找回正確的方向，能直行的就盡量不要轉彎，要轉彎的就小心轉彎；因為轉彎是為了更美好的前途。而不是到了路的盡頭，才來轉彎~這樣是消極的觀念啊！

所以轉彎不是逃避，直行要靠勇氣。

相信大家有勇氣又有智慧，不會逃避，會走好自己的路。

這是我的意見，請大家參考，絕對有用。

人生小語第 410 首

我說:「人有夢想，是因為有希望；之所以上進是因為有信心。人要有成就，目標就必須有正確的方向。而找到真正值得前往的目標，就意味著成功在不遠處；因此方向對了，知道該朝哪個方向走，也知道一生該發揮什麼專長，那就

（繼續人生小語第 410 首）

不會有過一天算一天的懶散。」

都說：「擁有夢想的人，才能實現自己的理想。」

那夢想是什麼呢？我認為是心中美好的嚮往，是等著我們去實現的願望。

也只有夢想，才會讓我們覺得，人生有目的和有意義。

然而，人的一生有很多的目標和夢想；有根據年齡階段性夢想有大的、小的、遠的、近的，重要的、不重要的、可能的、不可能的，等等許許多多……它陪伴著我們精彩的人生。

但是要記得，其中的每一階段，會有每一階段的任務和責任，是需要我們去完成和負責的。

我們要感謝它，讓我們的人生有了目標和方向，也有了前進的動力，所以無論成敗得失如何，都會讓我們的人生充滿意義。

都說：「有夢最美，希望相隨」，「夢想是指引我們前進的動力。」

因此只要它符合實際，自己又有力量去完成，我們就要盡力而為的去完成~它給我們的希望。

重點你有夢想嗎？沒有夢想的人？哈哈就沒有希望？可是別想太多，也別癡心妄想，更別做白日夢哦！因為天上不會掉下來禮物給我們的，所以有夢就去追~這樣好嗎？謝謝！

人生小語第 411 首

人很容易看出別人的缺點，卻往往想不透自己所犯的錯誤。這是為什麼呢？我想是因為~「旁觀者清」吧！所以愛指責

（繼續人生小語第 411 首）

別人的不對，去挑別人的缺點，就變成是容易的事情。

但是如果自己犯了同樣的錯誤呢？我想這就需要修養和智慧來反省改過了。

然而身為一個旁觀者，誰又能不「先入為主」的去批評別人了？（除非你是老師）

我認為：應該先換位思考後，才能告訴別人該怎麼做，並且盡量不要用教條式的說法，才不會令人不快。

其實每個人都有缺點，都不完美啊；我們應該常常反省自己才對，至於別人的缺點，我們就「擇其不善而改之」吧！

千萬別自作聰明哦！別讓~錯把自己當成了老師，誤把別人當成學生，的笑話發生。

雖然「三人行必有我師」，但是「師者傳道授業解惑也。」我們還是先把自己的迷惑~領悟，然後：「每日三省己身」進而做到「己所不欲勿施於人」的美好心態，這樣大家說好嗎？謝謝。

人生小語第 412 首

每個人，都有自己的生活習慣和方法；而成功的人，好習慣一定比壞習慣多，所以習慣的好壞，足以影響人的一生。

這就是：「思想支配行動，行動養成習慣，習慣改變性格，性格決定命運」的道理。

因此培養好習慣和改掉壞習慣，就成為人生重要的課題。

然而習慣的好壞很明顯，大家也都知道，好習慣當然要持之以恆，且天天持續不中斷。

但那不好的習慣，則要不斷修正和調整，才有機會完全改掉。

（繼續人生小語第 412 首）

因此有人說：「從習慣可以看出一個人的教養」。這是為什麼呢？因為如果你的習慣，會造成別人的困擾和不便，那你就得收斂一下或者改掉，才不會讓人反感。才能和別人相處得愉快。

人生小語第 413 首

有人問我：「朋友像什麼最好？」我回答他：「能像『知己最好』。」

接著我又反問，他回答：「我喜歡朋友像酒一樣又香又濃令人陶醉。」

接著我想起一個句子：「酒不醉人人自醉，花不迷人人自迷」。

這句子指出：能醉人的未必是陳年烈酒，是喝酒的人自我的陶醉；而能迷人的必定是多情的紅的玫瑰，是情人眼裡出的西施。

所以結論：朋友像酒、像茶、像花都好！但最好像「君子之交淡如水」；因為多喝水沒事，畢竟茶喝多了「會傷胃」，酒喝多了會亂性，拈花惹草多了是「會花心」的。

因此只有平平淡淡才是真，細水長流才能長久；我們要用心體會朋友像什麼，最好像都能自己的知己才沒煩惱。

人生小語第 414 首

活潑，能使單調的生活，變幻出浪漫的色彩，使更多的詩情畫意，精彩您人生的快樂和美麗，而沉著穩重，能使您慌張的心情，遠離迷惑走向堅定，而不再猶豫。

（繼續人生小語第 414 首）
人生就像那四季的變化一樣，有感有傷有期許，但只要能
好好欣賞，就會有不同歡喜，就讓不同的風光來壯觀你的
風景。

人生小語第 415 首

任何人在做任何的努力，若能「一鼓作氣」的衝到底，就
能讓即將的成功，「趨於穩定」；也能減少一些，因「一時
大意」所產生的「阻力」。
因為一時的得意，很容易放鬆了警戒，進而有反應遲鈍的
問題；而讓即將成功的努力，「功虧一簣」。為此無論在做
什麼樣的努力，在越接近成功的時候，就要越注意「一鼓
作氣」的堅持，才不會有「前功盡棄」的問題。

人生小語第 416 首

我不稀罕你是因為你過分了
你總自以為是讓人無法認同
當有一天你自作自受的時候
才會知道天有多高地有多厚

人生小語第 417 之 1 首

在生活中，我們常會遇到些麻煩的人或事，讓我們因而傷
腦筋的頭痛不已。
但我們，還是要試著去了解對方的用心，才能明白對方是
否帶有惡意。

（繼續人生小語第 417 之 1 首）

所以不管對方是有口無心，還是故意挑剔的找我們麻煩，只要你感到不開心，且影響到你的心情，就會讓彼此的關係，產生看法和認同的危機。

我覺得無論是哪一種問題，只要有疑慮，就應該直接了當的表達「正面」的回應，至少讓對方了解你的善意，然後才能告知他偏差的粗暴，減少往後彼此，更多的摩擦和誤會。

人生小語第 417 之 2 首

曾經以為，所有的努力都會開花結果；所有的希望都可以美夢成真；所有相愛的人都能常相守，一起攜手走過那嚮往的生活。而今，雖有生不逢時的造化弄人，感嘆命運無常，福禍難測，但是只要我們能奮鬥不懈，努力向前，就能遇到對的人，找到對的邂逅，然後和他們一起同甘共苦，共創美好的人生。

人生小語第 418 首

這一路走來，我們都經歷了許多的風風雨雨，也有過那美好的幸福和環境。

現在才懂得原來努力，是需要不斷求進步，才能回歸到現實的層面中，去了解狀況和面對挑戰，進而做出更正確的規劃。

所以未來是需要詳細計畫的，不是隨便就可以決定。

雖然我們無法選擇「先天和出生」的環境，但還是可以透過努力，來決定以後的方向，該怎麼努力和前進。

人生小語第 419 首

沒有人的人生是順利的，倘若沒有經歷一些考驗和磨難，就無法累積足夠的成功經驗，也無法領悟：「生於憂患，死於安樂」道理，因此暫時的失敗，是幫助我們得到成功的好方法。

畢竟生活要面對的事情那麼多，怎麼可能每一樣都順心如意呢？

那如果樣樣都順利的話，我倒覺得不正常，因為我們會忽略其中問題和困難的存在，造成沒有再進步和成長的空間，等到真正的考驗來臨的時候，就沒有足夠的能力解決。

所以，我們無法要求每次都那麼幸運，每次都那麼的完美。總有些突來的波瀾穿插其中，掀起精彩的浪花，變化出不同的情節。

我們還是要有隨機應變的能力，才能有耐心的把困難一一克服。

因為人生只有在挑戰中，才能成長，只有在困境裡，才有突破重圍的勇氣。

所以不順利，是給我們磨練的好機會，讓我們更有能力，把生活過得更好。

人生小語第 420 首

現代人，在忙碌的快節奏生活下，想找時間來看書（三日不讀書，便覺言語無味，面目可憎）的機會少了，而光說不練（再完美的藍圖，若無實踐，形同廢紙）的時間卻多了；導致人性、人道，慢慢地被現實生活和功利主義所影響。

覃合理
小語

（繼續人生小語第 420 首）

現代人，平常忙於工作、家庭、上學，遇到休息的空閒，會玩一下手機、看一些影片、或上網聊天，來消遣時間。然而書海茫茫，想靜下來看本書，有時卻不知從何找起，加上有的書，文字生澀，詞句不通順，枯燥乏味，簡直看不懂，也看不下去。

再加上網路普及之後，智慧型手機更是人手一機。等於大家有空都在滑手機，這完全改變了多數人的閱讀習慣，想一本一本看的耐心，早已倦怠。

所以現代人的挫折和苦悶，多半以消磨時光，消遣來排解。想要找回：「書中自有黃金屋，書中自有顏如玉」的「憬憧」變少了。

但是很多人，還是對看書「有益身心」的說法表達認同。大家都相信，讀書或多或少都能吸收一些知識，是提升能力，最簡單、最方便、也是最快的方法。

但是「盡信書不如無書」，我們也要從實際的生活中，取得經驗和能力。不然就像「光說不練」的人一樣，只是「紙上談兵」了。

大家看書了沒有？有空多看書，才能學會「把知識轉化為能力的方法」。並進一步將知識應用到實際行動中。

人生小語第 421 首

有人說：「孩子是我們的一面鏡子。」所以身教，重於言教，他們會（觀察）他們父母的一言一行，也會（模仿）他們的一舉一動，其實孩子會那麼皮，脾氣那麼差，只是因為我們當初，做了（壞榜樣），讓他們不知不覺的模仿，為此有空多照照鏡子吧！就會察覺自己的虛偽，然後知道改進。

（繼續人生小語第 421 首）
這就是：「時時勤拂拭勿使惹塵埃」的道理。

人生小語第 422 首

有人說：「與人相處，就像一面鏡子。」你可以從鏡中，看
到一切表面的美麗。

你若對著他笑，他才會對你笑，你若面無表情，他也會面
無表情；但是前提要保持「和善」的距離，因為如果沒有
保持「良好」的距離，即使是「明鏡台」，也照映不出，你
想看透的善惡美醜。

人生小語第 423 首

有人問我什麼是「一念之間」？
我回答他說：這句話是「佛教用語」，我認為「它」，有「執
著」（一念代萬念和一心一意）的「含義」在內。
而「一念」最簡單的白話解釋，就是「一個觀念」或「一
個想法」。
當然「之間」是時間的意思，但要看「這個念頭」的長、
短或大、小而定，其間可以是「瞬間」，也可以是「永遠」。
其實一個觀念或想法，可以有「千萬以上的念頭」，而「千
萬以上的念頭」，又可以「回歸於一個念頭」。
這是為什麼呢？我認為是「相由心生」「境隨心轉」。因為：
「世間萬物皆是『化相』，『心不動』，則萬物皆不動，『心
不變』，則萬物皆不變。」
所以「起念動心」意思是說：「先有念頭」然後再「動心」
去思考。

（繼續人生小語第 423 首）

因此「一念產生的其間」，心裡就有了「初部想法」，就會動用各種方法和理由去實現。

當然有人會說：「一念天堂，一念地獄」，但這裡的「一念」，就是只有一個念頭，而且是「專心致志」的念頭哦！

而這個「念頭」，「可大可小」、「可長可久」，也可以是「瞬間」，就看我們「想堅持多久了」。

懂了嗎？「一念之間」，可不能隨便想一想，也不能有「非份之想」哦！是要「專心的想」，而且要「往好處想」（記得非禮勿視、聽、言、動）；就可以「一念上天堂」，也可以「一念成佛了」，（重點你「修道」先，且在「一念之間」要「專心致志」哦，那「天下就無難事了」，只怕你這個「有心（用心）人了」。

人生小語第 424 首

即使再好的朋友，也會因一時的意見不合，而發生了爭執；即使在親密的戀人，也會因一時的猜疑，而造成難以避免的口角；但只要雙方都能保持冷靜，也不要把話說得太絕，就不會有口誅筆伐和言語的戰鬥；假如這樣的溝通，能心平氣和，就不會走上了決裂的路口；假如這樣的偏執能放下，就不會有形同陌路的傷痛。

人生小語第 425 首

俗話說得好：「一樣米養百樣人」，有些人「很容易犯錯」，而有些人卻「很容易原諒別人」。

（繼續人生小語第 425 首）

我覺得容易犯錯的人，要能多檢討多反省，重點把脾氣和想法改一改，就能減少再犯的頻率了。

那些容易原諒別人的人，我覺得「原諒是可以的」，但不必急著去原諒傷害我們的人。

是的，我們遲早會原諒傷害我們的人，但是對方如果一二再再而三的犯錯的話，那原諒等於沒有效果哦，反而會助長他們「有意無意的再犯」。

我們要知道原諒的目的，就是幫助犯錯的人改過。那如果犯錯的人沒有真心悔改，原諒就沒有意義了。

然而有些人的性格比較好，也比較善良（不喜歡記恨別人）即使受了別人的傷害，只要別人誠懇的賠禮道歉，都會願意與給對方機會的（覺得給別人機會，就是給自己機會），也覺得是可以原諒的，不會把人拒於門外。

最後我還是覺得「以德報德，以直報怨比較好」，其實原諒別人，並不代表我們比較偉大，而是我們選擇了「寬恕」，然後「放下」，減少了憤怒、怨恨和壓力，讓一切回到正常，因為「原諒」實在比「報復」來得容易多了~那我們何樂不為呢！

人生小語第 426 首

有人問我一段話，如下：「人生從來不是規劃出的，而是一步步走出來的。」。

他問我這樣的想法好不好？

我知道這段話是「網路傳的名言」，但我還是覺得很奇怪也很懷疑，懷疑這句話的正面性；也懷疑這句話會不會說得太滿？

（繼續人生小語第 426 首）

因此我暫時不回答他，這不代表我沒有想法。

我想了又想，還是誠實的把它說出來，向大家「合理的解釋人生迷惑」，讓大家參考如下：為什麼有規劃而不規劃呢？

難道是不會規劃，只注重眼前的快樂，只想過一天算一天嗎？只想走一步算一步嗎？

我想大家不會這麼想的，都會有上進的心，都會做好規劃好好努力的。

所以，我們不能只做眼前喜歡的事，也不能逃避眼前的困難哦，這樣才不會讓那些，漫無目標的感覺困住我們，我們要在規劃中，找回失去的動力，才能坦然的去規劃人生和未知的將來。

大家說是嗎？有規劃總比沒有規劃好吧，雖然計畫趕不上變化，但是我們有「隨機應變的能力」，只要能夠堅持下去，就能完成夢想。

人生小語第 427 首

世界上沒有過不去的門檻，只有走不出的心情。那為什麼會有走不出的心情呢？是因為想不開。

只要想開了以後，就能走出光明，這個道理很簡單，只是有人會沉迷。為什麼會沉迷呢？因為捨不得，只要捨得「有捨才有得」。若是捨不得只有坐困愁城，在苦海中沉淪。所以想開了就能回頭是岸，所以捨得了~就有美好心情。

人生小語第 428 首

每個人心中都有一畝田，
它需要我們全力去開墾，
希望我們認真的去播種，
期待我們努力勤勞耕耘
最後讓我們有美好成果。
而播種是為了收穫更多，
想要有收穫先努力的栽，
那可用它來播種什麼呢？
我想播種希望收穫夢想，
還想播種幸福收穫快樂。
我們需要和它同心協力，
請它主導我們生命過程，
讓它發揮到最好的狀態，
然後快樂的生活每一天，
再進一步收穫美好人生。

人生小語第 429 首

有些問題想的太多，反而會增加不少的困擾，有些事情想
的太單純，又會使問題變得複雜，因而無法得到解決。
那我們應該怎麼想，才不會有煩惱呢？
我想如果有樂觀還有客觀的心態~最好，因為樂觀容易使人
開懷豁達，且有益身心健康，也會使一籌莫展的問題，早
日得到解決，所以用樂觀來看待一切，一切就會變得美好。
而客觀，則容易以不同的角度來參考和分析，不會只憑主
觀的臆斷做結論，所以容易，實事求是的掌握好人生。

人生小語第 430 首

想要真正的看透自己,並不容易,不要隨便照照鏡子,就能心安。下面一段有關的話題,可以讓大家做參考,或許有幫助。

所以「六祖」「惠能」大師看透了「神秀」大師的禪詩,也說出了自己的感悟,他說:「菩提本無樹,明鏡亦非台,本來無一物,何處惹塵埃?」。意思是說,世間萬物本來就是空的,心也是空的,所以任何人、事、物,只是從心而過而已,那又何來的痕跡的塵埃呢?這是「禪宗」的最高境界,值得我們,細細來品味有會出祂的高明,可以讓我們在迷與悟的一念之間,懂得佛法的真諦。

人生小語第 431 首

人生如花,有花開花落,有甜蜜的結果,所有花開便是精彩,所有花落只為結果。我們不要只在乎花開的美麗,而忽略花落時的訴求。因為花開雖美卻只是經過,只有花落的努力,才能完成滿意的成果。

人生也是一樣,在花開的時候好好努力,在花落的時候守護成果

人生小語第 432 首

他若愛你他會放不下你,一場誤會也破壞不了你們的感情。他若愛你他不會走遠,一場別離也分開不了你們的真心。他愛你他會原諒你,不管是忍無可忍和退無可退,也斷不了你們的情緣。他若愛你會時時刻刻的把你想念,因為你

（繼續人生小語第 432 首）
是他的最愛，你是如此美麗如此迷人，是何等寶貴，何等
的可愛，他已把你放在心裡收藏。

人生小語第 433 首

人的一生，總會遭遇到許多意想不到的麻煩和困難，但無
論怎樣，都不要頹廢和沮喪，要隨時帶著自信的微笑，快
快樂樂地，走在人生道路上。相信自己的希望，一定能夠
實現，相信自己永遠有最美的打扮。請不要過分要求自己，
因為除了努力你還需要堅強，才能找到你人生的平衡點，
當然保持一種適度的緊張，也可以讓你的人生，過得順利
而舒暢。

人生小語第 434 首

有時候，會覺得自己很幸福，就像擁有了全世界，也擁有了
美滿的生活，有一種心滿意足的感受，但在背後卻又有點擔
心，擔心這種好景會不長久，會在一瞬間變成一無所有。
那是什麼原因？其實這是種「患得患失的不健康心態」，只
要改變：「天下本無事，庸人自擾之」的那種害怕失去的心
裡，這樣就會心安。不過還是要，能認真地去經營和維持，
最好是能解開那害怕的心結，以一種「居高思危」的智慧，
來防患於未然，才是根本的方法。

人生小語第 435 首

在一生中，我們很喜歡對我們愛的人，來許下許多諾言，卻很少對許下的諾言，來預先思考。造成許多不自量力的後果，這當然不是欺騙，或許有點誇大，就當是個美夢，只要有心，只要是善意的就不會令人太失望。

人生小語第 436 首

只要是人（聖人除外），都或多或少會有那麼一點心事，而有些人習慣了「守口如瓶」，因為他們，害怕說出來，會沒有人同情，所以選擇自己承受打擊，也不欲人知；而另一些人卻「有苦難言」~因為他們，怕找不到「知心好友」吐苦水，怕別人投以「異樣的眼神」看輕自己，所以心中縱有千言萬語，也不知從何說起，最終隱忍在心裡也不說。但如果不把這些心結解開的話，那麼久而久之，真的會讓這些無奈，變成煩惱和困擾~來讓人崩潰的。

我們就把心情想像成「一片藍天」，而把天空的雲，想像成「世事變化的無常」吧！那麼只要我們保持好心情，就不怕風雨的考驗，就會有雨過天晴的美麗彩虹。所以接下來只有自己來決定，決定自己的當下是「陰天還是晴天」？相信很多人都聽過，「台灣」的作曲、詞家：「蔡振南」先生，寫的一首「台語歌」〈心事誰人知〉，其中的一段歌詞，寫得很有意義，我就把它節錄下來給大家參考如下：「心事若無講出來，有啥人會知；有時陣想欲訴出，滿腹的悲哀……」，他的意思是鼓勵人有心事就要說出來，如果放在心裡太久的話，真的會悶出病來的。大家有空不妨唱唱這首歌吧，或許心情會好一些也不一定哦。

人生小語第 437 首

有人問我「好勝心」的問題，我回答：

「凡事需講求『中庸之道』（保持『中正平和』的心態），有時也要考慮『適可而止』，才不會白白花費時間，卻什麼也沒有得到。」

他又問我：「那總地來說，好勝心是不好的嗎？」

我回答：「那也不盡然，只要好勝心『不要太強、不要太超過』；就能『聽進別人的勸導』，就不會有『偏差的心態』，也不會『自以為是』的少了『上進心的優點』。」

我認為「爭強好勝」是一種「固執」，但它不一定是「擇善固執」因為它少了「企圖心的圓滑」。

我認為它不會壞什麼事，但也成就不了什麼大事。

因為：「『好勝者』，必遇其『敵』」，意思是說：「爭強好勝」的人，只因一時的「強出頭」而得罪了不少人，必定會遇上「死對頭的」。怕他們到時又「逞一時之勇」，讓表面看起來風光（贏了一時），但實際上卻輸了一輩子。

也許有些人「憑著好勝心」，度過了被人冷落的日子，他們咬著牙含著淚，也不向人低頭，也要重新振作；但他們卻忘了，給別人台階下的機會，也不願隨波逐流，這樣很容易引起別人的反感，最後變成「眾叛親離」，只剩自己在「孤軍奮鬥」。

唉！一樣是堅持，卻有不同的後果，如果堅持錯了，不知道回頭~那是會「自作自受」的哦。

所以如果有好勝心，要適可而止哦，不然後果真的是會「不堪設想」的。

人生小語第 438 之 1 首

我們一生中，不知道看了多少文章，聽了多少的道理；那為什麼還沒辦法想開一點（知足），看透一些（覺悟）和放下一切（包袱）呢？

原因很簡單，雖然看了，心裡卻沒有吸收；雖然聽了，身體卻沒有付諸行動。

就像老師教的數學，題目不複雜，答案也不難，聽都聽得懂，可當下算起來，卻忘東忘西，也常常算錯。

這又是什麼道理呢？明明會的習題，總是會出差錯，我想應該是沒有充分的瞭解和練習（光說不練）吧！

我們做習題，不只要充分了解，還要付出行動的去多算多練習。算到非常熟練為止，然後能舉一反三。

人生的道理也是這樣，不只要充分的了解，而且要身體力行的去做，這就是「知行合一」的重要。

不管是知難行易或知易行難，別在意的是難或是易，只要抓住重點是~靠行的功夫就沒問題了。

因為沒有去做，怎麼會有失敗；沒有失敗，怎麼會有經驗；沒有經驗，怎麼經得起考驗？經不起考驗，又何來成功可言？

有的人平常沒問題的時候，是沒空去看一些勵志文章的，要等到心裡有障礙時，才會去找一些心靈雞湯來補一補。

但是他們的問題，也不是這些心靈雞湯，可以給他們足夠滿足的。

因為他們忽略了，從最基本的「修心養性」做起啊！

一理通，百理通，如果不了解「人之初性本善」和「百善孝為先」的道理就「無法心安」。

而心不安，所作所為當然會有偏差，長期下來你們說能隨緣自在嗎？

（繼續人生小語第 438 之 1 首）

人生的道理很簡單，不會像數學那麼「公式化」！，都是最簡單的邏輯，只要我們好好運用，努力去練習，就沒問題。

雖然「填鴨式」的道理，我們很容易接受，但是還要自己領悟，領悟變成自己的心得，而不是被「洗腦式的接受」。因為你沒辦法領悟成自己心得，那別人的經驗和感想（如人飲水冷暖自知）就像數學老師教得那麼明白，只待我們充分了解，多多練習了。

人生小語第 438 之 2 首

有「好」就有「壞」，有「美」就有「醜」；這是大家都知道的「現象」。

看過（古中國）「老子」《道德經》（第二章~天下皆知美之為美）給大家參考如下：「天下皆知美之唯美，斯惡已。」句子的意思是說「天下（全世界）都知道『美』的一致標準，於是不合乎美的『惡』就產生了。」而好與壞、美與醜是相比較得知的，並不是它們真正的本質，也不是我們不去做比較，就沒有差別的哦。

然而美與醜，好與壞，都只是過於簡化的比較，就此簡單的比較一下，也會有被比下去的感覺。

於是有的人比較以後，會變得比較自卑，有的人會比較以後，反而更有自信。

這是因為大部的人，在比較的過程中，缺乏「客觀的要素」，很容易「自以為是」，因而產生很大的「差別看法」。

然而比較，是利用另一方，作為比較的尺度，來進行評估的，所以當然要往好處比。我想他們，當然比較不會找，

（繼續人生小語第 438 之 2 首）

比他們差的人來比；一定比較會找比自己好的人來比，結果也不考量自己的缺點，去改進自己的不是，反而因為忌妒，讓自己怨天尤人。

是的，大部分的人，都認為「比較」是不好的（除非你是科學的研究人員，用比較來研究、分析、發明。），否則一比較起來，怕失去「公正客觀」的立場。

每個人都不完美，都「比上不足比下有餘」，但只要懂得知足，知道自己的缺點和優點，就比較有正面的思考，就能更坦然的去接受自己的不完美。

傾向擁有正面心態的我們，會把比較運用在正確的方向，而讓自己有往前的動力。

我們要學習科學家的精神，把很多數據歸類，研究分析來比較。然後從中找出不足和缺點加以改進，讓自己得到平衡，也給自己更多努力的空間。

學習與自己比較，是最好的方法，少去比其他人，就少了自卑心和虛榮感的心態，也少了不開心和自我懷疑的感覺。

人生小語第 439 首

有時候，我們會想去一個地方，想看那裡的風光，是因為那裡有我們共同的嚮往。而不是因為那裡，有什麼特別的好玩。同樣的一個風景，會讓我們聯想起來，也是因為那裡有我們共同美好的回憶，和共同放不下的牽掛，所以有時候，我們想出遊，想的是和喜歡的人同行，哪種美妙，其實才是人生最美的心情。

人生小語第 440 首

有人問我:「人是不是被逼出來的?」

我把回答他的內容,寫出來給大家參考如下:

我覺得他的問題,讓人好笑,也讓人懷疑!

這是為什麼呢?因為,人又不是牛和馬,是不用被人打一下才走一步的。

但有人會說他們是被逼出來的,我想這是他們認知的問題。

或許逼他們的人,是為了他們好也不一定;

或許被逼的那些人,自己做不好也是原因吧。

所以在逼與被逼之間,就形成一種壓力。

然而這種壓力會讓兩者的關係,有反彈的與變形的可能,甚至超越了極限~「物極來不及反了」就直接的斷裂了。

我認為做好自己就好,如果連自己也做不好(是要「天誅地滅」的),被人逼有用嗎?大家說是嗎?

大家可能會考慮到一個問題,就是逼我們的人,他們有強迫我們,還是限制我們嗎?我認為這種機會很少,除非逼我們的人,他們心態有問題。

但如果不幸遇到這些人(強逼者),我們就學古代的智慧「親君子子而遠小人吧」,就「敬而遠之囉」。

我們想想,現在已是民主社會了,已「沒有主僕的關係」只有「自由、平等、友愛」而已。

然而,也有一些人善於推卸責任,原因是他們自己做得不夠好,就推說是被人逼的。

我認為如果恪守「五倫」的關係做好自己本份就沒問題。

而「五倫」是古中國「儒家的倫理」做人原則;它讓我們「有做人的尊嚴」而不同於其他動物。

（繼續人生小語第 440 首）

「五」倫其中的五種德目，是指君臣、父子、夫婦、兄弟、朋友；而五的「倫」是指人與人相處的良好關係。

所以只要我們做好自己的本份，竭盡所能全力以赴，負起該負的責任，做好該做的事，就算被逼也不會形成什麼壓力（它只會讓我們進步），因為我們已經問心無愧。

但如果推卸責任，也沒做好該做的事，而把別人的要求當作是逼你的話，這樣的心態就應該改進了。

大家說是嗎？不要再說別人逼你了，先竭盡所能的做好自己，就能問心無愧。

人生小語第 441 首

有人問我兩個問題：他問，問題 1.壓力大要怎麼辦？我回答，問題 1.自己放鬆（放下該放下的）；他問，問題 2.要不要找人訴苦？我回答，問題 2.當然要（找知心好友），另外我補充：因為有福同享，有難同當才是好友。

接著我再告訴他：壓力大是自己造成的（自找苦吃）而緊張和不安也是自己造成的（自尋煩惱）。換句話說，過度的壓力不一定會讓人崩潰，卻會使人生活品質低落的。

所以：「心痛得心藥醫，解鈴還需繫鈴人。」（誰惹出來的麻煩，還得由誰去解決）。

因此我覺得有必要，先來解釋一下什麼叫「壓力」，大家才知道，接下來會是什麼狀況。

壓力，曾經是個「醫學名詞」，而今卻成為每個人都心中的無奈；它（壓力）的意思還是在強調：「壓力是個人主觀的感覺，而這種感覺，常常跟著內、外在環境的變動起伏」。

有的人抗壓性比較強，會把壓力變成動力，進而改變逆境；

（繼續人生小語第 441 首）

有的人抗壓性比較弱，要等到自己「退無可退」才會匆忙
的想辦法把壓力釋放，然後：他們的心情，就被他們的想
法所決定了。

所以我們要學會放下（沒必要的負擔），放下那些過於執著
的不好念頭，並學習樂觀積極的心態，才能擺脫「不當壓
力」的危害。

那壓力是否是好還是不好的呢？我認為如果壓力適當的
話，是可以把它轉換成動力的。

最後補充幾點，給大家，當作釋放壓力的參考如下：1. 有
壓力才有動力，2. 改掉主觀是為了客觀，3. 保持樂觀積極，
是為了對抗消極頹喪，4. 休息是為了走更遠的路，5. 放鬆
是為了減少緊張，6. 找朋友訴苦，是為了減少情緒低落，
7. 多和朋友聯絡，是為了接受更多好的看法。

人生小語第 442 首

人不要一生都妄想了風光
也不要一切都奢望能順利
因為人生不如意十常八九
只要過好每一天開心就好

成功的人也有失落的時候
失敗的人也有出頭的一天
因此不能以成敗來論英雄
生當作人傑不成功便成仁

（繼續人生小語第 442 首）
而那些風光和落魄的背後
實際上的辛酸又有誰知曉
或許年少不懂青春的可貴
到年邁才對虛度光陰懊悔

而人最怕外表看起來陽光
實際上內心陰暗笑裡藏刀
所以都說知人知面不知心
假如不幸遇上了就要小心

人生小語第 443 首

時間像一條長河，它總是緩緩的向前移動，沒有任何阻礙
可以讓它停留。
而河內是湍急的流水，流走的是再也回不來的時光。
它毫不客氣地流走我的青春，改變了我的年齡和命運，讓
我不再有舊日的天真。
它流淌著不一樣的激情，讓我慢慢的變老，老到有時間，
來懷念這舊日的美好時光。
喜歡它從生命的高峰直流而下，永不回頭的勇氣；佩服它
從不曾停留半分，無論在我睡或醒，都奔騰不息的向前流
去。
喜歡它兩岸的風光；就讓它在我的生活中涓涓流淌；給心
裡帶來幸福的滋味。
它在不同的時間，給我有不同的經驗，可以讓我面對不同
的挑戰。

（繼續人生小語第 443 首）

而唯一美中不足，是它留不住那美麗的瞬間，留下來的，只有一些感嘆和不捨。

我自知是河上的小舟，只能跟隨它的速度，不斷的前進，完全沒有機會停留。

因此我要在年華老去之前，保持優雅的生活態度，快樂自己的人生。

人生小語第 444 首（詩歌未譜曲）

我曾無知的徘徊猶豫
漂泊在茫茫人的海裡
是你先闖進我的夢裡
說夢裡的世界很清晰
感覺可以永遠在一起

我們都知道夢很美麗
但也要考量它的實際
還需要了解愛的議題
才不會造成愛的壓力
才能把壓力化為動力
感謝上天讓我遇上你
感謝你對我不離不棄
我會好好的把你珍惜
就讓我們為理想努力
努力讓生活更有意義

人生小語第 445 首

有人問我一句話如下:「做人『難』、『難』做人、人『難』做。」,請我給他一個「合理」的解釋。

我聽了回答:做人不是問題(做事先做人,做人先修身立德,然後立功、立言),問題在對「難」字看法的不同。

接著我跟他說:「那『難』字並不可怕啊!因為:『天下無「難事」,只怕『有心人』」,況且從小我們就被教育著,要做勇敢不怕困難的人。那如果他怕困難的話,就表示他「還沒有本事」去面對喔。

那他為什麼一輩子,都在為一個「難」字而煩惱呢?

我想,其實不「難」吧!雖說:「萬事起頭難」,但如果剛開始沒有困難的話,那大家又怎麼會繼續的努力、解決和克服,社會又何來進步的空間呢?

都說:「人生在世,困難再所難免」。假如沒有這個「難」字的話,大家還會想去突破、創新嗎?

這正是:「與其做困難的奴隸,不如做困難的主人」的「合理化解釋」。

人生來,就是要面對許多困難的,重點是:直接面對它,想辦法解決它。但如果在無法控制的情況下,發生同樣的困難,那我們就要憑著學來的經驗去把它克服吧。

我們需要勇氣,來面對生活中的任何困難,不能只抱著「逃避的心態」就想過關。那樣是會「適得其反」坐困愁城的。因為沒有任何人,可以逃避困難,而逃避的結果,困難也不會因此而消失,只會變本加屬的難上加難。

那如何面對困難?我覺得還是選擇勇敢的面對(要量力而為、或請人幫忙、自助而後人助)才好,才能給自己的人生,一個「完整」的交代。

人生小語第 446 首

再讓我改正一次吧
只要我不敷衍不將就
失敗的結果
反而是考驗
反而在困難中越挫越勇

再讓我努力一次吧
只要我能堅持能突破
再多的折磨
反而是逆境中鍛鍊的好機會
反而是讓我進步的動力
用心是讓我成功唯一的路

人生小語第 447 首

幸福像朵美麗的鮮花，它迷人優雅的姿態，吸引了我們的
眼球，值得我們仔細來欣賞，用心來呵護。
它撫媚動人，讓人看了情不自禁；吸引了我們熱烈的追求，
和勤勞的付出，就像彩蝶一樣揮舞著甜蜜。
我們要在心中埋下幸福的種子，好好栽種，讓它生根發芽，
讓它結出快樂，理想，美麗，甜蜜的果實。讓它陪著我們
成為最幸福的人。因為只有它，會使我們生活美滿，願望
達成；會在我們冷的時候，給我們溫暖，在我們想度假旅
遊的時候，會找人陪我們快樂。
對於這種美好的存在，擁有了它，就擁有了快樂。

（繼續人生小語第 447 首）
我們不要讓它太早枯萎，要珍惜它，愛護它，保護它，快樂相伴，綻放自信；讓它繼續花開燦爛。

記得種下幸福的種子，那怕它存活的機率渺茫，但只要熱愛它，小心的栽培它，就一定有花開燦爛的幸福人生。

人生小語第 448 首

看過：「宰相肚裡能撐船」、「將軍頭上能跑馬」的兩個典故；就知道：「能忍別人所不能忍者，必能成人所不能成。」所以一個人成就的「大小」，一定隨著他，容忍的「程度」，和包容的「雅量」而「遞增」是永遠成「正比」的。

因此只要有人，能對我們「一再的容忍」，能對我們「仁至義盡」的話，那我們就要知道悔改，不能一錯再錯了，才不會辜負他的苦心和好意，也不會成為他眼中「朽木不可雕」的人。

那為什麼他能對人「一再的容忍」，難道他傻（大智若愚）得不會計較了嗎？

我想這不是他「傻」，應該是他比較有智慧吧。

因為他比其他人早一步了解，「容忍」是一種「傳統美德」，是一種「修養」，是一種「智慧」；一種「境界」，它不是「懦弱」，也不會「退縮」到沒有「底線」；而其他的人晚一點領悟而已。

所以表面上看似吃了眼前虧，但其實背後是占便宜的。

看過一些名言，給大家參考如下：「英國」詩人「莎士比亞」說過：「『容忍』是最大的智慧」；「古中國」至聖「孔子」在《論語·衛靈公》中說：「小不忍，則亂大謀」。後來「古中國」哲人「王陽明」先生，進一步解釋：「君子忍人之所

（繼續人生小語第 448 首）

不能忍，容人之所不能容，處人之所不能處。」根據以上的這些名言綜合的結論「容忍」乃大智也。

所以只要認同：「凡事以忍（和）為貴」這句話，相信任何的矛盾，都有化開的機會。

推論：每個人「忍耐的程度不一樣」；因此就我看過的「古羅馬」詩人「奧維德」名言，給大家參考如下：「忍耐和堅持是痛苦的，但它會逐漸給你帶來幸福。」；所以只要我們想成就事業，就必須「先學會忍耐」，而忍耐的底線，就依「修道」的程度而定吧！

最後我認為：「有容乃大」，就像大海可以容納千百條河流，是因為它有廣闊的胸懷，所以能成大海。

我們只要多了「容人的雅量」，就會少了斤斤計較的「小氣」，就能像「古中國」至聖「孔子」說的：「以德報德，以直報怨」，而能「以德服人」，也能「收服人心」了。

在這裡，我們要感謝~能容忍我們的人，但不要因此得寸進尺，把對方看成是個「爛好人」，而不知悔改的一錯再錯哦。

大家容忍了嗎？這看起來很容易，做起來不會很難的哦。

要學會容忍，才能像大海一樣的美，一樣的偉大。

人生小語第 449 首

很多時候，事情不是我們想像中的那麼順利，

但我們都會，先做最好的準備和最壞的打算。

所以很多時候，會有下列四種情狀發生的可能：

很多時候，

不是辛苦忙碌的付出，就一定有比例的收穫；

很多時候，

（繼續人生小語第 449 首）

不是堅持到底的決心，就一定能完成任務；

很多時候，

不是勇往直前的追求，就一定能達到目的；

很多時候，

不是永不改變的計劃，就一定有成功的機會；

這些都是，大家知道的「不好結果」。

但最後大家都會，自我安慰的說：「沒關係，再接再厲就好」。

是的，正因為夢想如此的美好，我們才願意竭盡全力的去投入。

當然這些不如預期的結果，和影響的原因，有討論和改進的必要；但想要收穫，還是得先付出，

因為，大家還是認同：「努力不一定會成功，但是成功一定要先努力。」、「努力是成功的唯一捷徑」的名言。

所以，我們不怕失敗，只怕失敗了，就一蹶不振，就不敢重頭再來。

最後給大家建議：還是努力吧，但要找對正確的方法（才能事半功倍）；要選對正確的方向（從經驗中去累積），才能讓成功的機會，可能性增加。

人生小語第 450 首

人的一生，面對最多的，就是自己；但大部分的人，只懂得如何去愛別人，卻學不會來如何愛自己，有的人甚至「苛刻自己」，讓自己在矛盾之中掙扎。

我們都希望，自己能被人好好的對待；都知道，自己的幸福要靠自己努力，不是別人平白無故給予的。

（繼續人生小語第 450 首）

所以我們要先做好自己，要好好的對待自己，因為：做好自己，是做人的本分。我們只有先學會，好好對待自己，照顧好自己，並客觀的檢視自己的不足，改變自己不好的心態，才能做到「待人如己」和「推己及人」的境界。

我們要學會：自愛、自制、自省、自助、自信、自給自足。但不要有「自以為是」和自私自利的心態。

我們要好好的修身養性，養成良好的脾氣，控制好自己情緒，這樣人生才有意義。

我們都知道自己是獨一無二的，任何人都無法代替，只有自己不想放棄自己的時候，才能做真實的自我，精彩地活下去。

都說「嚴以律己寬以待人」才能以德服人，但真正能做到的人或許不多。也只有那些「修道者」，比我們更能領悟人生，是我們的心靈導師。

看過《佛說十善業道經》：給大家參考一下：

「人生為己，天經地義；人不為己，天誅地滅」。這其中「為己」的意思，有必要跟大家解釋一下：「為己」是修為（修道）的意思，只有好好的修身養性，做好自己，才不會有「天誅地滅」的「報應」。

結論：要做好自己，先從善待自己開始，但不要放縱自己，也不要苛刻自己，要一步一步的引導自己，往更美好的未來邁進；因為只有做好自己，才是人生最好的結果。

人生小語第 451 之 1 首

是人都要知道「道理」，因為：「有理走遍天下，無理寸步難行。」

（繼續人生小語第 451 之 1 首）

然而世界上的道理何其多，就算用一生的時間也聽不完。
其實道理有簡單的，也有困難的；重點是要能解釋人生的
迷惑。這樣的道理才符合實際的原則。

很多時候，一個簡單的道理，就足以讓人豁然開朗。

很多時候，一個複雜的道理，反而讓人想不通的更加迷惑。

這是什麼道理？天下的道理何止千萬，並不是每個人都適
用，因為有些道理是「以偏概全」，是無法讓每個人都滿意
的。

這就是表面上看起來有道理，實際上有矛盾，而且也不符
合邏輯的歪理。這會變成一個陷阱，讓人身陷其中，進退
兩難。

其實道理很簡單，只要懂得「古中國」哲人「王陽明」先
生的學說，可以讓你一生受益無窮。

而他的學說包括，1.心即理、2.知行合一與 3.致良知三大
部分。

在這裡，我做簡單的解釋如下：「心即理」的「心」字，是
指人的主觀意識和認識的能力，它是能判斷是非、對錯、
善惡、美醜的良心，換言之，就是「人之初性本善」的「天
賦良知」。而「心即理」的「理」字是指天理（自然之道），
要能存天理而去人欲（消除私慾）。

再把「心即理」，進一步完整的解釋就是：「心」要合乎「天
理」，要遵循天理，必須使「心」做到不被私慾所蒙蔽的至
善境界。換句話說就是：「良知不外天理，天理不外良知。」

未完待續下一篇~人生小語第 451 之 2 首。

人生小語第 451 之 2 首

接上一篇「人生小語第 451 之 1」~「是人都要知道『道理』」
所謂「知行合一」的「知」字，是指不被私慾蒙蔽的「良
知」；而「行」字，是指依照「良知」做順應天理的實際行
動。

我們要做到有良知，有行動；不能只有良知，沒有行動；
也不能只行動，沒有良知；知是良知是天理，行是順應良
知和天理。

而「致良知」的「致」字，是「到達」的意思。良知就是
《孟子‧盡心》中說的：「所不慮而知者，其良知也。」意
思是，憑藉著良知做順應天理的事。

這樣大概都解釋清楚了，只要你能了解，就不必向外求。
畢竟一理通百理通，若能做到「心即理」、「致良知」、「知
行合一」，就能「超越凡人的境界」，就不會一天到晚，迷
糊的向外求一些道理，造成本末倒置的錯誤結果。

這樣大家知道了嗎？做好自己就好；最後用一段有名的偈
頌，給大家參考如下：「佛在靈山莫遠求，靈山只在汝心頭，
人人有個靈山塔，好向靈山塔下修。」

人生小語第 452 首

我們都知道，沒有「想不通的問題」，只有「想不通的頭腦」。
但還是有許多人，在想通與想不通之間苦惱不已。

有時候，我們想通了一個問題，並不是全部都想通的，而
是我們換個角度思考而已。那問題還是不變的等著我們，
用更好的辦法去解決。

（繼續人生小語第452首）

有時候，我們想不通一件事情，並不是完全都想不通，只是我們忽略了一些角度的關係，這時候我們就別心急，要先冷靜下來，要以足夠的時間來換取解決的空間，也別再去鑽牛角尖了，因為再怎麼絞盡腦汁，也是徒勞的。

想要想通問題，其實很簡單，有很多思考的方法可以運用如下：有水平思考，垂直思考，跳躍式思考……等等

我們還可以從經驗中去學習，從教訓中去學習，從失敗中去學習，從成功中去學習，從錯誤中學習，從正確的原理中去學習，從學問中去學習，還有很多學習的地方，等著我們去發現。

所以想通沒有捷徑，想不通也不是絕路；想通還要靠我們努力的充實自己，才能再接下來，複雜的人生，有簡單又適合的方法可以應對。

這樣大家都明白嗎？想通了沒有？想通之後，就要用理性面對問題，用感性考慮問題，然後在理性和感性之間取得平衡，才能有圓滿的結局。

人生小語第453首

其實人會有那麼多的苦惱和無奈，且無法從中解脫出來，就是少了好朋友、知己和貴人在旁開導。

然而有些人認為，朋友多比朋少好，他們的觀念，就是「人多好辦事，水大好行船」。但是他們忘了「三個和尚沒水喝」的故事。當然好的朋友，多多益善，且能志同道合的最好。

另外也有些人認為，朋友是少而精比較好；他們的觀念就是「朋友貴精不貴多」但是他們忘了「知音難覓」的故事。當然「知音難尋，知己難覓，知心難求」，如此難得的際遇，

（繼續人生小語第 453 首）

「得之我幸，不得我命。」，倘若能深交的，就是我們生命中的貴人。

因為當我們困難來臨的時候，他們會願意幫助我們，助我們一臂之力，也會陪我們度過難關。

而且在平時，會給我們很多的鼓勵，和很好的建議，讓我們能順利地勇往直前。

每個人都是獨立的個體，但不是孤立的個體；因為人是群居的動物，是沒有人真正喜歡獨處和孤單的；所以誰不想有人關注？說不用的人，我想大概是內心封閉的人吧？或許因為他們，怕自己做得不夠好，怕自己的缺點被人發現；所以只想暫時躲在角落，過自己的幸福和快樂就好，等受不了孤獨陷入恐慌的時候，才會再出來找人開導。

最後的結論：我們不能固執己見，要試著尊重朋友的不同想法，進而考慮朋友不同的觀點，再一步接受朋友不同的意見，才能和朋友們一起努力，把美好的理想變為現實。

人生小語第 454 首

相信大家都聽過：「有緣千里來相會，無緣對面不相逢」的經典名言。

這段句子意思是說：有緣（有情）的人，即使相隔千里，也會有見面的一天，而無緣（緣薄）的人，就算見了面，也會忽略對方的存在，不會有進一步的交集。

現在，我有必要解釋一下，這句中的「有緣」兩個字，有情投意合的意思，但不一定有「份」哦，是否能在一起，還得兩個人共同努力去經營。

（繼續人生小語第 454 首）

而單就這個「緣」字來作解釋：有喜歡和愛的意思，它是人與人或事物與事物間，彼此契合的機遇。換句話說，就是在機率（機緣巧合）與主觀意願（感情好、談得來）的綜合下，作用的結果；而「緣分」不一定是天註定，它是可以經由具體行動（主動的意願、珍惜的程度、用心的經營）創造出來的。

都說：「茫茫人海，能夠相遇就是一種緣分」，它不早也不晚，讓我們在對的時間和對的地點，碰上對的人。只是有緣會讓我們彼此相遇，而無緣卻會讓我們彼此分開。

所以不管是刻意安排，還是機率的巧合，只要能遇到的就算是緣分了，即使他們在我們生命中只是過客，只陪我們走了一段人生的路，我們還是應該好好的珍惜和把握。

結論：緣分不能只是聽天由命，應該拿出實際的勇氣和誠意來經營的。

人生小語第 455 首

有人問我解決問題的方法？我告訴他，我的一句名言如下：「這世界上沒有解決不了的問題，只有解決不了問題的頭腦。」

問題其實很簡單，我們如果沒有朋友、沒有時間，也沒有那個專業才能的話、就花錢請人幫忙。

因為人不是萬能的，也不能只靠自己，讓自己陷入莫名其妙的困境中。

很多成功的人士，不是憑「他們」一己之力，就能成功；是因為「他們」會利用別人。那別人，為什麼要受「他們」的利用呢？我想就是「他們」肯花錢、肯花時間、肯用心

（繼續人生小語第 455 首）
的去計畫，並且有付出代價的，請別人幫忙。

這個世界很簡單，有很多專業的分工，而每個人都有自己
的專才，即使「博士」也只是一方面的專才而已。何況是
我們一般人呢？

所以有問題請教專業，如果自己沒有能力解決的話，就花
錢、花時間，請別人幫忙，這是最簡單的方法。不用再奢
望什麼朋友，雪中送炭或錦上添花之類的麻煩，這樣只會
欠人家人情的。也會讓人家覺得我們不會解決問題。

人生小語第 456 首（詩歌未譜曲）

《你曾是我最愛的唯一》
你曾是我最愛的唯一
曾是我最美麗的傳奇
我的世界不能沒有你
沒有你我活著沒意義
我的思緒裡全都是你
因為有你使我心歡喜
因為有你了解我脾氣
只有你能讓我有動力

回首從前每天在一起
在一起為理想而努力
彷彿置身愛的世界裡
想起來是那麼的愜意
如今這已經成為過去
就算我再怎麼的努力

（繼續人生小語第 456 首）
你都沒有挽回的餘地
你依然鐵了心的離去

早知道你會離我而去
那時我就該好好珍惜
現在道歉已沒有意義
再解釋也難回心轉意
只怕最後無法再繼續
只怕變成倦怠的關係
就讓我把愛藏在心底
當作刻苦銘心的友誼

人生小語第 457 首

大家都懂得吃苦，都知道必須：「吃苦在前，才能享受在後」。
所以我們應該繼承，「吃苦耐勞」的傳統美德，才有美好的
人生。看過「俄羅斯」哲學家「列夫·尼古拉耶維奇·托
爾斯泰」的一句名言，寫得好如下：「幸福並不在於外在的
原因，而是以我們對外界原因的態度為轉移，一個吃苦耐
勞慣了的人就不可能不幸。」。這是說，我們不要怕吃苦，
但要吃「對」（求上進）苦，不要吃「錯」（自甘墮落）苦，
而吃錯苦的嚴重性就像吃錯藥，有「要人命」的「痛苦」，
所以沒事，最好還是不要「自討苦吃」的好。
是人都想達到「離苦得樂」的境界，進而去追求人生的幸
福和快樂。但是天底下沒有永久的痛苦~「苦盡一定甘來」。
也沒有永久的快樂，「樂極一定生悲」。所以一切，都只是
「無常的歷程」。

（繼續人生小語第 457 首）

而真正的「離苦得樂」，是需要經過「修道的過程」，才能領悟人生的真諦，才能有理想中的「極樂世界」；所以「恨鐵不成鋼」的我們，還是要繼續受「苦」的鍛鍊，才能成材。

我認為不苦不足以為人，是人，都要「知苦」，「吃苦」和「受苦」，而且要能「苦中作樂」。

而「對的苦」一種考驗，一種成長，一種磨練，但不要把它當作一種折磨，因為它需要我們的耐性，需要我們的勇氣，需要我們堅持到底的精神，才能發揮它真正的作用。

看過「古中國」（亞聖）「孟子」一句非常有名的話，給大家參考一下：「故天將降大任於斯人也，必先苦其心志，勞其筋骨，餓其體膚，空乏其身，行拂亂其所為，所以動心忍性，曾益其所不能。」這句子的意思是說：所以上天要「降」（交付）重大責任給我們的時候；一定要先用苦來磨練我們的心志；用辛苦的勞動，來鍛鍊我們的筋骨；用飢餓來刺激我們的身體；用困苦疲乏，使我們全身禁得起考驗；用錯亂來顛倒我們的行為，使我們能清醒；只有這樣一步步，震撼我們的心志，堅強我們的性格；才能增長（激發）我們未有的才能出來。

結論：要懂得吃苦（歡喜作，甘願受），但要吃對（求上進）的苦，不能隨吃錯（自甘墮落）苦，這樣大家都懂了嗎懂？記得要在「苦中作樂」，才有「樂觀的人生」哦。

人生小語第 458 首

順著風的方向看去，偶爾會看到些「不被理解」的「牆頭草」。但它們經歷無數的風吹雨打，從沒有屈服過。

（繼續人生小語第 458 首）

雖然它們的根基不牢，讓它們一次次的倒下卻又能一次次的站起來；雖然它們一時的迎風得意，沒有自己的主張和立場，在誘惑的面前很容易被動搖；但它們為了能活下去，有時不得不委曲求全的低頭。

相信大家都了解牆頭草的定義，而我們也不全都認為，牆頭草不好；或許它們隨風倒只是順勢而為，是逼不得已不是它們自願的，只希望能堅強地度過一生。

所以我們還是可以：「擇其善而從之，擇其不善而改之」的。

可以學習它們：不怕風，不怕雨，不願倒下，立志要長高的精神；學習它們：順其自然的隨風倒，等風停再挺直腰的智慧。

結論：很多時候要懂得「順勢而為」，也要先看風向（潮流）再決定下一步。

至於「所謂的偏見」，只會「蒙蔽」了我們的「智慧」；讓我們無端的懷疑起自己的「遠見」。

所以我們要從「多個角度去觀察」，才能看到一切「不同的完美」。

人生小語第 459 首

大家都知道，「想要高人一等」必須具備真本事；而那些，越成功，越有本事的人，反而越低調；因為他們在「做事」之前已先學會了「做人」。反觀那些，「眼高手低的人」，他們就是「比較高傲」，而且實際執行能力很底；但又特別喜歡張揚，深怕天下人，不知道他們的本事；他們心裡卻「只想用些小聰明」來「偷機取巧」，不肯用勤勞和智慧，來「按部就班」。

（繼續人生小語第 459 首）

所以，只要走入「所謂高傲」的人群中，我們就很容易發現，有些人，明擺著「高高在上」，的「姿態」。有一種「倚勢凌人」的感覺，讓人望而卻步。

而「高高在上的人」有錯嗎？我們總不能以「偏見」，就來說他們的「不好吧」。

我想，「高高在上的人」沒有錯吧！錯的是他們用「不好的心態」來做人做事；錯的是我們也用「不好的心態」來反對他們。

所以只要有好的心態，不管在哪個位置，都能隨緣自在。但如果他們（高高在上的人），不懂得「反躬自省」以德服人，讓人心悅誠服接納的話，那麼我們就該：「親君子，而遠小人」的保持距離了。

所以我列出，不該有的情形，給大家參考一下：

如果有：趾高氣揚、傲慢、自以為了不起，看不起別人，表現出高人一等的模樣。

如果有：自高自大、目中無人，自認為比別人強，只活在自己世界裡的思想。

如果有：自以為運氣好、能力強，只喜歡跟自己認同的人相處的心態。

如果他們：總認為自己是對的，別人是錯的，從不仔細聆聽別人的建議，也不懂得自我檢討；已走到了「無人能及」的境界；讓人有「高處不勝寒」的感覺。

如果他們：脫離群眾，不深入實際，也不懂得相互尊重，只顧著炫耀自己的光輝。

結論：高高在上的人，除了能力要高高在上，品德也要高高在上。要記得，為人處世的基本道理，要記得，換位思考的基本原則，也要記得，誠實守信信，才會被眾人奉為楷模。

（繼續人生小語第 459 首）

所以高高在上的人，要不時的反躬自省的，要不時的努力
提升自己，要把「高高在上」給人不好感覺去掉，要以「人
敬我一尺，我還人一丈」的道理，來和人相處；才不會，
無故的給自己和別人壓力。

人生小語第 460 首

每個人：都想活得好，都想幸福的過一生；都想找到成功
的捷徑，都想活成自己想要的樣子；都想讓愛自己的人放
心，但是卻忘了先讓自己心安。

那什麼叫「心安」？簡單的說就是：將「心」安住在一處
不動的境界，也就是「古中國」莊子所說：「持守內心的道
義，不被外物所左右，方為大德之人」的意思。

若想要心安，就必須「從心做起」才能安心的面對一切挑
戰，度過難關。

那怎麼從心做起？什麼是心呢？先從「心」說起：「心」就
是「良知」，而良知的最高境界就是「道心」（天理）。

我們已經知道了這麼多，做起來其實不會很難的，因為「知
難行易」和「知行合一」是大家都認同的：解決問題的最
好理論。

因此「從心做起~只有從「做好自己開始」，從「修道」（修
身養性）開始，才能心安。

在心安以後，智慧就開了，做什麼也就得心應手了。

結論：只有心安的人，能沒有憂慮和牽掛，能問心無愧坦
坦蕩蕩，能樂觀的看待一切，能適應發展的趨勢，能正確
的認識自我，能腳踏實地的努力，能專心的工作，能有耐
心的去完成上級交代的任務……等等，族繁不及備載，最
後活成自己想要的樣子。

人生小語第 461 首

人的一生中，最重要的時刻，不是輝煌的過去，不是將來的燦爛，而是「美好的現在」。因為我們無法讓時間停留，無法改變過去的時空，更無法預測未來的結果；也只有現在，才是我們唯一能把握的時間；所以我們一定要用心來規劃好「現在」的每一刻，才能把美好的理想變為現實。

看過：元代小說《三寶太監西洋記》裡頭第 11 回中的一句名言，給大家參考如下：「可嘆一寸光陰一寸金，寸金難買寸光陰。」

這句子的意思是說：雖然一寸光陰（指日影移動一寸）大於（或等於）一寸長黃金的價值，但是一寸長的黃金卻難買一寸長的光陰，這使我們懂得時間的寶貴。因此也了解：時間就是金錢，時間就是生命，時間無法重來，浪費時間就等於浪費生命。

所以：我們要好好的把握現在，要及時努力，才能讓自己變得更優秀。

結論：「今天的付出，決定明天的收穫」，即便沒有預期的收穫，沒有進一步的成功，我們仍然可以問心無愧的對自己說：我們的時間並沒有浪費掉哦！

人生小語第 462 首

人的一生，都要不斷的學習做人和做事的道理；因為只有了解「活到老學到老」的積極，才能讓生命，在有限的歲月裡，活得精彩無限；只有養成走到哪，就學到哪的「習慣」，才能讓生活，過得更有意義。

（繼續人生小語第 462 首）

我們除了要明白：「學如逆水行舟，不進則退」

（學習，就像逆水行駛的小船，如果不努力向前划的話，就有被逆水沖退的危機）的基本道理之外；還要明白：人生沒有跨不過的坎，沒有走不通的路；要明白困難不是問題，問題在於，沒有解決問題的決心。

所以：積極是我們，邁向成功的必備心態；主動是造就我們，成功的唯一希望。為此我們要把心態，由消極轉為積極，將行動，由被動轉化為主動，才能提升自己的競爭力，才能在危機中看到轉機。

然而，我們無法要求每樣事情，都做得很成功，但是我們可以要求自己，每天都保持努力的狀態，每天都進步一點點；同樣的，我們也無法要求每樣事情，都做得很完美，但是我們可以要求自己，每天都堅持下去，每天都改進一些些。

只要我們做事情之前，先設定好目標，再按照重要的順序去做，加上足夠的耐心，滿滿的意志力，就能大幅增加成功的機會。

所以：我們要明白生命的意義，就是不斷的學習與努力，那麼在遇到困難的時候，就不會逃避；在遇到複雜的情況下，就不會嫌麻煩，也能有頭有尾的繼續下去，繼續向上提升自己的能力。

結論：學習是永無止境的，如果沒有學好的話~就「很難」在這快速變遷的社會中，「保持一定」的競爭力，也會很快地遭到淘汰。

人生小語第 463 首

我們認識的人很多，但真正了解的又有幾個？

就算是我們身邊的朋友，也別說能了解他們多少，是所謂「人心不古」啊，所以「難測」！

雖然常見面，不一定能了解很多；雖然常問候，也不一定有感覺；但認識久了，也相處久了，就一定會「見人心」；這是所謂「路遙知馬力，日久見人心」的道理。給大家參考，但不要以為時間久了，就能明白，還是需要我們平常，「聽其言觀其行」，才不會被時間所蒙蔽，也不會被它欺騙了我們的感覺。

人生小語第 464 首

人生害怕的是什麼呢？

有些人，怕有錢沒有那個命來花；怕走錯方向不知道回頭是岸；怕前路迷惘不知所措；怕的倒是不少啊！但只要能意志堅強，遇事順其自然，常抱著無窮的希望，就不會出現「山窮水盡疑無路」的窘境；也會有「柳暗花明又一村」的順暢。

人生小語第 465 首

人的一生都在追求「所謂的完美」的境界，但也只有歷經不完美的過程，才能領悟到完美的真諦。我覺得，人生最高的境界是：「從心所欲，不逾矩」；而這顆心最好的狀態是：懂得因果報應，安心做人；懂得用心去對待，那些愛我們的人；懂得專心致志，去做該做的每一件事；懂得天天開心，去努力幸福的一生。

（繼續人生小語第 465 首）

因為：只要有心，人人都可以成為快樂的人；只要有心，人人都有成功的機會；只要有心，人人都有進步的動力；只要有心，人人都可以做英雄；只要有心，天底下就沒有做不了的事。

而有心（用心）和無心（不用心）有何差別呢？我認為：「有心則成，無心則息。」因此我們只要有心，任何困難都不是問題，任何問題也不難不倒我們，只要有心，天下就無難事。

而人很容易在無心（不感興趣）的時候，犯下一些不該有的錯，常傷害了自己也傷害別人，所以我們不該在遇到困難和問題的時候，就用許多的理由當藉口去應付。

我們也不必心裡不平衡的去羨慕：「無心插柳柳成陰」的幸運，這只是少數自然中，出現的意外驚喜而已。

我們更不用糾結的去感嘆：「有心栽花花不開」的命運作弄，這是我們太在意結果的反效果；只要我們更專心去研究栽種的技巧，就不怕栽花不發了。

結論：人都有志，都想讓自己脫穎而出；人都有心，都想要擁有自己精彩人生，而生活中的美好無所不在，正等著我們，用積極向上的心，去過好生命中的每一階段。

人生小語第 466 首

由於我老婆喜歡旅行，喜歡令人陶醉的自然風光；喜歡綠色帶來的生命氣息；喜歡細水長流的浪漫情懷；喜歡「聽風吟，賞雨落」的詩情畫意等等。

因此，我們就常參加，一些「台灣」島內的旅遊，行程有的兩天一夜，有的三天兩夜。

（繼續人生小語第 466 首）

但每次只要一坐上遊覽車，就會聽到，一些「愛唱族」，利用車上卡拉 OK 的設備，從早到晚，連續不斷高音貝的放送，這讓我耳朵，實在有些無法消受。

或許「愛唱族」，唱得很快樂；或許聽眾，不是他們的知音，所以就沒有同感。真是尷尬。

由於遊覽車上的音量太大，不管是戴耳塞或是耳機都沒用，這是令很多人，都覺得苦惱的問題。

但最後，還是得慢慢適應下來，就戴起耳機聽歌，聽到「曲終人散」。

這可能是我參加的團，「愛唱族」，認為唱歌比看風景重要吧！

但如果叫車上所有人，都安靜的看窗外風景，老實說還有點難。

結論：或許「愛唱族」，不覺得，占了車上太多的時間，也不覺得，影響到他人的安靜；又或許聽歌的人，只會覺得，是一種「疲勞轟炸」。這麼多的或許。或許我們都難做客觀的評論喔。

所以請司機、導遊安排好車上的時間，如果能減少「愛唱族」的陶醉。如果能多放些輕音樂，電影或新聞之類的……那該有多好啊！也能皆大歡喜了。

人生小語第 467 首

當你感覺，做事情特別順利的時候，那是你用樂觀態度去做事的結果，這當然很好，表示你有自信，肯用心，肯學習，肯上進，能有計畫的去達成目標。

（繼續人生小語第 467 首）

不過你也要仔細想想，你這種努力向上的意志，固然可嘉，但你是不是只會埋頭苦幹，而不知更有效率的努力？如果你換一下環境，還能不能像目前這樣的順利呢？

我認為很多事情：除了要埋頭苦幹，任勞任怨，和少說話多做事之外；還必須要：有擔當、有責任心、懂得謙虛等等……

因此，我們應該多利用機會，展現自己優秀的一面，並拿出自己壓箱的本領，才能讓大家知道我們已具備了專業能力，和精益求精的態度；而且平時，還要多與同事、上級領導們，做良好的溝通，才能在工作期間，提高效率，順利地完成工作任務，達到事半功倍的預期。

人生小語第 468 首

人都在為活著而努力，繼續活著，是為了過得更有意義。
但是有些人卻說：他們的明天「不美好」，現在情況是前所未有的慘，只能混口飯吃，不知道從何努力起，努力對他們來說已有問題。

這是什麼洩氣的話？為什麼有過一天，算一天的心態；難道是怕苦、怕累，沒有自信，沒有勇氣或好逸惡勞？

誰都知道努力會辛苦的，不辛苦的努力，表示沒有盡力。。
所以要成功，沒有輕輕鬆鬆的努力，沒有一帆風順的努力，天底下也沒有不勞而獲的事情。

因此努力一定要心甘情願，一定要能吃苦耐勞。

而不肯努力的人，或許他們不想過好日子，或許他們沒有目標，也或許他們的人生已沒有機會。

（繼續人生小語第 468 首）

努力雖然不輕鬆，但很簡單，只要不把目標定得太高，也不癡心妄想的追求，就能有一定的成績。

所以我們還是努力吧；因為努力的人生，才會有意義；努力的人生，才會有樂趣；努力的人，生才會有奇蹟；努力的人生，才能頂天立地，努力的人生，才能做好自己。才不枉此生。

我們可以想一想，不努力的後果；往往有自甘墮落的日子，往往有差人一大截的落後，往往有被趨勢淘汰的下場等等。然後有些人，不檢討自己的不是，也不改變自己心態，就起了忌妒心，就開始怨天尤人起來，就感嘆命運的不公平。這是什麼想法？難道要怪現實的無情？還是要怪時運不濟？我想他們是「自作自受」吧！

是人，都知道：「天生我材必有用」是句鼓勵人的名言，都知道要努力培養自己的專長，都知道找出自己的價值；即使當一根小小的螺絲釘，也可以穩定一台機器的運轉。雖然它很渺小，甚至不被重視，但有了它，可以穩固一部機器的結構，少了它將無法順利的運轉。

如果目前，我們沒有更好的發展空間，就暫時當自己是一根螺絲釘吧！那至少對整體有點貢獻，也算是「一種盡心盡力的表現」。

人生小語第 469 首

我們做人要懂得感恩（有恩必報），但是絕不能感激那些傷害我們的人，只能像「君子不念舊惡」的肚量，留給對方改過自新的機會，因為他們曾經傷了我們的人，也傷我們的心，讓我們失望，難過，情緒上來。

（繼續人生小語第469首）

但我們可以記得，他們給我們的「教訓」，並且「擇其不善而改之」，做個有智慧且有遠見的人。

畢竟我們不是聖人，聖人也只能做到「以德報德，以直報怨」啊！那我們又何必委屈自己，來感激他們給我們的「刺激」呢？

還有，我們也絕不能感激欺騙我們的人，哪怕他們是「善意的欺騙」，也剝奪了我們選擇事實的權利。最多只能諒解他們善意的初衷。

因為，只要是欺騙，就失去了做人的誠信，失去了做人的根本。也就是所謂：「人而無信不知其可」啦，所以跟「言而無信」、「食言而肥」的人，又有什麼好說好感激的呢？只怕說多了又被他們騙得更慘啦。

結論：對於那些傷害和欺騙我們的人，如果我們選擇原諒他們，或許真的委屈了我們啊。

但是被傷害和欺騙，也有一部分，是我們自己不小心的原因哦！

然而我們是那種「小氣」的人又沒有肚量的人嗎？我們至少會給他們一次改過的機會吧？前提是他們願意改過自新，並保證不再犯。

但以後，我們一定要先學會保護自己，要「聽其言觀其行」，才不會讓那些想傷害和欺騙的人，有機會再度傷害我們。

人生小語第 470 首

很多事情出乎我們的意料之外，
之前的努力可能白費功夫。
但是我們要怎麼辦？

（繼續人生小語第 470 首）
我們可以放棄嗎？
還是從此被打敗了？
我們面對的困難，
不只是那些忌妒我們的人，
一再的扯後腿，
和哪些對我們有成見的人
一再的給我們刁難而已，
還有很多的變數等著我們去解決！
這讓我們無所適從？
還是因此逃避？
我們可以因此而頹喪嗎？
我們會心甘情願的放棄嗎？
如果不能，請你努力。
如果你的用心可以感動天地？
如果你的努力可以讓大家肯定？
如果你不要負面心態？
如果你肯花時間從頭再來？
你就沒有損失。
我想你不會因此衰退吧。
只是你的運氣不好，
暫時受到打壓，
因為你的能力那麼好，
怎麼可以受到這種不公平的待遇？
或許負面的心態影響你的情緒？
但是我告訴你，
人生要經過很多的折磨，
很多人故意在看衰你，隨時在打壓你，

（繼續人生小語第 470 首）
恨不得你一事無成，
恨不得你從此不起，
對於這些人，我們不用再解釋。
好好努力自己就可以好嗎？

人生小語第 471 首

我們常常會在網路上，看到一些「有心人」（用心）寫的「名言」和文章，他們講得好像很好，好像很有道理。但是經過我們仔細一想，卻發現大部分都無法「面面俱到」的說明緣由，也無法完全的解釋人生迷惑。

這是為什麼呢？因為寫的人，想到哪裡就寫到哪裡，也沒有仔細考慮（其他狀況）和清楚解釋釋（不適用的地方），讓看的人「一知半解」而無法運用。

他們為什麼要「隨興而寫」呢？我想，他們把生活單純化了。我認為：生活的經驗，絕不是三言兩語就可以說得完，也不是「想破頭」的理論。而是在我們的「良知」（良能）之中。

看過一些作家，很用心的寫作；雖然他們，可能不是心理學家、不是哲學家、不是宗教家等等，所以沒有對人生，做比較深入的研究，但他們憑著「文以載道」的精神，把文章的意義發揚光大，精神可嘉。

那麼我們每天看（聽）那麼多道理，為何還有那麼多迷惑和想不開呢？

我想，這是大部分的人，都沒有「用心」修道（先正其心）的原因吧！

（繼續人生小語第 471 首）

看過老子《道德經》四十一章品讀，給大家參考如下：「上士聞道，勤而行之；中士聞道，若存若亡；下士聞道，大笑之，不笑不足以為道。」。

這在說明「道」的重要，因為「聖人」有言：「朝聞道夕死可矣」所以了解「道」（人法地，地法天，天法道道法自然）的重要，人生才有意義。

我認為：生活其實很簡單「隨心所欲不踰矩」就可以了，前提是要先做到~「致良知、知行合一」後，就沒有什麼問題了。

結論：我們只要做到了（上述重點），就不會再想東想西來困擾自己，也可以有更正確的思想，寫出人生經驗，解釋人生迷惑的好文章；更可以讓大家看到真正有道理，和真正實用的好創作。

人生小語第 472 首

大部分的人，都喜歡用「高貴」兩個字，來形容人的「優秀」；例如：高貴華麗、高貴典雅、氣質高貴、人品高貴等等⋯⋯

而高貴的確是一個很好的形容詞，它最基本的定義是：「高尚可貴」⋯⋯然而，它還可以延伸解釋為 1.尊貴（指地位或階級高）；2.尊重，（指高貴其（他的）才）；3.高超珍貴（指物品極為貴重）；4.高尚尊貴（指人品德高尚）等等⋯⋯

我認為高貴與否，不在於身份、地位的高、低，不在於權力的大、小；不在於金錢的多、寡；不在於學問的深、淺；不在於外貌的美、醜等等⋯⋯更多在於，有良好的修養、優雅的談吐、高尚的品德、舉止大方等等⋯⋯

（繼續人生小語第 472 首）

看過「美國」小說家「海明威」先生的名言，給大家參考如下：「優於別人，並不高貴，真正的高貴，應該是優於過去的自己。」。

因此做人，應該往高貴的方向前進，才能登上人生的高峰。

所以，我說：「生命因努力而高貴，人生因自信而高貴，活著因成熟而高貴，人格因修養的高貴」等等⋯⋯

結論：「高貴」不是高貴得，讓許多人「高攀不起」；而是要有熱情高貴的心靈，和低調高貴的修養去完美人生。要謙卑得，讓許多人的認可和尊重。

高貴是一種智慧，一種境界，一種自我提升的努力，所以想努力，讓自己高貴起來的話，就要徹底「去明白高貴的意義」，然後「往高貴的目標和方向前進」。

大家都懂高貴的意義嗎？不懂的人要趕快去了解，千萬不能虛度自己的年華哦。

人生小語第 473 首

都說：「人與人之間，要保持『適當』的距離」，那要保持多遠的距離呢？是「近在咫尺」的距離，還是「遠在天邊」的距離？

我覺得距離不是問題；問題在於，我們有沒有「自我約束的心」。

如果「你的心約束好了」，你要近，就可以拉近距離，天涯可以變咫尺；你要遠，就可以把距離拉遠一點，尺咫也可以變天涯的囉！

都說：「有緣千里來相會，無緣對面不相逢」；那千里遠的距離，你都不怕了，你還會怕「對面不相逢」的苦惱嗎？

（繼續人生小語第 473 首）

相信大家都聽（看）過：「世界上最遠（近）的距離不是……
不是……而是……」的這些名言，我覺得，照這樣分析起
來，他們講的距離，根本就不是個問題嘛。只在於感受的
心吧。

所以我就把「世界上最遠（近）的距離」（目前有 4 個版
本），這句名言改一改，加入我的看法，變成我的兩句名言
如下：一、「你和我最遠的距離，不是我想像得到的距離，
不是我算得出來的距離：而是我天天在你身邊，你卻「視
而不見」，對我不理不睬的距離」、二、「你和我最近的距離，
不是我們手牽手的距離，不是我們擁抱的距離，而是我們
兩顆相愛的心，緊緊黏在一起，永不分離的距離。」。

結論：所以距離再怎麼保持，也得有「可遠觀而不可褻玩
焉」的心態呦。

你保持距離了沒有？記得必要的時候，要拉近距離（不然
會錯失良緣）哦！因為，你已經有「自我約束的心」了，
距離對你來講~已不是問題。

人生小語第 474 首

在社會上，我們會看到許多善良的人，他們默默的行善，
為我們社會帶來許多善良的風氣。

但是很多時候，他們明明沒有時間，去做好自己的份內的
事，對自己負責；卻有空，先幫別人解決問題？

然而，他們這些表現，固然可嘉，卻讓我有些疑問，以下
就是我對他們的疑問：

我想他們，會不會善良得過了頭；忘了先替自己著想（人
不為己天誅地滅）；讓自己陷入「能者多勞」的後果。

（繼續人生小語第 474 首）

我想他們，會不會善良得沒有原則；忘了先畫出自己的底線（行有餘力則以助人）；才讓人有得寸進尺的要求。

我想他們，會不會善良得沒有主見；忘了如何去拒絕別人（總把別人的需求都往自己身上攬）；讓自己變成「爛好人」。

結論：善良（保持善良不忘初衷）很好，但忘了原則，會有「損人害己」的後果。

因為「菜根譚」中有一句名言，是這樣說的：「對惡人的縱容，就是對善良人的踐踏。」。

雖然說「助人為快樂之本」但也不能，不分好壞的全部幫忙；不能，來者不拒的伸出援手，更不能，有求必應的任人予取予求。

是的，就讓我們在該拒絕的時候，就該果斷的拒絕吧！這才是最美好的結果。

人生小語第 475 首

你說：「夢想不能只是仰望，想要追逐，還需從長計議。」、
「沒有挫折的人生，是不完整的；沒有夢想的人生，生活就沒有動力。」
讓我想起我們那段追夢的日子
為夢想插上翅膀的勇氣
為夢想許下心願的真越
為夢想付出心力的代價
為夢想譜出戀曲的浪漫
為夢想配上節奏的專注
當所有的美好都到齊

（繼續人生小語第 475 首）
——湧入我倆腦海裡
自然會心潮澎湃起來

喜歡你優雅的風姿
令人心動的魅力
欣賞你出色的表現
令人佩服的才能
你是德才兼備的人
等著我勤奮的學習

想起我倆那段光鮮亮麗的時光
總能將生活過得多采多姿
是那麼的美好
彷彿要在眼前上演一次
至今還點滴在心頭
等著我們再次和它約會

人生小語第 476 首

有人問我：「人生像一場比賽」？那要比些什麼？是比輸多
少，還是比贏多少？
一連串的問題，我會回答清楚。
我認為，人的一生，都在不斷的比來比去；但是有些人就
是怕比賽，就是怕輸不起，於是就不敢跟別人比，也不敢
跟自己比了；或許是因為他們缺乏信心，或許因為他們不
肯努力，或許因為他們，還不能了解，「學如逆水行舟，不
進則退」的意義吧？

（繼續人生小語第 476 首）

其實沒有什麼好比的啦（比上不足比下有餘），也不用怕比賽；只要你有目標，肯用心，肯努力，也不怕辛苦，就不會計較比賽的輸贏了。因為你敢比，就不怕輸，就一定會進步，會更有自信哦。

我來說我（覃合理）的故事，給大家知道；我以前當過田徑選手（十項全能），我知道比賽，是一個選手創造榮譽的機會。

然而，當我還是一個默默無聞的選手，甚至不被人看好的時候；我也無所謂，因為我知道，只有突破否定，才能得到肯定；所以，只要我看好自己就可以，相信我有足夠的能力，有大將之風。

之後我按部就班的接受訓練，跟別人比，也跟自己比，只要有一點進步我就很欣慰。

我每天很認真地接受訓練，從不偷懶，從不敷衍。每天竭盡全力的跑。有一天跑得精疲力盡，身體受不了就暈倒；老師和校長知道了，就開始重視選手們的營養補充；會在訓練之後，給我們點心補充體力；雖然不多，但是我們都很感激。

我們接受訓練，不是為了不可能的任務，是為了今天比昨天好。

我認為，人的潛力是無限的，只要接受正確訓練，加上自己的用心，就可以發揮無限的潛能。

因為我當過選手，深深知道訓練的痛苦，就好像一塊鐵，要把它煉成鋼，需要經過不斷的打造，才能成材，是那樣的嚴苛，那樣的極端，是言語無法形容的苦啊。

雖然每天訓練得苦不堪言，但我的決心，最後還是戰勝了考驗。終於有一天，我代表學校參加比賽，為學校爭取到了榮譽。

（繼續人生小語第 476 首）

得到最高榮譽之後，學校也派我到更專業的訓練中心，接
受更嚴格的訓練；我才發現，真的是「人外有人，天外有
天啊」。除了要有一點天份，還要有永不服輸的精神；因為
你，面對的不只是競爭的對手，還要克服你自己內心的壓
力；然後才能把壓力變成動力，再把動力化成實際。

有了這種正確的觀念，就不會管成敗如何，也會有自信的
慢慢進步了。

所以有人說，人生是一場比賽，在我眼裡看來，真正不怕
比賽的人，是運動家的精神。因為他們從不怕輸，輸對他
們來講，從來都是進步的動力。

結論：如果能以運動家的精神（挑戰自己），來做任何事情，
就沒有不成功的道理。

人生小語第 477 首

還記得你說過的話，你說：「你會像花一樣慢慢的枯萎凋落，
會收斂起那份美麗與激情；最後顯得無奈又悲哀。」

雖然我沒有領悟你說的一切，一切的用心；但你是我心，
永遠纏綿的情人，我仍然感覺到你滿滿的努力。

還記得，我們那麼多感動的時刻，一直被我珍藏。

你說：「花不會因為你的回應，就改變了它的形狀。」

我無奈拾起花的碎片。不願相信我們之間只剩夢幻；面對
你的期待我覺得心虛，是我沒來得及滋潤你的愛情，讓擦
肩而過的美麗各自前行，帶走我們的緣分。

人生小語第 *478* 首

忙碌的人生

忙碌的人生，需要些忙碌的過程，和專注的投入，來產生新的觀念及作法，才能有圓滿的成就；忙碌的生活，需要些加快的節奏，和高效率的運作，來減少時間的浪費，才能達到事半功倍的效果。

為此安排好時間，和做好時間管理，就成為每天的功課。然而，有些人總是習慣過一天算一天，不是因為頹廢，只是沒有把限的時間和精力，集中在處理最重要的事情上面。為此，我們應該先把事情，排出輕、重、緩、急的順序，才能提高效率。

相信大家都認同，辛苦和忙碌的目的，是為了讓自己和家人過得更好。然而很多時候，忙碌的生活，給我們帶來了壓力，讓原本有興趣的事情，變得索然無味；就想放慢動作，讓自己輕鬆一下，但又怕跟不上時代的速度，只好收拾起留戀的腳步，再次出發。

我認為，忙碌的人生，忙碌的生活，有失也有得；因為，付出了時間就能改善生活，付出了心力就能得到幸福，但是還得我們忙碌才能得到更多。

雖然忙碌的日子，讓我們覺得時間不夠用；但是這世界上，最公平的就是時間，它無論富、貴、貧、窮、不分男、女、老、少，給的時間都一樣多；而且它在讓我們慢慢變老的同時，也會讓我們漸漸變好的。

（繼續人生小語第 478 首）

結論：無論日子多忙多辛苦，都要記得，以自己的身心健
康為前提，才能走好餘下的人生路；記得靜下心來，休息
一下，放鬆一下身心，才不會讓忙碌，疲憊了我們的身心，
緊張了我們的生活。

或許忙碌的日子，不一定很開心，不一定很充實，

也不一定很幸福，但至少不會很空虛，因為我們知道只有
忙碌過了和努力過了，人生才沒有遺憾。

為此，我們要好好把握時間，好好利用它，好好安排它，
然後才能發揮它最大的作用，才不會白忙一場。

人生小語第 479 首

忙碌中的精神食糧

那麼多忙碌的糾纏，該解開的就解開，能放下的就放下，
才不會再糾結得那麼多；那麼多忙碌的工作，急不得的，
就不要趕，才不會忙中出錯；那麼多忙碌的任務，能力範
圍之外的，就請人幫忙，才不會再浪費時間；那麼多忙碌
的包圍，不屬於自己的份內工作，能不做就不做，但在迫
不得已的情況下，也只能「行有餘力則以助人」；才不會讓
自己忙得團團轉。

因此有必要，在工作之餘，暫時放下一些無謂的忙碌；來
一點美味佳餚，慰勞自己；也應該在忙碌的空檔，來一些
好的「精神食糧」讓我們精神振奮，心情舒暢；而書籍，
是最寶貴的精神食糧，是知識的寶庫，是知識的泉源；假
如生活裡沒有書籍的話，哪很有可能會讓我們變得：「言語
乏味面目可憎」，變得空虛沒有充實感。

（繼續人生小語第 479 首）

看過「前蘇聯」（俄羅斯）著名文學家「高爾基」的名言：「書籍是一切人類進步的階梯」給大家參考；這句話詳盡的解釋了，好的書籍對人類的重要。它（好的書籍），可以扭轉我們的一生，讓我們有進步的動力；可以增加了我們的知識，讓我們在迷惘徘徊的時候，有指引的方向。

其實人生，就像是是一本厚厚的書；其中有我們的歡喜和悲傷，有我們的幸福與不幸，也有我們許許多多的感人故事，每一頁都很精彩；每一段都有它的意義，它需要我們用心去寫，努力的去發揮，然後活成自己想要的模樣。

人生小語第 480 首

你說：「那些被羨慕的花朵，在紅塵俗世中，一念心清靜；在無常的歲月裡，凡事順其自然；在期待的未來春暖花開；在綺麗的美景綻放自己；它們把辛苦的成長留給自己，把美麗的成果留給會欣賞的眼睛。」

你說：「看過詩人『席慕容』的詩：「每一朵花，只能開一次，只能享受一個季節的熱烈或者溫柔的生命。」覺得詩中這段句子很有意義，說：「人生何嘗不是如此呢？」。

我說：「我們要學習花（溫室的花朵除外）；『傲然於天地之間』的『風骨』；敢於與，變幻無常的天氣，和惡劣環境『搏鬥的勇氣』；能在風吹、日曬、雨淋中，『綻放的自信』。」

你說：「我們也要像它們那樣努力，才能夠收穫成功的甜蜜果實。」

我聽了，覺得你說的很有道理，就想買些花送你，代表我的心意。因為你像花那麼美，那麼有自信，那麼堅強。

（繼續人生小語第 480 首）

你說：「你沒有玫瑰的嬌媚，沒有牡丹的清新高雅，更沒有桂花的雍容華貴。」

我說：「只要有花的日子，什麼都好。我喜歡它們，散發的迷人色彩，喜歡他們的浪漫。喜歡它們單純的花語，代表的告白；不問我們感不感動，也不問我們有沒有未來，就綻放在我們必經過的路旁，等著我們對它青睞。」。

人生小語第 481 首

我們都知道「讀書破萬卷，下筆如有神」這句子的由來；也知道創作者，從讀書那裡，得到知識和智慧的薰陶，就像學生，從老師那裡學到技能和解決方法。

但是有人也會說「盡信書不如無書」，我想是他們，不迷信「書本萬能」的緣故吧！

看過「古中國」（北宋）皇帝「宋真宗」「趙恆」的（勸學篇）中的一段：「書中自有黃金屋，書中自有顏如玉」給大家參考，句子最終目的是勸人讀書，只要「書讀百遍，其義自現」，自然就能了解書中的黃金和美女，只是用來勸學而已；但如果有的話，那自然是最好的收獲。

我們就暫且把書本當作寶藏來挖掘，或許它們可以讓我們，取之不竭，用之不盡也不一定哦。當然也要看我們用心的程度，專心的情況，和領悟的多寡，才能做這種假設。

結論：根據上述文章說明，我們已知道多讀書，可以豐富我們的知識，讓我們懂得更多；在創作時，能激發更多的靈感，下筆時能揮灑自如；如果想在創作時，胸有成竹，頭腦裡湧現更多參考資料，就要隨時充實自己，而多讀書是最快最簡單的方法。

人生小語第 482 首

俗話說:「不聽老人言,吃虧在眼前」;只有用心,才能體會他們的苦心;只有細心,才能徹底讀懂他們的心意。

的確,有些道理淺顯易懂,來自生活經驗,來自受過傷害(教訓)之後~特別「痛」的領悟。相信誰都想明白。

不過,每個人遭遇不同,面對的困難也不同;沒有一成不變的經驗,可以去應付萬變的世界。

那該如何從中去取捨,才能有適合自己的經驗教訓呢?

我認為:「人生是一場修行,不經一事不長一智」,這句話可以當參考,因為有許多人物、時間、地點和環境,等著我們親身去經歷,才能明白其中的不同。

這不是我們「沒有慧根」,也不是我們,吸收不了他們的好經驗;而是因為我們,無法從別人的生命經驗中,找到自己的道途,只能參考他們的感悟,做為自己的警惕。

或許他們心中(老生常談)的道理,一張嘴便頭頭是道;或許,只有他們能解釋,他們的情況;而沒有實際參與的我們,就很容易忽略他們的話?會把它當耳邊風,聽過就忘了?也或許,在我們真正需要的時刻,才會想起它(老生常談)來,把它套用在自己身上;卻發現不適用的情況占多數,最後也只能拿它做參考罷了。

就好像老師們在上數學課一樣,講了很多的計算過程,如果我們,沒有親自去做,去練習,就不能舉一而反三了。

結論:很多的老生常談,例如:「如人飲水冷暖自知」、「不經一事不長一智」、「沒有一個人的經驗,可以完全適用於另外一個人」這些道理很淺顯,需要我們用心去體會,身體力行才能了解。

（繼續人生小語第 482 首）
往往小故事中就有大道理，我們就從身邊的小道理開始做
（學）起，不用遠求那些大道理，因為如果還沒有那個慧
根的話，吸收太多~反而會越迷糊的哦。

人生小語第 483 首

成功的道理何其多：「成功的人」，多以勇敢的心，面對失
敗，少以膽怯為名，逃避失敗。所以成功之前，必先學會
面對失敗。但如果只是一知半解，不能從失敗中學習經驗，
從經驗中記取教訓，就會失去變通的能力，讓所有心血白
白浪費。

因為只有理論，沒有實際，只有口號，沒有作為，是禁不
起任何考驗的，那道理還是至高無上的道理，人生還是不
上不下的狀態。

為此，我們只有用心去感受，才能感悟到，成功中存在的
道理。

然而最好的道理，除了吸取別人成功的經驗，記取別人失
敗的教訓，還要試著站在別人的角度，了解當時的情況，
才能真正的感同身受，真正的引以為戒。

其實有很多的道理，可以幫助我們，扮演好人生的角色；
但是不適合我們的也很多；如果我們，無法完全領悟它們
的用處，就當作參考吧；千萬別用錯了地方，別拿自己當
實驗，也別消遣了自己。

結論：相信大家都看過「盡信書不如無書」的句子，它在
說明「不可一味相信書中的道理」，因為有些道理，是需要
加以分析，研究和領悟，才能用來解決和處理問題的。唯
有明白以上這些道理，才有足夠的智慧走向成功。

人生小語第 484 首

看似一些普普通通的文章,實際上蘊含著很深的人生哲理; 其重點不在於,它扣人心弦的描述,而是在於我們,有沒 有領悟它的能力。

然而有些人,覺得自己的文筆不夠好,寫起來很吃力;也 有人覺得他文筆不差,只是想像力不夠豐富,沒有新意。 但這情節,也只會發生在不常寫作的人身上。因為常寫作 的人,他們的觀察力一定比常人敏銳;領悟力一定比別人 強;思考力(垂直思考、跳躍式思考)一定比傳統(水平 思考)的方法快,資質能力一定比一般人獨特,加上他們 見多識廣以及大量的閱讀,腦子裡,早就有很多參考的資 料,自然能「隨心所欲」的寫出好文章了。

那如何寫出妙筆生花的好文章,來吸引讀者的目光呢?我 想,內容簡單明瞭,語句通順易懂,就好,而文字優美是 其次,若想贏得更多的讚賞和肯定的話,那就得再加點力 道,提高自身品德修養和文學的能力。

人生小語第 485 首

有人問我:「孤單、孤獨、寂寞和無聊,哪一種,比較讓人 不安」,我回答他:「這個問題,應是見仁見智,或許換個 角度想問題,就會『峰迴路轉』……」

這裡我有必要,先就四個詞,做最簡單的解釋如下:「『孤 單』意思是:單獨一個人,無依無靠、『孤獨』意思是:幼 而無父,和老而無子的人(另指自我感覺的情緒)、『寂寞』 意思是:孤單冷清(另指~想有人陪伴,心裡想著別人)、 『無聊』意思是:內心寂寞、空虛」;相信我做這樣的解釋,

（繼續人生小語第 485 首）

大家應該都很清楚了，所以在此便不再贅述。

我認為，每個人都是獨立的生命體；從最初孤獨的出生，到最終孤獨的死亡；沒有誰，能一直陪在我們身邊；而不耐寂寞和孤獨的人，就像朵溫室的花朵，是禁不起任何考驗的。

因此，我們應該學會獨立，去承受各種打擊；應該學會與孤獨相處，去面對各種磨練；應該學會享受孤獨，去過好一個人的生活。

當然，人類是群居動物，沒有人可以脫離人群，而孤立的存在；只有互相依賴相互幫助，才能滿足，生存的所有需求；所以我們要分配好，獨處和群居的時間，才有一個完整的人生。

我說：「學會享受獨處，人生就不會寂寞；學會自得其樂，人生就不會無聊；學會堅強獨立，人生就不會孤獨；學會推己及人，人生就不會孤單。」

但有些人還是會覺得，寂寞和無聊很難熬；孤獨和孤單也很無奈，因此而感到恐懼和沮喪？

的確，這些心態，令人不安，也令人消沉，但最終受害的只有自己而已。因此我認為，面對恐懼和沮喪最好的方法，就是走出自己的世界，去做自己喜歡的事情，去鍛鍊好自己的身體，即使只是在戶外走走，在附近逛一逛，也會讓人有海闊天空的感覺，因為陽光能帶來溫暖和光明。

其實大部分的智慧，都來自孤獨的時間，如果沒有孤獨的過程，那恐怕就沒有足夠的智慧，去圓滿人生了。

所以有了孤獨的陪伴，就會在孤獨中去思考，於是孤獨增長了智慧，智慧也改變了孤獨，問題就會有解決的辦法。

那麼我們就先學會獨處吧！因為孤獨源於愛，沒有孤獨的

（繼續人生小語第485首）

感受，就沒有獨立的思考，沒有獨處的能力，就體會不出愛的美好。

結論：孤獨、孤單、寂寞和無聊，是人生必讀的課題，那我們就把它們當成朋友，去了解它們，好好的面對它們，因為：「古來聖賢皆寂寞，惟有佳話傳千秋。」所以我們要：耐得住寂寞（無聊），才能守得住繁華，熬得住孤獨（孤單），才能等得到花開，『受得了』寂寞、無聊、孤單、孤獨，才能自我成長。」。

人生小語第 486 首

人的一生會遇到許多人，大部分誠實的人，會對我們實話實說，少部分習慣撒謊的人，卻讓我們真假難辨。然而這種被欺騙的感覺，會在心裡留下很深的陰影？相信這種感嘆，人人都有吧？剛好之前，有人問我這方面的問題，現在我就把跟他的對話，寫出來給大家參考如下：

他問我：「如何試著去原諒一個曾經欺騙自己的人？」

我回答他說：「你為什麼要輕易的相信別人呢？

畢竟謠言止於智者，你沒有經過驗證的程序，就輕易相信別人？自己也有疏失吧？」。

他說：「我習慣相信別人，不習慣隨便懷疑別人。」

我說：「你也要用點腦筋啊，不能不用腦筋的，就全面接受別人說的話。」

他說：「我以後會注意，會記得『防人之心不可無』。」。

我說：「這不是叫你帶著懷疑的思想去隨便質疑別人哦，而是要有求證的觀念。」

（繼續人生小語第 486 首）

他說：「我會記住曾經對我說謊的人，以後我會『聽其言觀其行』的。」

我說：「喜歡說謊的人，就是不尊重別人，遇到這種人，偶爾也要一、兩次揭穿他的謊言，讓他知道他的謊話破功。」

接著我又說：「如果要原諒一個說謊的人，一定要讓他知道，他的謊話已傷害了我們；並且要他誠懇的跟我們道歉，保證以後不再對我們說謊，才能試著去原諒他。其實原諒、不原諒的重點，在於對方有沒有確實改過的心，如果對方還是『明知故犯』的話，那原諒就沒有任何意義了。」

結論：要原諒一個說謊的人很容易，但要讓他再回歸「誠實的本性」，就比較困難了；所以我們如果肯原諒一個說謊的人，就要幫助他改過；那麼如何幫助他改過呢？我想只有常常提醒他誠實的好處，並且多給他鼓勵，這樣原諒才有意義。

人生小語第 487 首

人這一輩子，最窮不是缺錢，而是缺乏骨氣（這裡是指：「為窮變節，為賤易志」的意思）；最可怕不是人窮，而是心窮（這裡是指：內心世界空虛，消極悲觀，導致行為陷入貧窮的困境，而無力脫貧的意思）。因為心窮，會喪失志氣和骨氣，到頭來必然一事無成。

我們要找出「窮」的內、外在原因，然後勞心勞力去改變它；但「不能」像「牆頭草」那樣隨風倒（這裡是指：沒有主見）；也「不能」汲汲於富貴（這裡是指：不急切地追求富貴），這樣「才不會」讓自己，沒有了原則，也「不會」失去原本寶貴的尊嚴。

（繼續人生小語第 487 首）

這世界上，有人會說他失去了一切（健康、家庭、親情、友情），現在窮得只剩下錢。但沒有人會說他一輩子都不缺錢，即便是「富可敵國」的商人，和「含著金湯匙」出生的「幸運兒」，他們也有缺錢的時候。那既然缺錢是人生必經的過程，要如何走出缺錢的困境，才是我們需要努力的重點。

因此我認為，缺錢並不可怕，可怕的是沒有解決的決心和能力。

那如何才能解決缺錢的窘境？我想除了精打細算、節儉（節流）和不浪費之外，還需懂得「開源節流」中的「開源」二字。

而「開源節流」一詞中的「開源」二字，就是用「正當」的方法去「開發財源、增加收入」；但在過程中，決不能有貪念和違法的行為，也不能以欺騙為手段來達到目的。

有些話說得很好：「君子愛財取之有道」，「不義而富且貴，於我如浮雲」，「貪圖不義之財，就是道德敗壞。」所以那些不義之財，我們千萬不能昧著良心，不能違背天理去賺取，才不會「缺德」。

雖然我們都聽過：「有錢不是萬能，沒錢卻萬萬不能」，的感慨；但這世界做什麼，也不一定要很多的錢吧；如果沒有錢的話，就多出一份心力來彌補，未嘗不是一件「好事」哦。

看過：「有錢並不一定高尚，沒錢並不一定卑微」的名言給大家參考；所以如果沒有錢，給家人吃最好，用最好的話，那就選擇「經濟學的方法」，把「慾望降低」或是把「慾望遞延」吧；不用再「打腫臉充胖子了」；因為「誠意食水甜」（是「台灣俗語」，指人和人相處，最重要的是誠意），一

（繼續人生小語第 487 首）

樣會有幸福的感覺，吃任何東西都是美味。

結論：雖然缺錢是人生必經過程，但只要我們肯努力工作
賺錢，能確實開源節流；就能在缺錢的時候做到「無恆產
而有恆心」的境界。

人生小語第 488 首

有人問我：「『臉書好友』按讚的問題？」

我回答他：「只要加了『臉書好友』，就要誠懇的『互動按
讚』、也要相互的支持與鼓勵；但如果『沒空按讚』，就不
用加那麼多好友，只追蹤他們也行。因為『臉書好友』按
讚的問題只是舉手之勞而已嘛；那如果連按讚的時間都沒
有話，就失去了加好友的意義哦。」

我們都知道，網路上好友~大多是「虛擬的」，那除了相互
按讚之外，最好能「保持點距離」（不要太親密）；因為我
們看到的，都只是「美好的表面」而已啊；即便是真的跟
網友見了面，再仔細的「聽其言觀其行」，還是有可能被其
外表所蒙蔽哦。

我曾經見過 3 個網友，一個是癌症病友、一個是我社團的
管理員、一個是一般的網友，可是他們最後都懶得按讚互
動，已被我刪除好友了。

我只能把當初花在他們身上的時間和金錢當成教訓、經驗
和回憶。

然而，有必要見的臉書好友，還是可以考慮一下的；但要
注意不要輕信他們的一面之詞，也不要被其外表所迷惑，
才能防止被「騙財騙色」。但「沒事」最好不要相見。

（繼續人生小語第 488 首）

如果是親戚、同事、好友來加臉書加友，就要常互動按讚，以表達關心。

我對臉書好友的原則，從來沒有改變不按讚的「臉書好友」我必定刪除。

如果我傳文章，到臉書好友的「聊天室」（MSN），他們看到我傳的文章，很久才回我訊息，又不按我讚，我就「刪除他們的好友」，因為按一個讚不到 1 分鐘，我寫一篇文章，有時候要好幾天，更何況我傳到他們的聊天室的用心，只希望他們看了有好處。

我沒時間常常上臉書，所以決不隨便加好友；但只要來按「我臉書個人主頁」po 文的讚，我會回他們讚。

只要有空，我會把文章 po 在社團讓大家欣賞，只希望大家看了對人生有幫助。

但我沒有多餘的時間，一一回覆每個讚和留言；我會用一個大留言，感謝他們的支持與鼓勵。

至於臉書好友的部分，或許有些人不常互動按讚，他們只顧著自己 po 文，只忙著按讚別人，但我還是會花時間，主動去按讚提醒他們；如果他們還是沒有回覆我的話，我就放棄他們讓他們自由。因為他們根本沒有心思看我的文章。

結論：我們要了解臉書好友的定義，要衡量自己的時間，有多少時間才加多少好友，以免造成自己的負擔，也辜負別人的好意。

人生小語第 489 首

現代人生活忙碌，但多數人會利用空閒，上網看看看「五花八門的文章」，以緩解緊張的心情。

（繼續人生小語第 489 首）

而前幾天，有一個朋友，他在網路上看到一篇文章，文章裡有一段：「女人難受的時候分三階段」的探討，就跑來問我這方面的問題。

我把他看到的文章，大概內容，先給大家看一下。

：「『女人難受的時候』~分為『三個階段』。

第一階段~因為一時無法解決~所以會先哭一會兒，來舒緩心情。

第二階段~因為短期內無法改變~所以會先忍一忍，暫時避風頭。

第三階段~因為最後還是解決不了~所以麻痺了、也不怕了。就無奈的苦笑。」。

我聽他問完，真的有點啼笑皆非！就說：「你是從哪裡看的？為什麼『女人難受時』，要分這麼多階段？那一段要多久的時間啊？」

他笑著說：「在網路上看到的 po 文啦，我覺得怪怪的，所以才跑來問你。聽你說說道理。」。

我搖了搖頭說：「你看這種『女人難受』的 po 文啊，太過簡短了，且沒有解釋清楚，可會誤導人生哦。」。

他說：「那麻煩你分析一下，其中的道理好嗎？」。

我說：「好吧，就讓我做做好人，來分析一下：那『女人難受』的第三階段吧。」

我要開始說了：

「女人難受的第一階段，不一定要哭吧？因為女人~從來都不是弱者哦！況且『真正的傷心』，是流不出一滴眼淚的！

；女人難受的第二階段，不一定要忍~那『無理的的折磨』吧？因為現在社會男女平等，女人也有出頭的一天！也會有~『忍無可忍無須再忍』的時候哦！

（繼續人生小語第 489 首）

；女人難受的第三階段，不一定會笑吧？因為『笑』是快樂的表現，而苦笑於事無補~只會更無奈哦。」

他聽完我的分析說：「還是你講得有道理。」

我接著說：「人（無分男、女、老。少）都『遇到難受』的時候，但不一定會有這三階。

因為這三階段，『根本沒有解決到事情』，反而好像是在『逃避』？

結論：在「難受」的時候，我們千萬別用我朋友看到的「所謂三階段」（哭、忍、苦笑）來折磨自己哦！

我們可以找親友、老師、心理醫師、哲學家、社福人員或找宗教家來解開我們的心結、解決我們的問題。讓「難受」慢慢的消散。

當然，難受的時候，是可以哭一下啦，但哭完之後，記得「恢復好心情」，繼續把問題處理好。

人生小語第 490 首

每當我在找靈感，準備寫作的時候，或多或少都會聽到或看到，有關「每個人心想」一詞的相關資料，如「每個人心裡都有想見的人」。就有百種滋味湧上心頭。總覺得見面可能沒有什麼問題，有問題的是：會不會有「相見不如懷念」、「相見不如不見」、「相見恨晚」的無奈與傷懷？

我知道「遇到這種情形」，有些人會想盡一切辦法，去製造見面的機會；但也有些人，只能放在心裡（或許因為他們不敢或沒有機會），只能痴痴的等，苦苦的思念。就待時機成熟，才敢放心大膽地去見（追）；因為他們知道：「機會不常有」，有些人錯過了，可能就是一輩子。

（繼續人生小語第 490 首）

再就有關「每個人心想」的句子如「每個人心中都有想做，而還沒去做的事」，加以思考，卻深深的被震撼。也許以前有些事，我沒有能力（或沒錢）去做；只好一切隨緣，順其自然；但現在機會來了，我就應該盡全力去做；因為「好運不常有」、「機會不常在」，即便知道困難，我也要設法去克服，這樣才能給自己一個交代。

繼續徜徉在，有關於「每個人心想」句子的靈感國度中；才發現自己，也曾有類似的情形發生，如下「有些話想要說，卻深藏心底；等有機會的時候，已說不出口了」、「有些人想要見，卻找藉口推託，等有機會的時候，已經見不著了」。我想像自己在這兩句話的情況下也許跟別人的「情已逝緣分已盡」，才讓自己的希望成空，美好的想像不復存在。這令我多感傷和遺憾啊！

但最後，我還是想通其中的「因緣造化」，並得到了有益的啟示，如下：時間不等人，機會也不會回頭；如果不知道去把握它們，它們是「會讓我們說好的永遠，不知怎麼就沒了、會讓我們美好的畫面，先是感嘆，後是無奈。

結論：1.想做的事就放手去做吧、2.想見的人就放心去見吧、3.想說的話就放開去說吧、4.想愛的人就放膽去愛吧（前提是：要對的人、事、物）；只要有機會，我們就不能放棄、只要有時間我們就不能找藉口推託、只要有能力我們就不能讓自己錯過、只要還活著，就不要有這些遺憾。

人生小語第 491 首

前幾天和某個朋友聊天的時候，他說：「我現在每天都很忙，忙得毫無目標，忙得手忙腳亂；以至於很多事情都沒能處

覃合理
小語

（繼續人生小語第 491 首）

理好，好似忙碌的奴隸，真的不知如何是好？」。

我回問他：「你到底都在忙什麼呢？總不能每天一直忙，而沒有什麼像樣的成就吧！」。

他說：「除了工作之外，還有很多事情忙不完」。

我說：「忙不來的趕快請人幫忙，因為求助並不是懦弱的表現！你應該先建立你的支持圈，尋求信任的人互助合作，你才有時間去做其他的事。

如果事情已經超出你的能力範圍，記得不要給自己太大的壓力，也別鑽牛角尖；因為你要解決的，不一定是你的專長，所以該放下的就放下，該慢的就慢下來吧！

如果你已陷入忙碌的泥沼，你更需要有時間來思考，分析自己想要的是什麼，才能做好應對。

如果你覺得時間不夠用，就把事情分輕、重、緩、急，然後按照順序去完成，這樣就會變得比往常更有效率。

如果你總覺得自己很忙，有很多待辦的事情沒完沒了，你更要保持開朗的心情，冷靜地處理該忙的事情。

如果你有問題沒辦法解決，就請教別人。

如果你需要花錢，才能提高效率，就花錢吧！

最後你需要認清忙碌的真面目，才有辦法停下來，停下來在困難和障礙中，找出原因去解決」。

他說：「這些我都知道，但還是忙得沒有時間休息」。

我說：「你不能一直忙個不停，而沒有休息啊，因為休息是為了走更遠的路，再怎麼忙，生活起居要正常，飲食要正常，和家人親友互動也要正常啊。」

他說「謝謝你的提醒，我一定會把休息的時間安排好。」。

忙碌是現代人共同的特徵，它讓大部分的人，時常為工作、家庭，忙得暈頭轉向，甚至連時間都挪不出來。

（繼續人生小語第 491 首）

而「忙碌」這兩個字，也絕對是，大家最常掛在嘴邊的一個話題！

因此，我們都有收過朋友「忙碌卡」的經驗，

這也不是他們「願意如此」，只是他們自顧不暇了。

我想這卡片的意思，可能就是「沒事各忙自己，有事才聯絡」。

然而有些人「很忙」、「很累」卻不以為「苦」，這是為什麼呢？

因為他們想讓生活、工作繼續下去，所以再忙再累也會堅持到底。

因為他們知道，忙碌與休閒是一體兩面，知道有足夠的時間放鬆，才能讓生活、工作更有衝勁。

所以他們再怎麼忙，都會安排休閒活動，來調解忙碌的壓力。

即便是他們整天都在忙，都行色匆匆地奔走地不停，他們也會忙裡偷閒一下，擺脫心的疲累感。

所以忙碌，對他們來講，已不是問題，因為他們比常人更有耐心和決心，能輕易地把忙碌當做是一個考驗。

為此我認為忙碌，可以訓練出我們解決事情的能力，也能啟發出我們的智慧。

結論：你在忙什麼，時間擠一擠就出來了；但別把自己當超人，也別給自己太多壓力；重點做多少算多少，絕不能心急地忙中出錯。

人生小語第 492 首

人生有些事情，需要先做好決定，才知道下一步該怎麼走。

（繼續人生小語第 492 首）

譬如說：先決定要去旅遊，接下來才能確定計劃和目標。但也不是每件事情，都要先做決定的。更多時候需要先行瞭解看看，才能知道是否具這方面的能力。

譬如說：朋友拜託你一件事情，你不確定能不能幫忙，就無法掛保證一定做到。

所以要擺脫決定的壓力，克服猶豫不決的困擾，

就要優先考量自己有沒有把握做到，如果不能，就不要決定得太早。

而無法馬上做決定的，就暫時保留，等到對的時間和對的心態才去思考。

這不是怕我們考慮不周到，而是因為其中有很多變數，我們無法預測。

因為，我們沒有未卜先知的能力，如果只憑著經驗，就想要來順利過關的話，我想可能會錯估形勢。

況且，意外隨時都有可能發生，只有隨著時機和情況的變化，才能靈活應付。

簡單來說，就是不要怕做出糟糕的決定，要先行動，再依據其中的變數，做適當調整，才能不斷地征服它們。

當然，做決定之前，我們一定會仔細的考慮，再三地斟酌，然後著手行動，負起該負的責任。

即便是自作自受，也怨不得別人，仍然要下定決心去做好它；雖然有時只能調整與修改，不能面面俱到，但至少有一個圓滿的機會。

然而，有些人做了不好的決定，卻不知道該從何處著手改善？常有早知如此何必當初的感嘆；我認為在這種情況下，只要找到問題的源頭，反而可當成經驗教訓，讓我們可以找到缺點，找到改變的方向。

（繼續人生小語第 492 首）

但是有人會說，他一時衝動做錯了決定，導致得獨自收拾殘局。

我想這就要從心態、個性以及經驗三方面下去修正，才能有好的領域。

結論：人的一生「最錯誤的決定」，就是不敢「做錯決定」。

譬如說：科學家要發明一樣東西，他總不能憑空想像吧！一定要經過不斷的失敗，接受失敗，再解決失敗，才能從失敗走向成功。

而決定一件事情很容易，但要做出最好（對）的決定卻不容易，問題在於~要先「做對事情」，才能做出對的決定。

總的來說，成功沒有終點~終點之後，還會有更多的終點；決定還不算確定，確定之後~還要有更仔細的確定。

你做好（對）決定了嗎？決定後就要付出行動，才能在錯誤中去吸取教訓，去修正偏差。

人生小語第 493 首

我說你沒錢，不要融資去玩股票、做當沖（是指：不必持有股票就能交易，可做多、做空，但要有沖不掉的心理準備），不要持有那些投機的心態。因為「當沖的價差」，可沒你想得那麼好賺哦！

雖然你可以同時一買、一賣，可以互相抵銷（可以跳過普通交易的交割流程），但還是要對成交後的「不足」（差額）辦理交割。

如果你一不小心，帳戶沒有足夠的錢，那「違約交割」就會給你最好的教訓，你不僅要還錢、被罰，連你的信用也會被扣分，甚至還會面臨刑事的處罰（如果影響到市場秩

覃合理
小語

（繼續人生小語第 493 首）
序的話，就有刑事責任）。

我說你要管住自己的大腦，不要妄想投機；要管住自己的心，要得起各種誘惑和煩惱的考驗，才能有最棒的表現。

只有這樣，你才不會陷入悲劇的深淵，而無法自拔，只有這樣，你才能把握有限的時間和精力，戰勝每一次挫折。

而投機本身，像是一場豪賭，從來也沒有人能勝券在握。

如果你走錯一步，不能及時回頭，再繼續錯下去，只會越偏越遠，只會誤入歧途。

你和我談投資，我說你得先努力工作賺錢、存夠錢，要抵擋得住誘惑，也要懂得分散風險啊！

不能只因為利潤高，就讓貪念蓋過對你的理智。

合理小語

合理小語第 1 首

珍惜對你好的人
遠離迫害你的人
放棄專找你麻煩的人
感恩願意幫助你的人
努力將未來過得更好
成就更精彩的人生

合理小語第 2 首

人這一生追求的是幸福
它不在乎我們富貴或貧賤
也不在乎我們聰明或愚笨
更不需要我們做它的奴隸
但卻要求我們知福和惜福
要求我們健康快樂過一生

合理小語第 3 首

時間是公平合理的
能充分利用它的人
就能成就偉大事業

（繼續合理小語第 3 首）
不善於管理它的人
事情就很容易拖延
所以我們珍惜時間
就是珍惜自己生命
不荒廢自己的時間
就不會被時間荒廢

合理小語第 4 首

活著是為了做好自己
是為了盡自己的本分
為了今天比昨天更好
為了未來更好更幸福
這就是活下去的希望

活著是為了家人幸福
是為了能夠幫助別人
為了對得起國家社會
為了讓自己更有價值
這就是活下去的責任

活著自己永遠是第一
別費盡心思討好他人
別為了妥協出賣自己
也別為利益出賣朋友
這樣活得才更有價值

合理小語第 5 首

人從出生後就慢慢走向死亡
任憑誰也無力去改變去阻止
但是可以透過努力活得更好
誰也無法意料明天發生的事
與其貪生怕死不如活得精彩
與其隨波逐流不如逆流而上

雖然出生不是我們能決定的
現實生活中也有許多的殘酷
但可以學習支配自己的命運

我們不能只為滿足自己慾望
應該多做一些有意義的事情
這樣一生才沒遺憾才沒白過

合理小語第 6 首

朋友就是我有時間陪你
你也捨得花時間來交流
如果都沒時間就會褪色

時間不是藉口也沒理由
感情世界在乎你來我往
因為在乎才會放在心上

（繼續合理小語第 6 首）
朋友不一定要隨時相伴
只要我心有你你心有我
其他縱然不足也能包容

當然有事的時候多聯繫
沒事的時候就各忙各的
這樣友誼才能長久一點

真正友情會是細水長流
有了友誼人生感覺精彩
有了友誼生活變得美好

合理小語第 7 首

世上的人何止千千萬萬種
每個人都有每個人的想法
所以想法有千千萬種以上
但只要能溝通萬事就亨通

只要想法開心就容易開心
想法簡單就容易欠缺考慮
想法複雜就容易超乎想像
只要心安就能幸福與平安

千萬別把別人看得太單純
千萬別把千千萬萬種議論
與千千萬萬種想法放心裡

（繼續合理小語第 7 首）
否則將有千千萬萬種難堪

千萬把世界想像得太複雜
千萬別把別人想像得太好
千萬別在意別人怎麼對你
否則將有千千萬萬種煩惱

合理小語第 8 首

很多時候需要先踏出第一步
然後才知道下一步該怎麼走
這不是我們對前途一片迷茫
也不是我們沒有奮鬥的目標
而是我們願意從第一步開始
願意腳踏實地的一步步向前

雖說走一步算一步看似消極
這其實也是一種另類的智慧
至少他們先顧好眼前這一步
然後再去計算下一步怎麼走
或許他們還沒有長遠的打算
只好走一步算一步以求安穩

合理小語第 9 首

任何人都想不斷的發展進步
都想把大目標分小階段執行

（繼續合理小語第 9 首）
都想做短中長期的合理規劃
都想逐步地靠近所設的目標
這樣計畫就比較有可能實現
但前提要有實現目標的決心
我們不要怕計畫趕不上變化
也別怕前進過程發生的困難
只要勇敢上路就能改變人生
只要願意按部就班循序漸進
一步一腳印踏踏實實的奮鬥
相信好日子就離我們不遠了

合理小語第 10 首

世界上沒有人不喜歡聽好聽的話
也沒有人不喜歡說一些好聽的話
所以好話人人喜歡聽人人喜歡說
想要把好聽的話說到別人心坎上
平時要多了解別人多和別人溝通
多站在別人的角度和立場想問題
才能說出肯定和讚美別人的好話

因為好話很簡單不用太多的技巧
就能讓聽和說的人感到幸福快樂
因為好話很平凡不用太多的修飾
就能讓情感交織的生活嚐到甜美
因為好話包含了許多的愛和鼓勵
容易使人信心大增甚至豁然開朗

（繼續合理小語第 10 首）
所以多說點好話少說傷人的壞話
就能讓我們生活變得越來越美好

合理小語第 11 首

你是怎麼努力的，你的世界就會什麼樣子；
當然，努力要選對計劃和目標，要有決心、信心和恆心，
也要有志氣和勇氣，才有成功的機會。
努力，不能投機取巧，不能半途而廢，也不能沒效率，才
能挑戰成功。
你是怎麼想的，你的人生就會怎麼過；
當然，往好處想，就會覺得自己的未來，充滿希望。而往
壞處想，要懂得取捨與進退，否則會讓自我感覺低落。
所以你不用怕生活會為難你，也不用怕好日子遲遲不來；
因為你心存夢想，從沒有放棄過努力；
你也知道，每次努力不一定會成功，但是每一次成功都需
要經過努力。

合理小語第 12 首

很多時候，我們會把別人對我們的好，當心甘情願，而抱持
多多益善的態度；會把別人對我們的不好，當不應該，而牢
記在心。
這不是我們不會換位思考，而是我們的內心，還沒領悟到，
可以像大海有容納百川的度量。
如果我們，能珍惜別人對我們的好，感恩別人對我們的付山，
就能收穫人生最大的幸福與快樂。

（繼續合理小語第 12 首）

如果我們，能諒解別人對我們的不好，就容易說出讚美和鼓勵別人的話，和別人的關係，就會變得更好。

所以，我們應該牢記，別人對我們全部的好；應該淡忘，別人對我們少數的不好，這樣的友誼才會更牢固，感情才能更長久。

合理小語第 13 首

《我需要你來支持》
我的努力需要你來支持
我的上進希望有你肯定
我會用行動使生命輝煌
用勇氣去克服各種困難
用決心實現我們的理想

可自從你來又藉故離去
我的狀況就開始不穩定
我的心由天堂跌入地獄
我知道這不是夢是事實
那裡是如此荒涼又悽慘

只要有你我的心就安定
就不怕生活給我的壓力
即使你只留下一線希望
我也會在不完美命運中
找到為未來努力的理由

合理小語第 14 首

《如意與否在於好心態》
雖說人生不如意十常八九
但值得慶幸的還有一二成
如果全都不如意就有問題
就得好好調整自己的心態
要以良好的心態繼續奮鬥
才能把不如意轉化為如意

我們不能把不如意當痛苦
要把不如意當人生的常態
才能接受不算完美的人生
所以如意與否在於好心態
如果心態好了運氣就會好
快樂的情緒也會比憂愁多

其實不如意也沒什麼不好
它要我們認清自己的缺點
要我們把缺點轉化為優點
要我們承認自己努力不足
要我們接受不如意的考驗
這樣我們才有努力的機會

合理小語第 15 首

《領悟相互與珍惜》。
人與人的交往貴在相互

（繼續合理小語第 15 首）
一遍又一遍對你好的人
經不起你太多次的冷落
你一再的冷落讓他灰心
一次又一次接近你的人
受不了你長期的不理睬
你再三的怠慢讓他心寒

人與人的相處貴在珍惜
如果你真的把他當回事
如果你想繼續這段友誼
就不能長時間的冷落他
也不能沒理由的怠慢他
你總要給他表現的機會
他才能與你好好的相處

合理小語第 16 首

《吃吃喝喝的共識》。
雖說吃吃喝喝的話題眾口難調
但只要以健康為前提就有共識
首先別吃太多就能少一點肥胖
吃七分飽就能健健康康活到老

我們要營養均衡就不能夠偏食
因為偏食很容易引起食慾不振
會對其他食物缺乏興趣與愛好
所以多吃與不足對身體都不好

（繼續合理小語第 16 首）
我們要多嘗試新的食物和口味
因為常常變換食物的烹調方式
才能吃喝出健康的身體與心情
所以多變與常換營養才能均衡

合理小語第 17 首

我們因有父母的愛
才能來到這個世界
有了愛生命才成長
有了愛生活才美好
有了愛人生才幸福
有了愛前途才光明
有了愛世界才精彩

如果我們缺少了愛
活著就缺少了樂趣
少了愛就少了溫暖
少了愛就少了生機
少了愛就少人情味
少了愛就少了親情
少了愛就少了友情

愛是最簡單的愉快
愛是最美好的幸福
愛是付出承諾責任
愛包含所有的一切

（繼續合理小語第 17 首）
愛令我們感到美好
愛無法用言語形容
愛只能用感覺想像

合理小語第 18 首

人生道路多曲折總要學會轉彎
所謂轉彎就是讓自己順利過關
你有多努力你人生就有多美好
你有多美好你人生就有多快樂

人生如苦海很苦總要學會吃苦
所謂吃苦是振作起來扭轉頹勢
你有多振作你人生就有多成功
你有多成功你的舞台就有多寬

人生短短數十載總要學會知足
所謂知足是擁有一顆感恩的心
你有多感恩你人生就有多幸福
你有多幸福你人生就有多美滿

人生如夢一場空總要學會放下
所謂放下就是放下心理的包袱
你有多放下你人生就有多精彩
你有多精彩你人生就有多豐富

合理小語第 19 首

《讓我們迎接「小年夜」》
再深厚的感情，也會隨著時間流逝、距離遙遠和刻意不聯
繫，而變得生疏，然後陌生。
再多的愛與關懷，也會因為人心變冷、感情變淡和刻意的
冷漠，而漸行漸遠，最終只剩下回憶。
人心總是需要溫暖，感情總是需要互相，等你有空，才想
到去聯繫、去珍惜，熟悉已經不在了，就算再努力也難找
回來。

合理小語第 20 首

我以真誠的一顆心
表達我最真的祝福
祝大家「虎年」旺旺旺
從年頭好運到年尾

我有最美好的心願
願大家美夢能實現
願大家快樂每一天
願大家幸福到永遠

我有熱情洋溢的心
想把熱情帶給大家
希望大家都能喜歡
願大家都過個好年

（繼續合理小語第 20 首）
讓我們迎接「小年夜」
迎接新的一年到來
迎接春節的新氣象
繼續更燦爛的未來

合理小語第 21 首

花花世界多迷人
人沉醉心勿全醉
美酒濃郁多醉人
人陶醉口莫貪杯

合理小語第 22 首

人的一生要追求的那麼多
但似乎都忘了先追求心安
所謂心安是無牽掛無愧疚
是人一生的最高修養境界

我們要追求該追求的幸福
要放棄該放棄的不當追求
我們需要耐心專心和用心
才能安心過好想要的一生

合理小語第 23 首

每個人都有胡思亂想的時候

（繼續合理小語第 23 首）
都知道自己不應該胡思亂想
都明白胡思亂想容易想不開
都曉得胡思亂想讓人很不安

所謂胡思亂想是錯亂的幻想
是不可能實現的願望和期待
它容易擾亂我們思緒和行為
讓我們的效率變差反應變慢

我們應該控制好自己的思想
要回到當下專心做人和做事
要避免一連串不相關的聯想
才有智慧去分析和思考問題

合理小語第 24 首

《領悟人生的如果、結果與後果》
有些人說「人生沒有如果」
最終只剩下後果與結果
我們就用邏輯推論看看
看這段話是否完全正確

假設前一句的推論為真
後一句的結論必然為真
但前後兩句似乎不相關
所以這個邏輯很難成立

（繼續合理小語第 24 首）
因為有不同看法和見解
所以人生多用如果假設
然後驗證它有沒有道理
這樣就會得到好的結果

我認為如果是一種假設
它包含現在、過去和未來
包含可能和不可能發生
也包含想像、希望和忠告

它未必正確也未必成真
未必可行也未必能防範
為此我們應該大膽假設
然後設計實驗小心求證

其實「如果」讓人成長很多
只看我們懂不懂得運用
所以人生不能沒有如果
少了如果未必有好結果

我認為人生有很多如果
也有很多的結果與後果
因為有些如果可以預期
有可能創新結果與後果

人生不只有結果與後果
還要多一些「如果」來著色

（繼續合理小語第 24 首）
應該透過「如果」提升自己
才能把握好結果與後果

以下是一些如果的句子
希望大家帶著「如果」前進
如果不努力就不會成功
如果沒錢就要開源節流
如果我們有緣就會相遇
如果想要得到就先付出
如果當初沒錯過就好了
如果你認同就多用「如果」

合理小語第 25 首

《領悟股票的投資與投機》
明明知道股票是一種投資
但有些人還是拿它來投機
投資的人會確保投資安全
會評估自己能承擔的風險
投機的人總希望能夠翻本
會短線操作會頻繁的換股

明明知道股票需長期投資
也只有長期投資才是贏家
才能在股票市場站穩腳步
但有些人還是拿它當賭注
賺錢的人說投資得很成功

（繼續合理小語第 25 首）
賠錢的人說投機在找漏洞

都說買股票就是投資企業
但多數投資人只想到賺錢
想到賺錢就想到短線套利
想到短線套利就想炒股票
但高獲利中常隱藏高風險
一旦不小心就會血本無歸

都知道人不理財、財不理你
理財就是合理的財務規劃
也只有學會理財才會投資
而真正投資應該衡量風險
也要懂得設停損和停利點
才能避免全盤皆輸的局面

其實說股票真的不會很難
只要我們擁有良好的心態
能妥善管理好自己的情緒
有操作股票的知識和技巧
就能在買賣之間有所收穫

都知道股票投資有賺有賠
股票短期風險高獲利難料
股票長期風險底錢景可期
所以投資要用閒置的資金
才能穩定的在股市中獲利

（繼續合理小語第 25 首）
我們要選對股並長期持有
要選擇營收創新高的公司
不要重覆追高殺低的動作
不要迷信那些翻倍的飆股
才能讓這份投資長期看漲

合理小語第 26 首

《你的愛在我心裡》
把你愛的種子，深深種在我心裡
願天作媒，使它順利的生根發芽
願風雨為緣，讓它很快開花結果
願你能給我，更多的囑咐與祝福

把你夢想的種子，播種在我心田
把我們的一切，視為必然的因果
這樣我的時間，就能禁得起考驗
我的成長，就不會有其他的改變

只要你在我心，播下幸福的種子
只要你接受，我努力向上的生命
我的心，就能夠像花一樣的開放
我們的愛，就不會枯萎就能繼續

合理小語第 27 首

《領悟說話與聽話》

（繼續合理小語第 27 首）
人一生會有很多重複的話
有些人講話輸在不會表達
無意中會把好話說成壞話
偶然間會把好話說得難聽

人生在世會重複聽很多話
有些人聽話缺在理性分析
常常過度敏感地推敲內容
常常不能客觀的接受建議

這兩種人估計會很難交流
因為他們話不投機半句多
可能說者沒有其他的意思
卻讓聽者誤解了他的好意

合理小語第 28 首

《給自己一個忠告》
人性是善良的，人性也是黑暗的。
善良是為了對抗別人，黑暗是為了自私自己。
由一件小事就可以明白究竟，只有不利於自己，只有看不慣別人，這樣人心就會變得黑暗。
黑暗的原因，是因為自己不光明，黑暗的原因是自己黑暗。
但是大部分的人，都在黑暗中等待光明，可笑的是自己會製造光明？

合理小語第 29 首

《領悟說錯話》
難道我真的說錯話了嗎？
難道我繼續說下去只會讓人更生氣
難道難道不是？
我不應該在沒有同理心下 找合理藉口
我必須明白
有些話說出口就無法收回
因為惡語難消 人格也會因此被看輕
我必須知道
有些話別人聽了未必能認同
不如拐個彎繞個道 留三分餘地於人
我必須反省 要少說直話
要顧及別人的心理感受
別人才會覺得舒服
才不會躲我躲得遠遠的

合理小語第 30 首

《領悟說話與聽話》
人一生會有很多重複的話
有些人講話輸在不會表達
無意中會把好話說成壞話
偶然間會把好話說得難聽

人生在世會重複聽很多話
有些人聽話缺在理性分析

（繼續合理小語第 30 首）
常常過度敏感地推敲內容
常常不能客觀的接受建議

這兩種人估計會很難交流
因為他們話不投機半句多
可能說者沒有其他的意思
卻讓聽者誤解了他的好意

我們說話要精簡要有重點
別太多的囉嗦別拐彎抹角
別把話說得太死太絕太滿
別讓主題失焦別離題太遠

我們聽話要聽懂聽全聽好
別把對方的苦水當成負擔
別有太多揣測與先入為主
也別把不相干的話扯進來

我們說話要說清楚講明白
要讓聽的人懂我們的意思
我們聽話要仔細聽認真聽
要讓說的人了解我們狀況

想和別人輕鬆愉快的交談
要注意傾聽對方在說什麼
要努力引發出共同的話題
要設身處地的為對方著想

（繼續合理小語第 30 首）
這樣有了一來一往的互動
有利雙方真正地相互了解
有利建立良好的人際關係
即使有爭議也能很快排除

我們說話為了表達與溝通
需要有禮貌有條理有邏輯
我們聽話為了理解和接受
需要抓住所聽內容的主旨

合理小語第 31 首

《想太多，只代表你們沒有想通？》
我知道對我好的人很好，但我一再的令人失望。
我知道對我不好的人不少，他們總想一腳把我踢開，連機
會也不給我。
這是什麼道理？
可能因為他們朋友都很多吧！隨隨便便朋友就一大堆？
大家都想找到好的朋友？不好的朋友當然一腳踢開囉？
有人說換個角度想，可以海闊天空？但是換個角度想？會
想得開嗎？再怎麼想~也是鑽牛角尖吧？
所以換個角度想，就能想開，邏輯不成立囉！
如果你們可以想很多，如果你們可以不想那些不必要的，
你們會怎麼想呢？
我認為，想很多和換個角度想，並不能代表你們是想通哦？
所以你們一定要有正確的思想啊，不然怎麼想，還是想不
通的？

（繼續合理小語第 31 首）
結論：邏輯推論，正確的思想不用想很多！想太多，只代表
你們沒有想通！

合理小語第 32 首

《領悟黑暗與光明》
別怕眼前籠罩的黑暗
別怕四周光線的不足
相信黑暗很快會過去
相信黎明很快會到來

人生總無法一直輝煌
人生總不會一直黯淡
相信活著就會有希望
相信堅持就能敖過去

我們都必須經歷黑暗
才會知道光明的重要
我們都必須走出黑暗
才能讓日子擁有陽光

我們要在光明中奮鬥
給自己個明亮的世界
我們要在黑暗中光明
給自己個希望的方向

合理小語第 33 首

《我依然要做最好的自己》
那樣的空虛要求我想像
那樣的困境要求我後退
但我不想那樣抱殘守缺
因為我心裡的那些寶貝
我夢裡的那些點點滴滴
依然愛我要我拒絕平庸

那樣的無情要給我打擊
那樣的藉口要給我考驗
但我不想那樣懦弱無能
因為我心裡的一些勇氣
我思想的一些正確觀念
依然堅信我生命的美麗

那樣的環境不給我台階
那樣的現實不管我感受
但我不想因此失去光彩
因為我心裡的一些自信
我眼前的一些美好未來
依然在我落魄時支持我

合理小語第 34 首

《領悟失敗與成功》
人的一生總在失敗和成功中學習

（繼續合理小語第 34 首）
學習失敗的經驗學習成功的本領
知道如果一不小心就會敗得很慘
知道如果不繼續努力就很難成功

只要想成功就必須有足夠的失敗
就必須對失敗做正確檢討和改進
只要不想失敗就必須會利用失敗
就必須從中吸取更多經驗和教訓

它們互為因果關係誰都無法例外
我們不能只在乎表面一直往下修
我們要把困境當成好事當成轉機
我們坦然面對讓結局變得更精彩

人的一生總在失敗和成功中成長
每個階段都會有不同經驗和教訓
即使過程中有些辛苦有些不如意
我們也不能倒退到生命最差狀況

都說沒有失敗的成功只是個僥倖
沒有失敗的教訓只是暫時的成功
沒有成功的智慧失敗將如影隨形
沒有成功的方法將會失敗的更多

所以沒有比成功更現實的事情了
它考驗著我們的耐力勇氣和決心
再也沒有比失敗更刻骨銘心的痛

（繼續合理小語第 34 首）
它要我們急起直追回緊接著成功

明知道：「成功是達成目標成就功業」
可奮鬥目標有高低有大小有遠近
所以目標不同成功的定義就不同
我認為真正成功是贏得幸福快樂
因為成功分享後的快樂叫做幸福

雖了解：「失敗是沒有達到預期目標」
可失敗是成功的階梯是成功之母
所以失敗的情況不同　解釋也不同
我認為真正的失敗是死心是放棄
因為失敗不能往壞處想　不能慌亂

所以失敗與成功只是人生的風景
何必埋怨失敗為我們帶來的損失
何必擔心自己成功的路那麼坎坷
只要我們知錯能改及時校正偏差
就能踩著失敗的階梯慢慢爬上去

合理小語第 35 首

《網路世界真真假假？》
看得起你的人秒回
看不起你的人晚回
我們不是看不起人
也不能讓人看不起

（續合理小語第 35 首）
網路世界真假難辨？
每個人都有不方便
我們有時也不方便
只要有回就很不錯
不用在意好與不好

網路世界可愛可恨？
每個人都在裝可愛
大家都不當一回事
你何必要當一回事
除非是你真正朋友

合理小語第 36 首

《我深知這不該》
若是言語不當
若是行為不對
若是無人能容
若是不知悔改
任世界多麼寬
還是走投無路

我深知這不該
不該自以為是
不該一錯再錯
不該讓人厭倦
就算意見不合

（繼續合理小語第 36 首）
還是要好好說

我最後的腳步
用盡我的心思
走出這些不該
走出自己風格
儘管沒人理我
也越來越順了

合理小語第 37 首

《領悟心得和經歷》
那些寶貴的心得，被時間狠狠地打擊後，
把現實拉近了，讓夢想更長更遠了。
那些繽紛的經歷，被歲月無情的糟蹋過，
把日子變好了，給生活劃下一道幸福。
然而事實就是如此，我們的心得和經歷很寶貴，但是面對
茫茫的人生，還是不足，還是要再加強……
所以我們要追求進步與突破，就不能只安於現狀，才不會
在原地打轉。

要知道，別人寶貴的心得和經歷，不代表一切都很完美；
或許，只滿足少數人使用；或許，不適合更多人去嘗試。
事實上，那些不是為我們量身訂做的裝備，我們就不要勉
強自己去接受；否則很容易，有不合身的問題發生。
為此，我們除了別被「似是而非的觀念耽誤」，別陷入自我
懷疑之外；要有自己的想法，要懂得與人切磋琢磨，交換

才，才能讓自己變得更有智慧，去面對更多的挑戰。

即使再多寶貴的心得和經驗，依然會有力不從心的時候，
即便再樂觀的想法，也會感到情緒緊張，
即令再積極的努力，也會多方面不順利。
所以我們可以參考別人，不要複製別人，
我們必須給自己人生更多的挑戰，更多的努力，來成就自己。
雖然過程中，會有些困難和障礙，
但只能堅持不斷的成長和突破，
人生就會很精彩，也會很多意想不到的收穫。

合理小語第 38 首

《詩以言志 文以載道》
一篇又一篇類似的文章不是重複
它紀錄我不同階段的心得與經驗
都是以文載道都是一理通百理同

一首又一首相近的詩詞不是巧合
它將我一些好的經驗分享給大家
只因合乎邏輯所以讓許多人認同

我的創作是記錄自己想法和觀點
希望幫助大家把正確的經驗找回
只要大家耐心看就有不同的領悟

合理小語第 39 首

《她的不容易》

她縫補我的衣服，那雙手無比溫柔。

她每天叫我起床，那笑容不曾改過。

她用一生陪我，從沒有遠離我。

她每天一早出門，傻傻的為家付出最快樂。

她不喜歡口頭上的愛，要我用行動來表達。

但我隨著時間慢慢推移，對她的愛變成親情一樣，用平淡如水來形容也不為過。

最後她理解和包容我，我深刻體會到她的不容易。

合理小語第 40 首

《領悟書中的道理》

終於領悟了：「讀書是為了明理和修道、為了學習知識和技術；明理是為了懂得做人和做事、為了堅守道德」

總有一些人會查出書中的道理，讓自己感動，

並深入思考與實踐，達到知行合一。

總有一些人會把書中知識掌握，讓自己信服，

並脫離庸俗與無知，然後腳踏實地邁向成功。

總有一些人會了解作者的意圖，讓自己充實，

並走出書本進入真實世界，去解決實際的問題。

我不想成為呆子，我只有把書中的知識，運用到實際生活中，才能成為強者。

小語第 41 首

《你說要和我在一起（詩歌未譜曲）》
你說要和我在一起
但那天你突然離去
到現在都沒有消息
我找你找得好心急
不知該笑還是哭泣

曾經你一言我一語
有許多共同的話題
但如今只留空回憶
我找你找得好吃力
希望你快跟我聯繫

我不想被緣分拋棄
也不想被無情打擊
求上天讓我們繼續
你想要的我會努力
你需要的我都給你

合理小語第 42 首

《領悟心態與習慣》
所有錯誤的心態，都自錯誤的想法開始
錯誤想法就是太過偏激、太會鑽牛角尖
幾乎所有錯誤的想法，都源自於壞習慣
壞習慣就是些不好的習慣，不好的行為

（繼續合理小語第 42 首）
「習慣決定性格」所以我們要改掉壞習慣，
譬如常酗酒，習慣罵髒話，習慣往壞處想。
等壞習慣改掉了，「想法」就會慢慢地變好，
等想法改變了，就能改變生活，改變人生。

要改變壞習慣，必先認識自己的壞習慣。
只要有壞習慣出現，就要趕快「擺正心態」，
要用新的好習慣，取代一些不好的習慣，
不能任由「它」誘惑，不能任由「它」一錯再錯。

合理小語第 43 首

《領悟別人的眼光》
若用別人眼光評價自己，最多不過是感覺良好而已
用自己的眼光看自己，再改進自己的不足，就
不僅僅是為了迎合別人了！
也就是說，那些客觀的評價，不一定是真心的，
可能過度神話，也可能說得一文不值，只能當作參考
若是換個角度看，不管親密，或多熟悉，也別活在別人的
眼光中，因為他們永遠走不到我們的位置，就如我們不可
能做他們的影子
自己好與壞，只有自己最清楚；為此我們別太在乎別人的
眼光，才不會漸漸地失去自我
我們要「理直氣壯」的「做好自己」，才不會被那些甜蜜的
謊言所統治

《做人應該真心》

每個人都有「真心」，而「真心」是有一顆「純潔善良的心」
通常我們都會用「真心」去對待別人，因為這是做人的基
本道理！

然而，也有少數的例外，例如：我們用了「真心」去對待
別人，別人反而敷衍我們、辜負我們的好意，那麼就另當
別論了。

當然遇到這種情況的機會不多，我們不能「以偏概全」，從
而喪失了真心；我們應該隨機應變或順其自然。

畢竟「真心」的付出很可貴，例如：父母對我們的愛，無
論我們再怎麼不懂事，再怎麼不孝順，再怎麼令他們傷心；
他們仍然無怨無悔、任勞任怨的為我們付出，仍然對我們
那麼好。

為此，我們應該學習父母的真心，不能害怕一點點傷害，
就不敢做到「真心」，也不能因為少數人的「絕情」就把真
心隱藏；我們可以視對象做不同的調整，來保護自己，我
們可以善惡分明，來避免被別人踩在腳底下。

總而言之，做人應該「真心」，因為「真心」才能長久，
因為「真心」才能心安，因為「真心」才能收穫「真心」
相信大家都會「真心」，相信大家都是善良純潔的人。

合理小語第 45 首

《我在圍困中領悟的心得》
殘酷漫長的現實它要來增長我的智慧
失敗的教訓它要我面對缺失力求改善

（繼續合理小語第 45 首）
轉念一瞬間它要我懂得如何磨練自己
這些都是我在重重圍困中領悟的心得

我開始在眾多的批評聲中反省和改進
我開始遠離困境的泥沼和想法的障礙
我開始跨越重重荊棘掌控生命的歷程
我漸漸能抵禦人生的無常使生活快樂

可這短暫美好匆匆而過需要我來把握
我必須創造更多驚喜它才會豐富多彩
我必須創造無限可能它才會投入其中
我只有持續努力它才會靜靜的陪著我

合理小語第 46 首

《領悟「心」上加把「刀」》
許多人喜歡把「忍」字「拆解」
喜歡「拆解重組」後的「意義」
喜歡「拆解」成「心」上加把「刀」
所以「心」上有把「刀」才算「忍」
「心」上沒加把「刀」就不叫「忍」
然而他們為何喜歡這樣
我認為他們想「警惕自己」
「警惕自己」凡事「多多忍讓」

每個人都有「忍讓的能力」
能忍耐自己能忍受別人

（續合理小語第 46 首）

說忍的時候有點心痛
忍的時候有些控制不住
忍的時候有些不以為然
但如果不忍怕招惹禍端
如果不忍怕毀大好前程
如果不忍怕有凄涼景象

都認為忍讓是一種美德
它不委屈也不逆來順受
忍讓是高深的處世之道
它是度量是包容是修養
忍讓並非無底線的忍讓
它只是不喜歡與人計較
它有原則有分寸有上限
雖然它表面看似很難受
但忍一時之氣風平浪靜
忍一時之氣免百日之憂

合理小語第 47 首

《朋友問我什麼叫想開與想不開》
有朋友問我：「想開了會怎樣、想不開又如何？」
我回答他：「想開了，就繼續幸福；想不開，因此活在痛苦中。」
他接著問我：「什麼叫想開，什麼叫想不開？」
於是我對這兩個問題，做了 3 點的回答如下：

（繼續合理小語第 47 首）

1.「想開了，就像打開心靈之窗，可以呼吸到新鮮的空氣，可以沐浴著智慧的陽光。」

2.「想不開，就像沒有打開自我的心靈之窗；
少了新鮮空氣，會讓精神與身體的壓力變大；
想不開，就像被封閉在狹窄的空間，
少了溫暖陽光，會讓人變得蒼老、變得憔悴」。

3.「人生，有想開和想不開兩種選擇，只是想不開，讓人
困擾又難受，會很煩、很累；
而想開，會讓人知足常樂，心情變好，心胸變寬；
所以，做人應該早點推開心窗、早點想開一點，
目光才會遠大，人生才會輝煌。
為此，親友做不到的就不要強求，不要再為難，
自己做不來的就不要勉強，就放過自己吧！
只有這樣，才能讓自己開心一點，只有這樣
才能坦然面對未來，只有這樣，才能活出更好的自己。」

合理小語第 48 首

《你把柔情全都給了我（詩歌未譜曲）》
你把柔情全都給了我
有花一樣可愛的顏色
你把未來全都交給我
有生命中美麗的光澤

你執著地闖進我生活
用所有的愛把我淹沒
你不管今生今世如何

會守著幸福守著我

我是你今生唯一的執著
你讓我人生出現轉折
你會扮演好自己角色
愛有多深就有多快樂

我是你今生最好的選擇
你會給我幸福的生活
你會珍惜現在的擁有
愛有多深就有多難得

合理小語第 49 首

《我會繼續夢想、擁抱現實》
我會在追求夢想過程中，繼續夢想；
那是因為，我被崇高的目標所看重；
我會擬定計劃，努力達到那個目標；
當然，有可能實現的夢想我會繼續；
但遙不可及的夢想，我則量力而為；
例如：妄想的問題，我就不堅持下去；
例如：我有某方面才能，我就會努力；
總而言之，我要繼續夢想，才會精彩。

我會在面對現實生活中，擁抱現實；
那是因為，我被真正的現實所感動；
它教我找出，更加完整的生活哲理；

（繼續合理小語第 49 首）
當然，眼前的事實及狀況，我會接受；
但太現實或不太現實的，我會拒絕；
例如：沒有意義的事，我會立刻停止；
例如：我適合做的事，我會全力以赴；
總而言之，我要擁抱現實，才會堅強。

合理小語第 50 首

《父親活在我心中》
算起來，父親「離世」已經半個世紀了。
這半個世紀，50 個寒暑，他就在「遙遠的天堂」，和母親
「快樂的活著"、每天很近距離，微笑盯著我。
有時候，我會幻想著告訴自己，父親還在我身邊；
還在為我操勞，還在用愛感動我，用愛教育我。
彷彿，我又聽見了他，一句句輕輕的叮嚀，一聲聲愛的呼
喚……
彷彿，我又看見了他，悄悄地走向我床邊，幫我蓋上被子，
然後靜靜地看著我，一看就是半天……
然而，這一切只是「幻想」，上天還是收斂起幸福的光芒和
命運的恩典；親切的跟我說：「沒關係，現實會教我如何堅
強。」
由此，我知道父親永遠不會回來了；
這個世界上，我再沒有愛我的父親；再也沒有狠狠打罵我
的父親；再也沒有慈祥而又嚴厲的父親了。
如今一切的幻想，全落在地上，心裡有說不出的難受，只
有無盡的思念陪著我，陪著我在未來的日子裡孤單，陪著
我在衰老的餘年悲傷。

親啊！你永遠活在我的心裡，
親啊！今天是你的忌日,您就可要順著我一顆虔誠的心,
回來接受我的祭拜,不孝兒「合理」叩首。

合理小語第 51 首

《我應該做好現在過好每一天》
假如時光可以倒流,人生可以重來
我會回到過去,彌補自己曾經的錯
我會回到從前,改變自己錯誤言行
有這假設,是因為我以前做得不好
有這想法,是因為我以前表現很差

即使讓我回到過去,也不一定變好
即使讓我人生重來,也不一定進步
即使讓我如願,也沒有絕對的完美
為此,我不該把希望放在時光倒流
不該再去探討,人生能重來的美夢

現在我應該,睜眼看看自己的天空
現在我應該,去改正過去的壞習慣
現在我應該,去吸取教訓完善自己
現在我應該,重新振作開始新生活
現在我應該,做好現在過好每一天

合理小語第 52 首

《領悟累不累、苦不苦》

有朋友問我:「累不累腳知道,苦不苦心知道」,這句話,不知說得對不對?

我跟他說:「這句話,只對了一半!」,接著,他就請我解釋一下⋯⋯

我就把解釋的內容,說出來給大家參考如下:

我認為「累不累」~應該不只腳知道吧?

應該還有身體和心知道,

還有,「苦不苦」也不只心知道吧?

身體和大腦也會知道,

這是很簡單的解釋~不管累了或苦了,「身體」都會發出「累或苦的訊號」給大腦,

大腦就會提醒「身體要休息」、「心裡要放輕鬆」,

然而有的人,都已經精疲力盡了,還不休息,就會「操勞過度」,

還有的人,都已經很苦了,還捨不得放鬆一下,就會「自討苦吃」。

具體地說,人生本來就很苦,本來也很累。

說不苦不累是騙人的。

但是,我們不怕苦也不怕累,因為我們懂得「苦中作樂」、懂得「忙裡偷閒」,懂得「調整心態」,

所以,我們會在該休息的時候休息,會在該放鬆的時候放鬆。

王小語第 53 首

《我們都有積極向上的心》
我們在各自的領域發展
你的思慮周全行動敏捷
我的內心強大遇事不慌
我們在各自的崗位努力
你的角度寬廣多采多姿
我的見解獨到創意無限

我們搭建起友誼的橋樑
有利於增加溝通的機會
我們移動了所有的角度
有助於避開障礙和模糊
我們都有積極向上的心
有用於改變所處的困境

你說只求進步不求滿分
我說只問耕耘不問收穫
你說該進則進該退則退
我說該放就放該留就留
你說人一定會往高處爬
我說水絕對是往低處流

你說向上爬升要有限度
不然背後多了一片淒涼
我說向下沉淪要有底線
不然很難看到重生希望

（繼續合理小語第53首）
你說上進的心人人皆有
我說羞惡之心人皆有之

我們都說人性必定向上
我們都說水性勢必向下
我們都熟悉人性和水性
我們都不喜歡好高騖遠
我們都不至於消沉悲觀
我們都會腳踏實地做人

合理小語第54首

《我說你大肚能容》
我說你大肚能容　一定能原諒我的錯
我說你笑口常開　不會計較我那麼多
你說你原諒我　不是因為你沒有脾氣
而是你捨不得　才讓你變得那麼心軟
你說你遷就我　不是因為你沒有底線
而是你珍惜我　才讓你一次次的退讓

我說我屢次犯錯　我的心裡也不好受
是你的寬容　給我那麼多改過的機會
我不能再找理由犯錯了　一次都不能
我不能再找情緒發洩了　永遠不可以
我會珍惜你給我一次次改過的機會
我會真心悔改　提前把錯的想法埋葬

小語第 55 首

《回想我們美好的過去（詩歌未譜曲）》
回想你那麼善解人意
愛的火苗已在我心裡
等你用熱情把愛燃起
將它化為幸福的火炬
我就把心完全交給你
只希望我們愛能甜蜜
每天都能處在熱戀期

回想愛你我那麼猶豫
在徬徨中錯失了良機
從此漂泊茫茫人海裡
是你給我奮鬥的勇氣
要我把握成功的機遇
重新開創我們的天地

回想愛你我缺乏動機
總在試探裡徘徊猶豫
造成了我更多的焦慮
是我個人判斷出問題
害怕未來沒有好結局
只能走到那裡算那裡

回想愛你我冷靜分析
是我缺乏智慧和勇氣
是我一廂情願的心意

（繼續合理小語第 55 首）
感覺有種莫名的距離
讓無助的情緒在心裡
不知往何處尋找皈依

回想愛你我像在夢裡
你說夢的世界很美麗
感覺可以永遠在一起
但要先考量它的實際
還要多了解愛的問題
才不會給愛帶來壓力

回想愛你我沒有放棄
我仍然保持愛的活力
坦然面對情感倦怠期
感謝你對我一心一意
給我許多建議和鼓勵
我會好好的奮鬥下去
讓我們生活更有意義

愛情小語

愛情小語第 1 首

愛情是什麼？是美麗的感覺，是喜愛是迷戀，
是相悅、相慕，進而相互的占有。
愛情的滋味到底是什麼？是酸而甜像酸奶，
是苦而辣像烈酒。
愛情藏著美麗的謊言，是遮掩的美夢，多少人迷戀於它的
表面。
愛情是酒，有人願長醉，有人在陶醉，有人沉醉。
愛情就是造物主，賜給人類的恩典，一種無往不利，無所
不在的甘泉，
我不知道愛情是什麼？卻編織著愛情的網。

愛情小語第 2 首

愛情不是一次就能成功，總需要很多次的挫敗，才能去理
解、經營與擁有。
愛情沒有順利的目標，也沒有勝利的徽章，所以誰都不用
去刻意炫耀。
愛情需要時間來證明，需要有一顆堅持的心，才能在逆境
中，一點一點的成長；在挫折中，一步一步的進步。
愛情需要對的關係、對的時間；需要雙方有努力經營的共
識，才能真心實意地去愛。

愛情小語第 3 首

世界上，有不少「一見鍾情」式的愛情，無法長久。

這不是「一見鍾情」的感覺不可靠。

而是因為單單第一眼，就喜歡上對方，就怦然心動　就情不自禁，就想征服對方，就想追到手，有很大部分，是幻想的愉悅感，是大腦的錯覺，是純粹的衝動，是比不上兩情相悅，的「日久生情」可靠和持久。

所以，我們想要擁有，愛情的甜美與幸福，就不能只迷戀對方好看的外表，而不去熟悉對方內在的美好哦。

我們不能只憑空想像「一見鍾情的美好」，我們要想盡辦法，去了解對方的心；找遍機會，去發現對方跟自己合不合適；只有這樣，才能讓「一見鍾情」是愛情的開始。

愛情小語第 4 首

愛情可以「穿越時空」，讓兩個遙遠的陌生人，變成男女朋友。

愛情可以「改變未來」讓普通男女朋友，變成最親密的情侶。

愛情，可以使人忘記年齡上的差距，讓人勇敢放心的去愛。

愛情順利與否，很大程度上，取決於自己的付出與努力。

順利的愛情，只能因「機緣而得」，無法強求；不順利的愛情，就要三思三思再三思。否則會有甜蜜的折磨。

其實愛情很難得，不是單方面就能維持，需要兩人共同努力，共同面對挫折。

其實愛情很脆弱，只要被傷害多次，就會對它沒有感覺，也會忘記它曾經的存在。

讀愛情要求不高，多數人最後都會選擇，一個對自己好的人結婚。

我們不能讓愛情，敗給歲月、現實、相處、生活、猶豫、考驗，不能把愛情過度理想化，也不能給雙方製造壓力，才能讓兩人關係更親近。

我們要適時配合對方的步調，讀懂對方的行為和想法，才能兩人關係長久發展。

愛情小語第 5 首

以前我一直認為，在愛情的世界裡，只要願意彼此磨合，彼此相愛，就能一直穩定的走下去。

後來發現，還需要相互珍惜，相互信任，相互理解，相互包容，用心經營，和一定的經濟作為基礎。

而後又覺得，承擔責任，優雅的占有，長相廝守，不離不棄。也是不可或缺的部分。

但是，現在我可以肯定的說，愛情是「我心中有你，你心中也有我」，因為只有把整顆心放在對方身上，才會默默地為對方做很多事情，才會用最愛的方式去愛。

愛情小語第 6 首

誰都希望有一段甜蜜的愛情，誰都不希望愛情裡甜中帶著苦澀。

這不是因為，甜蜜的時光太短，而是因為，愛情路上坎坷太多。

（繼續愛情小語第 6 首）

所以，再甜蜜的愛情，最終都會像茶水一樣，被越沖越淡；

再熱烈的愛情，也會因為現實生活的無奈，被磨得「失去

活力」。

那既然：「不如意事常八九，可與人言無二三」，我們就得：

「不忘初心，方得始終」。

為此，我就來說一下，我個人的經驗和看法給大家參考如

下：

真正甜蜜的愛情，是「情到深處無怨尤」；即使吵架、起衝

突，也會很快的和好。

真正甜蜜的愛情，是「愛到深處心不悔」；即使被折磨的遍

體鱗傷，也會痴心的堅守。

真正甜蜜的愛情，是「愛得起放得下」，即使無緣相守，也

依然保持風度。

真正甜蜜的愛情，會隨時間慢慢進入疲憊期；如果沒有用

心去經營，去付出熱情與浪漫的活力，就會讓愛情，變成

一枚苦澀的青果。

所以想要愛得甜蜜，除了彼此信任和理解外，

還得用心去製造，才能讓愛情不變質。

.版品預行編目資料

 小語／覃合理著. —初版.—臺中市：白象
事業有限公司，2022.6
 面；　公分

SBN　978-626-7105-59-7　（平裝）

863.55   111003385

覃合理小語

作　　者　覃合理
校　　對　覃合理
發 行 人　張輝潭
出版發行　白象文化事業有限公司
　　　　　412台中市大里區科技路1號8樓之2（台中軟體園區）
　　　　　出版專線：（04）2496-5995　　傳真：（04）2496-9901
　　　　　401台中市東區和平街228巷44號（經銷部）
　　　　　購書專線：（04）2220-8589　　傳真：（04）2220-8505
專案主編　李婕
出版編印　林榮威、陳逸儒、黃麗穎、水邊、陳媁婷、李婕
設計創意　張禮南、何佳諠
經紀企劃　張輝潭、徐錦淳、廖書湘
經銷推廣　李莉吟、莊博亞、劉育姍
行銷宣傳　黃姿虹、沈若瑜
營運管理　林金郎、曾千熏
印　　刷　基盛印刷工場
初版一刷　2022 年 6 月
定　　價　350 元

白象文化　印書小舖　出版 ‧ 經銷 ‧ 宣傳 ‧ 設計
www.ElephantWhite.com.tw　自費出版的領導者　購書 白象文化生活館